KB262057

국경을 넘으면 아시아가 보인다

국경을 넘으면 아시아가 보인다
환경재단 엮음

1판 1쇄 발행 | 2005. 11. 23.

저작권자 ⓒ 2005 각 글의 집필자
이 책의 저작권자는 위와 같습니다. 저작권자의 동의 없이
내용의 일부를 인용하거나 발췌하는 것을 금합니다.

발행처 | 고즈윈
발행인 | 고세규
신고번호 | 제313-2004-00095호
신고일자 | 2004. 4. 21.
(121-819) 서울특별시 마포구 동교동 200-19번지 501호
전화 02)325-5676 팩시밀리 02)333-5980

값은 표지에 있습니다.
ISBN 89-91319-43-2

국경을 넘으면 아시아가 보인다

환경재단 엮음

고즈윈
God'sWin

차례

Peace and Green in Asia
2005
Peace & Green Boat

1

한국과 일본은 왜 함께 아시아에 배를 띄우는가?

1

미래는 돛이고 과거는 닻이다

요시오카 타츠야(吉岡達也), 피스보트 공동대표

"미래는 돛이고 과거는 닻이다."

이윤기 선생의 말이 지금도 내 귀에서 맴돈다.

"배는 돛이 없으면 앞으로 나가지 못하지만, 닻이 없어도 바람에 휩쓸려 좌초당하고 만다."

한·일 시민의 관계가 지니고 있는 미래와 과거의 의미를 그는 '돛과 닻'을 예로 들어 알기 쉽게 설명해 주었다. 동북아시아를 도는 평화와 환경을 위한 '피스&그린보트'의 크루즈여행을 상징해 주는 아주 좋은 비유였다고 생각한다.

나는 한·일의 NGO인 환경재단과 피스보트가 공동개최한 이번 피스&그린보트의 성공적 항해를 다음 네 가지 이유로 역사적인 사건이라고 생각한다.

우선 한·일 시민이 공동으로 동북아시아의 과거를 검증했다는 점이다. 한·일 시민이 동시에 만나 '나눔의 집' 할머니, 한국인 원폭피해자 여러분들, 그리고 일본군의 눈앞에서 가족을 잃은 난징(南京)대학살의 생존자로부터 그 증언을 들었다. 한 · 일 일반 시민이 수백 명 단위로 직접 참여해 과거를 동시에 검증하기로 한 이번 시도는 적어도 제2차 세계대전 후 처음이 아닐까.

1983년 이래 피스보트의 한 가지 중점 활동은 일본 시민들이 하는 역사검증이었다. 역사검증을 중점 활동으로 정한 이유는, 가해자인 일본인이 스스로의 가해책임을 명확히 인식해 잘못을 사죄하고 필요한 보상을 하는 것이 한국, 중국을 포함한 이웃 아시아 사람들과 장래 우호관계를 구축하고 평화롭게 공존하는 데 필수 불가결하다고 생각했기 때문이다.

한 · 일 시민이 함께한 역사검증은 이 운동을 한층 더 활성화시키는 계기가 되었다. 이 활동이 앞으로 한 · 중 · 일 공통 역사 교과서의 지침이 되기를 기대하며, 동북아시아의 평화와 공존을 위해 반드시 필요한 '공통 역사인식'을 시민 차원에서 세워가는 중요한 활동으로 자리매김되어야 한다고 생각한다.

둘째는 한 · 일 시민이 현재의 문제를 공유했다는 점이다. 이번 크루즈여행에서는 역사 교과서 왜곡문제, 고이즈미(小泉) 수상의 야스쿠니신사 참배문제, 영토문제 등 지금 걸려 있는 두 나라의 현안문제도 외면하지 않았다. 한 걸음 더 나아가 미디어가 만들어내는 획일적인 견해나 시고방식에 얽매이는 일 없이, 한 · 일 쌍방의 시민이 2주라는 결코 짧지 않은 기간 동안 마음을 터놓고 이야기를 나누었다. 이토록 오랫동안 집중적으로 한 · 일의 일반 시민이 현안 정치문제를 놓고 기탄없이 의견을 주고받은 공간이 과거에는 존재하지 않았던 듯하다.

그리고 세 번째는 서로의 문화에 대한 쌍방향 공유가 이루어졌

11

다는 점이다. 〈겨울연가〉로 상징되는 일본에서의 폭발적인 한류 열풍, 그리고 한국에서의 일본 팝문화(J-pop culture)의 인기 상승 및 문화교류는 믿기 어려운 속도로 진전되고 있다. 그러나 '한국 드라마를 본다'든지 '일본의 록(rock)을 듣는' 식의 일방통행적인 문화교류가 아닌 쌍방향적인 문화교류가 아직까지는 그렇게 많았다고 할 수 없다. 이윤기 선생과 장사익 선생이 배 위에서 매일 밤 주최한 노래교실에 한·일 시민이 즐거운 마음으로 참여한 것은 앞으로의 두 나라 문화교류에 대한 미래형의 하나라고 해도 과언이 아닐 것이다.

네 번째는 피스&그린보트가 글로벌적인 관점에서 열린 한·일 교류였다는 점이다. 이번의 크루즈에는 한·일 시민 각각 300명 외에 중국, 영국, 프랑스, 미국, 인도, 파키스탄, 러시아 등 각국에서 온 핵폐기운동의 젊은 대표들이 합류했다. '반핵 유스'라고 불리는 젊은 남녀들의 참가는 히로시마, 나가사키 원폭투하 60주년을 기념하기 위해 '환경과 평화'를 테마로 한 이번 크루즈에 말할 수 없이 큰 의미를 부여해 주었다. 그리고 동시에 이번 반핵 유스의 참가를 계기로 한·일 시민의 크루즈를 '한·일'이라는 테두리로 좁힐 것이 아니라 지구 시민적인 각도로 넓힐 수 있지 않을까 하고 생각한다.

우리들은 왕왕 한·일 간에 걸려 있는 문제를 두 나라만의 문제로 취급해 해결하려는 경향이 있다. 그러나 글로벌화가 급속히 진행되는 오늘날, 그것은 비현실적이다. 앞으로는 지구 규모의 시야와 지구 시민적인 글로벌한 방법론으로 문제를 어떻게 해결해 갈 것인가를 고민하는 것이 중요하지 않을까.

국경을 넘으면 아시아가 보인다

나는 환경재단과 피스&그린보트를 앞으로 10년간 계속 출항시
키자고 굳게 약속했다. 이것은 내가 동북아시아에 사는 한 시민으
로서 한반도의 평화적 통일을 포함해, 향후 10년간 동북아시아가
참으로 지속적인 평화의 공간이 될 수 있도록 힘을 쏟겠다는 약속
이기도 하다. 그리고 이 약속은 설사 몇십 년이 걸리더라도, 지구
사회를 평화롭고 친환경적인 세계로 만들어가겠다는 강한 신념과
도 맥을 같이 하고 있다. 크루즈를 담당하고 있는 사람들의 역사적
사명은 바로 '평화롭고 친환경적'인 세계를 향해 달리는 것이라고
생각하고 있다.

1. 한국과 일본은 왜 함께 아시아에 배를 띄우는가?

2

동아시아 지역공동체의 실현

쿠시부치 마리(櫛渕万里), 피스보트 사무국장

"언젠가 함께 배를 띄웁시다"라고 말했던 희망이 이토록 빨리 실현될 줄은 정말 몰랐습니다. 서울 인사동 어느 찻집에서 최열 대표를 처음 만난 것은 2004년의 어느 뜨거운 여름날. 배를 띄우려면 무슨 준비를 해야 하는지, 인원과 비용은 얼마나 필요한지, 어떻게 여행 목적지와 교섭을 하는지를 묻는 최열 대표의 질문에 나는 계속 답변을 해나갔습니다. 최열 대표는 "아, 아, 그렇군요" 하며 연신 고개를 끄덕이면서 빠른 속도로 계속해서 제게 물었습니다. 세계를 돌아다니다 보면 사실 '배를 띄우자'는 이야기가 수도 없이 나옵니다. 배를 타는 이야기가 나오면 꿈과 아이디어가 넘쳐나는 즐거운 대화가 끝날 줄 모릅니다.

"말만 들어서는 충분하지 않으니 한번 피스보트를 타보지 않으시렵니까?"라고 최열 대표에게 권하며 나는 귀국했습니다. 그런데 불과 4개월 후인 그해 12월 두 번째 만남에서 최열 대표는 '배를 전세낸다'는 구체적인 이야기를 들고 나와 나를 깜짝 놀라게 했습니다.

국경을 넘으면 아시아가 보인다

"붕" 하는 뱃고동소리를 신호로 휘날리는 색종이 테이프와 함께 서서히 '피스&그린보트(Peace & Green Boat)'가 출항한 것은 그로부터 8개월 후였습니다. 항로는 동아시아. 어떤 여행이 될까. 무슨 일이 일어날까. 이런 기대와 흥분과 불안은 어쩌면 가까운 미래의 동아시아 지역공동체의 모습을 상상할 때와 비슷하다는 생각이 불쑥 들었습니다. 전혀 다른 역사와 배경을 가진 사람들이 각자의 과제를 품은 채 만나서 대화하며 살아간다는 것은, 한 · 일 양국에서 온 각양각색의 시민이 한 배를 타고 과거, 현재, 미래의 이야기를 나누면서 앞으로 살아갈 동아시아를 미리 체험하는 것과 같다고 생각합니다.

출항한 지 4일째, 배가 황해를 항해하고 있을 때 이런 생각을 해 보았습니다. 만일 2020년경 동아시아에 국경을 초월하는 공동사회가 탄생한다면, 이런 커뮤니티가 되지 않을까? '안녕하세요', '곤니치와'라는 인사가 자연스럽게 오고 가며, 공존하기 위해 한 사람 한 사람이 조금씩 노력하면서, 서로를 이해하는 공간…….

사람들은 모두 국가라는 틀 속에서 국익을 이야기하고, 국민이라는 개념을 바탕으로 모든 것을 판단하는 사회에서 생활하고 있습니다. 그 안에서 각국의 민족주의는 세계 곳곳에서 서로 부딪치고 있습니다. 국민이라는 개념에서 쫓겨난 재일한국인이나 여러 외국의 이민, 난민들은 사회에서 배제되어 왔습니다. 그러나 바다 위의 공동체는 이런 국가라는 테두리에서 한 걸음 밖으로 벗어나와 각자가 지니고 있는 역사, 사회, 문화의 독자성을 살리면서 서로의 전문 분야를 활용하는 방안을 모색하는 시도라고 할 수 있습니다. 특히 바다 위에서 한 · 일 간의 커뮤니케이션을 맡은 재일한

1. 한국과 일본은 왜 함께 아시아에 배를 띄우는가?

국인이나 유학 경험자들은 단순한 의사소통의 수준을 넘어 두 나라의 역사성, 문화성, 사회성의 차이를 가장 잘 이해하는 핵심 존재였습니다. '피스&그린보트'가 창조한 시간과 공간은 미래 동아시아 지역공동체의 한 가지 모델 사회를 미리 연습해 본 것이라 말할 수 있지 않을까요?

우리들이 내보내는 메시지와 개념을 어떻게 민족주의에서 지역주의로 전환해 갈 것인가. 그리고 지금까지 '국가'라는 틀에서 배제되어 온 사람들이 갖고 있는 관점과 경험을 어떻게 새로운 자산으로 살려갈 것인가를 생각해 봅니다. 지역주의 속에서 역사, 전쟁 책임, 영토, 환경, 안전보장, 빈곤, 에너지 등의 문제를 생각해 보는 것입니다. 국가의 틀 속에 들어가지 못한 사람들의 존재가 부각되고 그들이 참가함으로써 새로운 인권 개념이 창조되고, 새로운 지역사회 형성을 가능하게 할 것입니다. 이런 그림이 시민사회가 발산하는 동아시아의 모습이 아닐까 하고 생각해 봅니다.

한·일 공동사업으로 피스&그린보트는 앞으로 10년간 계속될 것입니다. 한·중·일의 공동사업인 이 배에 북한, 타이완, 재중국, 재러시아의 조선족들이 많이 타 서로 자유롭게 만나서 대화하고, '안녕하세요', '곤니치와', '니하오'라는 말들이 일상적으로 오고 가는 바다 위의 공간이 이루어지기를 꿈꾸고 있습니다.

어쩌면 다시 한 번 "이 날이 이렇게 빨리 올 줄이야" 하고 놀랄지도 모르겠습니다. 그런 변화의 조짐이 보이고 있습니다. 지금 우리는 동아시아 시민의 주역입니다.

동북아시아 역사의 올바른 방향성

최열, 환경재단 대표

2005년, 올해는 광복 60주년이다. 나는 그 어느 때보다 한·중·일 삼국 관계의 중요성이 부각되고 있는 지금이야말로 아시아의 미래를 위한 화해의 장을 마련해야 할 때이며, 이는 기업도 정부도 아닌 시민들의 주도로 이루어져야 한다고 생각해 왔다. 피스&그린보트는 나와 일본 피스보트의 공동대표인 요시오카 씨의 이와 같은 일치된 생각에서 출발했다.

16일이라는 시간 동안 참가자들이 아시아, 더 나아가 세계의 평화와 환경 그리고 미래를 함께 고민하는 모습에서 우리는 '우리'라는 공동의 운명을 받아들이고 있음을 느낄 수 있었다. 또 서로의 문화 속에서 함께 어울리며 웃음 짓는 얼굴에서 이미 우리 사이에 '화해'가 싹트고 있음을, 헤어짐을 진심으로 아쉬워하며 눈물 흘리는 이별 장면에서는 어렵게 피워낸 소중한 '우정'이 자라고 있음을 발견할 수 있었다.

20대 젊은이 못지않은 열정을 가진 일본의 노인들, 재기 발랄하

1. 한국과 일본은 왜 함께 아시아에 배를 띄우는가?

고 활달하면서도 때로는 자국의 역사적 만행 앞에서 머리 숙여 눈물을 흘리던 일본의 젊은이들, 한류 열풍 덕분에 더욱 커진 호기심으로 한국과 관련된 각종 프로그램에 열심히 참여하던 일본 여성들……. 배 안에서 나는 이미 그들의 친구가 되어 있었고, 동지가 되어 있었으며 형제가 되어 있었다.

물론, 단 한 번의 피스&그린보트가 그간의 모든 갈등을 풀어주고, 굴곡진 깊은 감정의 골을 메울 수 있다고 생각하지는 않는다. 그러나 앞으로 10년간 지속적으로 진행된다면 분명히 동북아시아 역사의 방향성을 올바로 가져갈 수 있을 것이라 확신한다. 그렇기에 나는 피스&그린보트의 내년 항해를 준비한다. 그리고 기대한다.

국경을 넘으면 아시아가 보인다

2

사진으로 보는 피스&그린보트
16일간의 항해일지

인천·김포공항 출국, 도쿄 도착

기항지 프로그램

• 출항 전야제 겸 일본 평화헌법 9조 개악 반대 '캔들 라이트' 행사
 _일본 도쿄 메이지공원

▲ 평화의 소망을 담은 300여 개의 촛불이 도쿄를 밝혔다.

▶▼ 한국과 일본이 함께 그린 '평화(平和)'의 빛. 8월 12일 도쿄 메이지공원에서 한·일 300여 명의 시민은 촛불 하나하나에 염원을 담아 평화를 그려냈다.

▲ 아시아의 평화와 미래를 위한 항해, 그 꿈의 닻을 올리는 순간

선상 프로그램

- 선내 생활 오리엔테이션과 피난 훈련
- 웰컴 디너 파티, 선장 주최 스탠딩 파티
- '왜 지금 일 · 한 양국이 함께 아시아에 배를 띄우는가'
  세미나_ 최열(환경재단 대표), 요시오카 타츠야(피스보트 공동대표)
- 선내 영화제 1회 열림

▲ 피스&그린보트의 첫 출항을 축하하는 한국과 일본의 대표들

▲▲ "하지메마시떼(始めまして), 처음 뵙겠습니다." 언어의 장벽을 넘어 서로에게 다가
가는 연습을 시작하는 선상 풍경

선상 프로그램
- '한국 속 일본, 일본 속 한국' 세미나_강명구(서울대학교 언론정보학부 교수)
- 일본 평화헌법 9조 '평화의 아시아, 일본의 약속' 토론회_마에다 데츠오 (도쿄국제대학 국제정치학과 교수), 쯔지 신이치(메이지가쿠인대학 국제학부 교수)
- '야스쿠니신사와 일본국 헌법' 세미나_오야마 유이찌
- 오사카의 거인 '박이얀 라이브' 노래와 영화, 그리고 이야기
- '보트 홀릭(Boat Hollic)' 일 · 한 젊은이들, 놀자! 젊은이들의 한류와 일류
- 이윤기 · 장사익의 노래교실
- 선내 영화제 3회 열림

▼ 밤바다의 갈매기들조차 넋을 놓은 듯 유쾌함과 흥겨움에 시간 가는 줄 몰랐다는 이윤기 · 장사익의 노래교실

일본 평화헌법 9조

① 일본 국민들은 정의와 질서를 기조로 하는 국제평화를 성실히 희구하며, 국권이 발동하는 전쟁과 무력에 의한 위협 또는 무력의 행사는 국제분쟁을 해결하는 수단으로서는 영원히 이를 포기한다.

② 진항의 목적을 달성하기 위하여 육해공군 그리고 그 외의 전력을 보유하지 않는다. 국가의 교전권은 이를 인정하지 않는다.

부산 입항, 출항

기항지 프로그램

- 부산 민주공원 방문
- 재한 원폭피해자의 증언
- 온산 공업단지 방문
- 부산 시내 관광
- 세계유산 신라문화 탐방
- 고대 가야 유적군 탐방
  ※총 6개 코스
- 〈특별 이벤트〉8·15평화콘서트
  _부산 민주공원 야외공연장

선상 프로그램

- 선내 영화제 4회 열림

▲ 해방과 종전 60주년인 2005년 8월 15일, 합천원
폭피해자복지회관에 찾아간 피스&그린보트 항해자들

▼ "여러분들이 이 세계가 전쟁과 핵이 없는 세상이 되도록 노력해 주기를 바란다"고 말
하는 히로시마 원폭피해자 송인복 할머니의 증언을 듣고 있다.

▲ 재활용 악기로 만든 소리를 들어보자. 주위의 버려지는 모든 것들도 아름다운 울림을 창조하는 악기가 될 수 있다.

선상프로그램

- 'Slow Life is Beautiful' 세미나_쯔지 신이치(메이지가쿠인대학 국제학부 교수)
- '한반도의 현재, 과거, 미래' 심포지엄_안병욱(가톨릭대학교 국사학과 교수)
- 재활용+상상 놀이단과 함께하는 뮤직 워크숍
- '피스&그린 페스티벌'_김창행 저글링쇼, 재활용+상상놀이단 워크숍 발표
- 핵문제 입문편_야스하라 하즈키
- 합천, 평화의 학 전달 보고회_야스하라 하즈키
- 참가자 자주기획 프로그램 16가지가 펼쳐짐
- 선내 영화제 3회 열림

"두둥, 톡톡", 언어를 뛰어넘어 음악으로 하나가 된 순간

인천 입항

기항지 프로그램

- 판문점 방문
- 한국 각 분야의 NGO 방문
- 나눔의 집 방문
- 새터민 증언과 북한과의 민간교류
- 시화호에서 배우는 환경
- 서울 시내 관광
- 이천 도예촌과 민속촌
  ※ 총 7개 코스
- 일본 평화헌법 9조 기자회견
  _서울 일본 대사관 앞

민주와 통일을 위한 자리라면 어디든 찾아갔던 '늦봄'(故 문익환 목사) 옆에는 언제나 그의 아내 '봄길'(박용길 장로)
이 있었다. 1994년 세상을 떠난 故 문익환 목사의 아내 박용길 장로는 80세 가까운 나이에도 남편이 못 다 이룬 '통
일맞이' 활동을 계속하고 있다. 수많은 수감번호들이 과거 독재 시절의 모진 탄압을 증거하고 있다.

- 선내 영화제 2회 열림

▲ "정이월 다 가고 삼월이라네. 강남 갔던 제비가 돌아오면은 이 땅에도 또다시 봄이 온다네. 아리랑 아리랑 아라리요. 아리랑 고개로 날 넘겨주오." – 새터민(탈북자)들과 함께 부르는 '아리랑'

▲ 671회 수요정기시위(일본 대사관 앞)에 함께한 피스&그린보트 참가자들과 "우리가 강요에 못 이겨 했던 그 일을 역사에 남겨두어야 한다"고 말하는 일본군 '위안부' 김학순 할머니

인천 출항

▲ 5+2+2≠9

'5' : 공식적 핵 보유국 미국, 러시아, 중국, 영국, 프랑스
'2' : 비공식 핵 보유국 인도, 파키스탄
'2' : 비밀리에 핵을 보유한 이스라엘, 핵 보유 가능성이 높은 북한
'9' : 위의 9개의 국가가 평화 '9'(일본 평화헌법 9조)를 위협한다.

선상 프로그램

• 제1회 핵 보유국 젊은이들의 반핵 강연 _ 인도, 파키스탄, 중국 편
• '최고의 헌법 평화로운 사회를 위한 헌법 배우기' 강연_ 마나기 이즈타로
• 코리언 나이트(Korean Night)
• Korea Japan 이차원 만담_고콘테이 키쿠치요(만담가)
• 코리안 웰컴 디너(스탠딩 파티)
• 자주기획 프로그램 17가지 펼쳐짐
• 선내 영화제 2회 열림

▲ 코리언 나이트, 한국의 전통놀이와 음악이 어우러진 흥겨운 한마당이 펼쳐졌다.

기항지 프로그램

- 조선족 홈스테이
- 환경오염과 미래의 생태학
- 단둥과 만리장성 관광
  ※총 6개 코스
- 중국 동북지방 경제의 현재와 미래
- 단둥 시내 관광
- 봉천이라 불린 도시 선양 방문

선상 프로그램

- 선내 영화제 2회 열림

▲ 맑은 날에는 신의주가 훤히 보인다는 끊어진 압록강교에서 떨어지지 않는 발길을 다시 돌리는 고건 전(前) 총리, 이혜경 여성문화예술기획 대표, 이윤기 작가

▲ 나이와 국경은 아무런 의미가 없다. 이렇게 한데 어울리면 모두 다 한 가족이다. 조선족 노인들과의 만남

단둥 출항

선상 프로그램

- 역사인식과 미래의 선택 심포지엄
  제1부| '증언, 일본 정부의 책임'_이용수 할머니(일본군 '위안부')
  제2부| '시민이 이끄는 화해의 길'_아라이 신이치(일본의 전쟁책임자료센터
  공동대표), 부평(현대사연구소 부소장), 안병욱(가톨릭대학교 국사학과 교수)
- 제2회 핵 보유국 젊은이들의 반핵 강연_캐슬린 설리번(평화 군축 교육 전문가)
- 'The Panic Art' 퍼포먼스&저글링 쇼_김창행(엔터테이너)
- '터놓고 말하자, 일·한 관계' 토론회 일·한의 사회문제부터 대중문화까
  지 터놓고 이야기하자_이시재 교수(가톨릭대학교 사회학과 교수)
- '보트 홀릭' 일·한 미래를 향한 젊은이들의 토론회
- 당신에게 있어서 애국심이란? 강연_카야마 리카(정신과 전문의)
- 피스&그린 바둑대회
- 자주기획 프로그램 31가지 펼쳐짐
- 선내 영화제 2회 열림

◀◀▲ "내 나이 만 15살이었다. 내가 죄가 있다면 대한민국의 딸로 태어나 자란 죄밖에
는 없다. 이러한 고통과 상처는 역사가 아니라 현재다. 200살이 넘도록 오래오래 살아남
아 반드시 일본 정부가 무릎 꿇고 사과하는 그 순간을 지켜볼 것이다." 일본군 '위안부'
이용수 할머니의 증언과 이를 듣고 있는 참가자들

선상

선상 프로그램

- 조타실 견학
- 일·한의 대북정책 차이를 생각해 보기_ 이종원(릿쿄대학 국제정치학과 교수), 심영희(한양대학교 사회학과 교수)
- 바다 위의 동아시아 시민 서밋
  '10년 후의 동아시아를 향해' 심포지엄_ 이시재(가톨릭대 사회학과 교수)
  제1부| 동아시아의 환경
  제2부| 인간의 안전보장
- '중국 사막화 방지를 위하여' 강연_ 문국현(유한킴벌리 대표이사)
- '원진 레이온 노동자 피해' 강연_ 양길승 원장(녹색병원 원장)
- '김창행이 알고 싶다' 재일교포란, 패닉아트란?
- 핸드 프린팅 '평화의 손잡기'
- '스위트 보트(Sweet Boat) 한·일 남녀 미팅
- '동아시아에 평화를' 토론회_ 와타나베 리카(피스보트 스태프)
- 자주기획 프로그램 48가지 펼쳐짐
- 선내 영화제 2회 열림

◀▲▲ 남녀노소 참가자 누구나 본인의 특기와 취미를 살려 다양한 주제와 형식으로 프
로그램을 만들어 진행할 수 있는 자주기획 프로그램은 피스&그린보트만의 또 다른 매력
이다.

상하이 입항

기항지 프로그램

- 난징의 역사와 현재
- 상하이 젊은이들과 교류
- 상하이 시내관광
  ※총 6개 코스
- 상하이 생활체험
- 지속 가능한 사회를 위해
- 상하이 잡기단 관람

선상 프로그램

- 선내 영화제 2회 열림

▼ 모형물로 그럴 듯하게 만들어놓은 상하이시 쓰레기 처리시설을 둘러보고 있는 모습. 쓰레기의 역한 냄새로 인해 숨쉬기가 힘들었다. 많은 투자와 관심으로 큰 변화를 일구어 내고 있지만, 아직 '분리수거'라는 말이 생소한 상하이와 중국의 환경정책은 상당한 과제를 안고 있다.

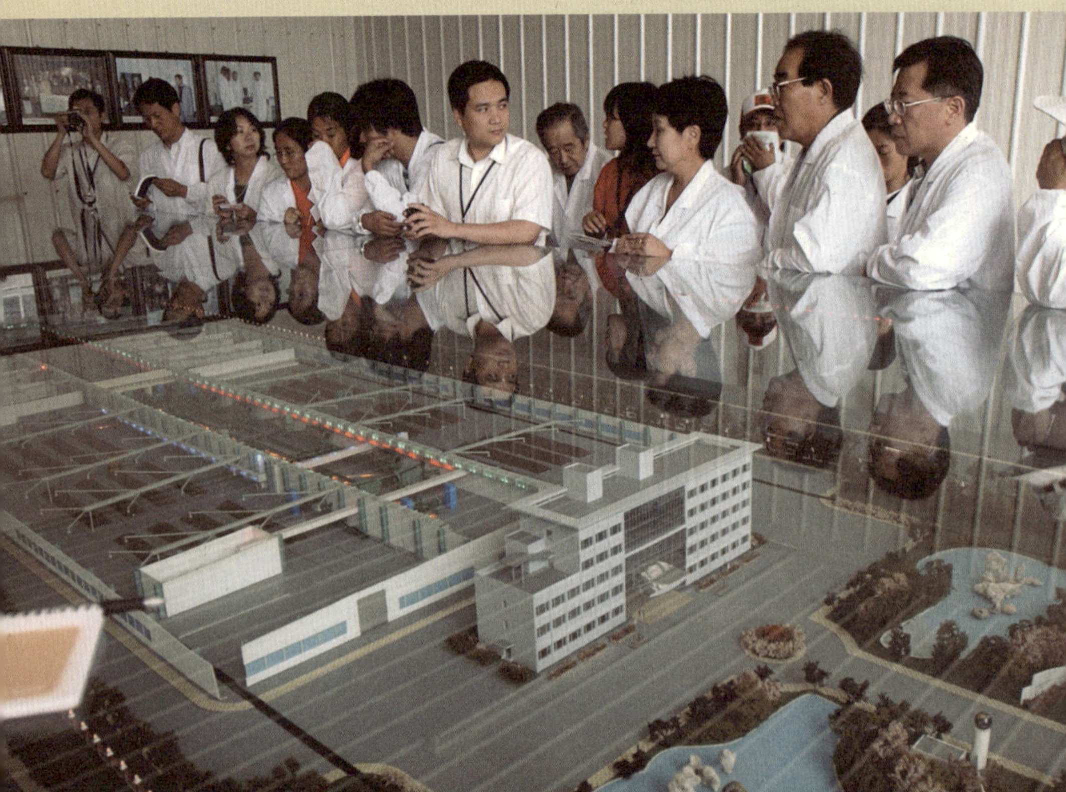

▲▲ 상하이 중산층의 생활 속으로. 홈스테이 체험

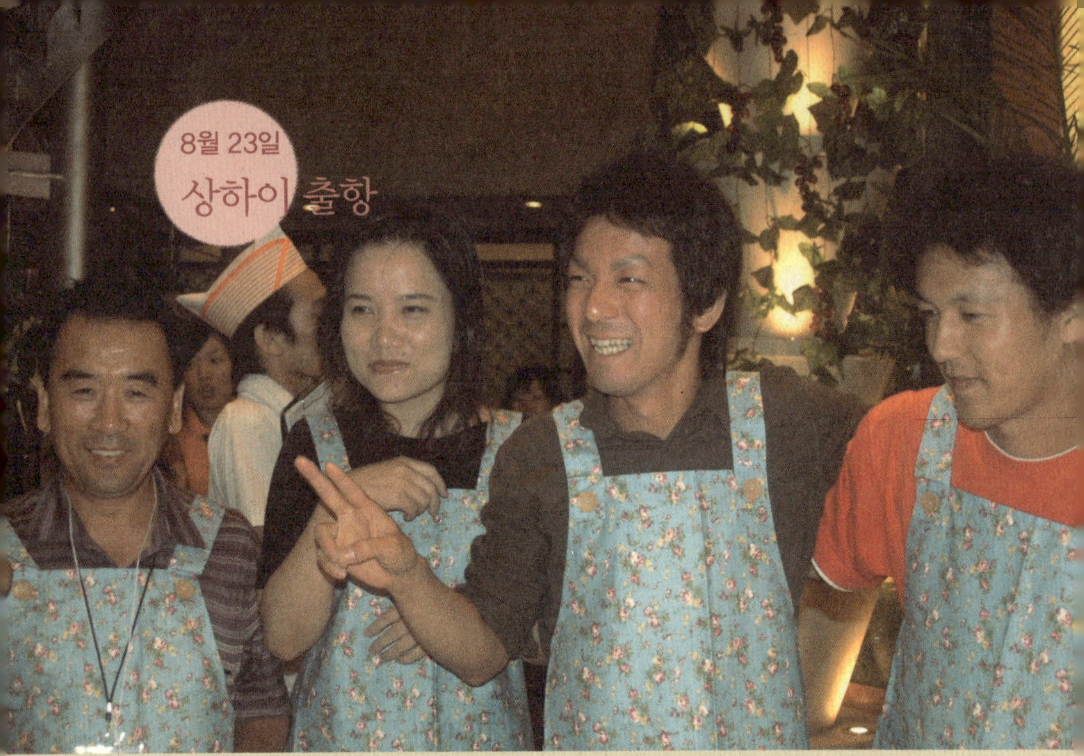

8월 23일
상하이 출항

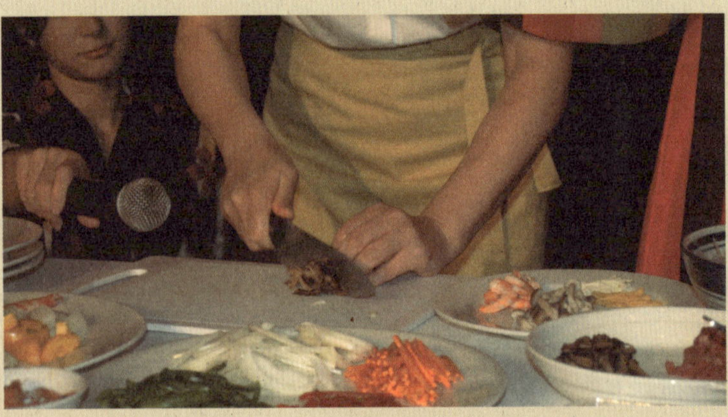

▲ 우승하지 못 했어도, 또 말이 통하지 않아 음식 만들기가 좀 어려웠어도 그 자체만으로 즐거웠던 동아시아 요리경연대회 현장

기항지 프로그램

- 세계 유산의 도시 쑤저우
- 〈특별 이벤트〉 '동아시아 요리경연대회'

선상 프로그램

- 선내 영화제 3회 열림

◀▲▲ 음식으로 만난 한·중·일. '동아시아 요리경연대회'

선상 프로그램

- 기본부터 배우는 전후 보상_마나기 이즈타로
- '성공하는 사람들의 조건' 강연_ 한근태 소장(한스컨설팅 대표)
- 해상대운동회
- '오키나와는 더 이상 속지 않는다' 강연_마키시 요시카즈(건축가)
- 판소리 입문_ 임진택(판소리꾼)
- 원폭 후유증 인정 소송의 싸움_2사건 변호사단
- 월하의 연회 '오키나와의 밤'
- 자주기획 프로그램 25가지 펼쳐짐
- 영화 〈송환〉 김동원 감독과의 대화 시간
- 선내 영화제 3회 열림

▲▲ 바다 위에서의 운동회, 색다른 즐거움

▲▲ 난생처음 바다 위에서 해본 여름 운동회. 그래서일까? 줄다리기, 2인 3각 릴레이,
공 던지기 등 해묵은 게임이지만 모든 것이 새롭고 신난다.

오키나와 입항

기항지 프로그램
- 시민이 막는 헤노코의 미군기지
- 오키나와의 숲에서 생태학 투어
- 남부 전적지 일주
- 미군기지의 마을 요미탄으로
- 캉카라 샤미센 만들기
- 오키나와 산책
- 아름다운 바다에서 해수욕
  ※총 7개 코스

선상 프로그램
- 선내 영화제 2회 열림

▲ 헤노코의 평화와 환경을 지키는 오지(할배), 오바(할매)의 눈빛과 의지는 그 어떤 신무기에 뒤지지 않는다.

▲ 오키나와의 아름다운 바다 헤노코, 이곳에 미군 항공기지를 세우려는 미국과 일본 정부에 맞서 싸우고 있는 백발의 청년을 만났다. 우리가 건넨 작은 선물인 한국 양갱 포장지를 가보로 삼겠다며 해맑게 웃으시는 할아버지 모습에 눈시울이 붉어지기도 했다.

8월 26일

오키나와 출항

선상 프로그램

- 파이널 심포지엄 '비핵 평화 동아시아를 위하여'_카와사키 테츠
  제1부| 젊은이의 궁극 토론
  제2부| 패널 디스커션
- '일본에는 우토로가 얼마든지 있습니다' 재한한국인의 목소리
- 헌법 9조 개악에 반대, 행동책을 생각해 보자_와타나베 리카
- 이용수 할머니의 일본군 '위안부' 증언

• 원폭의 진실, 원폭피해자의 목소리 _ 카와사키 테츠
• 페어웰 라이브(Farewell Live) _ 안치환, 장사익, 김창행 공연
• 자주기획 프로그램 8가지 펼쳐짐
• 선내 영화제 4회 열림
• 'No border' 자주기획 프로그램 발표회

▲ 후지마루호에서의 마지막 밤, 헤어짐의 아쉬
움을 장사익과 안치환의 목소리가 달래주었다.

Oh! Peace & Green Boat

글_ 강현수 / 곡_ 안치환

너와 내가 아닌 하나 된 우릴 찾아
사랑과 믿음으로 하나가 되었다.
가슴과 가슴으로 거친 물길을 열고
아름다운 우정으로 하나가 되었다.

oh! Peace and Green Boat
we are friends we are the one
oh! Peace and Green Boat
we are the future we are the one

민족과 민족이 서로 사랑하자고
백성과 백성이 하나가 되었다.
두 손을 맞잡고 함께 부르는 노래
미래를 활짝 여는 희망의 노래여

나가사키 입항, 하선

기항지 프로그램
- 나가사키 원폭 60주년의 진실
- 누구를 위한 이사하야만 간척인가

▲ 나가사키 원폭 60주년, 그곳에 피스&그린보트가 평화의 염원을 안고 찾아갔다.

▲ 나가사키 원폭피해자들이 누워 있는 그곳에, 피스&그린보트의 소망과 희망을 전달하였다.

3

대담 : 남긴 것과 남은 것

사회 | 조선희, 소설가 · 전(前) 〈씨네 21〉 편집장
참가 | 임진택, 연출가 · 판소리꾼 · 가야세계문화축전 집행위원장
　　　 최열, 환경재단 대표

망망대해에서의 판타지 : 여행에 대한 소감

조선희 우리가 한 배를 탄 사이잖아요. 최열 대표님은 18일 정도, 임진택 선생님과 저는 인천에서 합류해서 11일 동안 함께 배를 탔는데, 벌써 세 달 정도 지났네요. 피스&그린보트 여행에 대한 간단한 소감을 말씀해 주시죠. 어떠셨는지요?

임진택 일단은 항해라는 것, 배를 타고 여행을 한다는 것 자체가 사실 매우 드문 체험 아닙니까? 더구나 우리 나이에는 항해를 한다든가 해외에 나간다든가 하는 것이 어떤 일정한 업무상 필요에 따른 것일 텐데, 이번에 우연히 참가하게 되면서 배를 타고 바다 한가운데에 나의 존재를 띄워놓고 바다에서 세상을 다시 바라보며 이야기한다는 것이 개인의 존재감, 존재의식을 비약적으로 확장시켜 주는 건 아닌가 싶은 생각이 들었습니다. 저로서는 이번 항해가 한 사람의 생에 대해, 혹은 지구, 우주, 생명에 대해 더 깊이 생각하게 되었다는 점에서 굉장히 기억에 남습니다.

최열 피스&그린보트를 주최하는 입장에서 우선 참가자들이 16일이라는 짧지 않은 시간 동안 배를 탄다면 심심하거나 무료하지

않을까, 혹은 뱃멀미를 하지 않을까 걱정했어요. 저도 그렇게 오랫동안 배를 타본 적은 없었거든요. 그런데 제가 직접 겪어보니 우선은 비행기보다 편하다는 것, 그러니까 비행기를 타면 기착지마다 짐을 꾸려 공항에 가서 짐 검사를 일일이 받아야 하는데, 그런 불편함 없이 배 밖의 여행을 즐길 수 있었어요. 그리고 바다 위에서 생활하기 때문에 먼지가 없어 공기가 좋다는 것, 배 안에서는 사회적 지위와 연령에 상관없이 제한된 공간에서 공동체의 구성원인 것을 피부로 직접 느낄 수 있었다는 것, 다양한 생각을 가진 사람들을 한꺼번에 만나 단시간에 가까워질 수 있었다는 것 등 크루즈 여행만이 가진 특별한 장점들을 많이 느끼고 누렸습니다. 또 한국과 일본 사이에도 같은 동년배끼리는 소통이 쉽다는 것, 그러니까 동시대를 살아가는 사람의 생각이나 정서는 국경을 넘을 수 있다는 것을 느꼈습니다.

51

3. 대담 : 남긴 것과 남은 것

조선희 망망한 대해 위에서 수백 명의 사람들과 같이 생활을 한다는 것은 처음이었는데 그 자체가 판타지였어요. 임 선생님도 멋있게 말씀하셨는데, 그게 어떤 정서적 리노베이션 같은 효과가 있었던 것 같아요. 그때를 생각하면 향수가 느껴져요. 배에서 열 하루쯤 생활하고 내려오니 오히려 땅멀미가 나는 느낌이더군요. 아직까지도 그 여흥이 덜 가셨어요.

임진택 500~600명이 한 배를 탔다! 이 '한 배를 탔다'는 관용어가 여러 가지를 생각하게 하는데요. 우리가 지구라는 별을 커다란 우주를 항해하는 하나의 배라고 생각한다면, 이번 항해에서의 상호 만남과 소통을 지구라는 한 배에 타고 있는 생명체들에 대한 생각으로 확장해 볼 수도 있을 것 같습니다.

조선희 실제로는 수백 명의 한국인과 일본인이 탔지만, 그것이 한국과 일본 두 나라의 화해, 교류, 소통과 이해를 상징하는 것이잖아요. 그러니 확장이라는 말이 맞는 것 같아요. 그러면 두 번째

국경을 넘으면 아시아가 보인다

주제로 넘어갈까요. 최 선생님, 피스&그린보트를 어떻게 기획했는지 얘기 좀 해주세요.

한국과 일본의 시민단체가 함께 배를 띄우자
: 기획 배경과 동기

최열 일본에서 피스보트라는 NGO가 크루즈로 세계일주를 하는 프로그램을 진행하고 있다는 얘기는 전부터 들어 알고 있었습니다. 그러다가 제 딸이 대학 3학년 되던 해 피스보트의 세계일주에 참가했었어요. 3개월간 일본인을 비롯한 각국의 사람들과 세계를 다니면서 많은 사람들을 만나고 겪으면서 아주 특별한 경험을 했던 것 같아요. 세계일주를 다녀온 딸아이에게 많은 얘기를 전해 들으면서 우리나라에서도 대학생이나 각계 인사들을 대상으로 이런 프로그램을 만들면 좋겠다고 생각했습니다.

그러던 중 작년 여름, 우연한 기회로 만난 일본 피스보트의 공동대표인 요시오카 씨와 한국, 일본, 중국 등이 속한 동북아시아의 평화, 환경문제 등에 대해 이해할 수 있는 기회를 시민사회계에서 적극적으로 가져야 한다는 얘기를 나누었어요. 그러다가 마침 올해 2005년이 해방 60주년의 의미 있는 해이고 하니 한국과 일본의 시민단체가 함께 배를 띄워보는 게 어떻겠느냐고 제안을 했어요. 일본 피스보트 측은 당연히 좋다고 반색을 하더군요. 연말 환경재단 이사회에서 이런 얘기를 꺼냈더니 이사님들의 반응도 좋았어요. 당시 독도 영토분쟁, 역사 교과서, 야스쿠니신사 참배문제 등

3. 대담 : 남긴 것과 남은 것

갈수록 꼬여가는 한·일 관계를 누군가는 좋은 방향으로 풀어나가
야 하는데, 한두 번의 학술행사나 원론적인 얘기만으로는 해결이
안 되고 무언가 새로운 시각에서의 노력과 집중적인 토론이 필요
하다는 것을 느끼고 있었던 거죠. 그렇지만 과연 이것을 누가 나서
서 할 것인가가 중요했는데, 이번에 저희 환경재단이 추진하게 되
었던 거죠. 물론 한두 번의 피스&그린보트를 통해 모든 갈등이 해
결되지는 않겠지만, 좀더 장기적인 안목을 가지고 10년간 지속적
으로 하다 보면 분명히 서로에 대한 이해를 크게 확장시킬 수 있을
것이라고 생각했습니다.

조선희 준비하면서 가장 큰 어려움은 무엇이었습니까?

최열 재정적인 문제가 제일 컸습니다. 정부 쪽에 '피스&그린보
트 프로젝트'로 7억 원을 요청했는데, 좋은 사업이라는 얘기를 듣
고는 100만 원을 받았을 뿐이었어요.

국경을 넘으면 아시아가 보인다

또 하나는 사람을 모집하는 문제였어요. 관심을 보이는 사람들은 굉장히 많은데 막상 신청하는 사람의 수는 적은 거예요. 유럽 같은 데서는 여름휴가를 한 달씩도 가고 그러지만, 사실 아직까지 우리나라에서는 일주일 이상 여행을 간다는 건 직업을 가지고 있는 사람들한테는 엄두가 나지 않는 얘기니까요. 물론 첫 회이기 때문에 아직까지 많은 사람들에게 홍보가 안 된·부분도 있고, 또 크루즈여행이 아직 우리 사회에서는 보편적인 여행문화가 아니라는 이유도 있겠지만, 이번에 참가한 사람들 모두 하나같이 좋았다고 말하니까 내년부터는 좀 낫지 않을까 생각합니다.

임진택 일본 쪽 배 이름이 원래 피스보트 아닌가요?

최열 일본에 피스보트라는 NGO가 있는데, 이 단체의 이름을 붙인 피스보트라는 프로그램이 있습니다. 크루즈를 타고 100일에 걸쳐 세계일주를 하는 건데요. 과거 일본이 주변 아시아 나라들을 침략했을 때의 일을 일본인들이 잘 모르는 경우가 많은데, 그것을 직접 체험하고 반성해 보자는 취지에서 만든 거죠.

이번에 그 피스보트라는 단체와 우리 환경재단이 공동주최했기 때문에 각 단체의 이름과 특성을 따서 피스&그린보트라는 명칭을 쓴 겁니다. 그리고 이번의 첫 번째 항해는 올해가 해방 60주년이라는 의미 때문에 환경보다는 평화 쪽에 더 비중을 실어서 진행하게 된 겁니다.

3. 대담 : 남긴 것과 남은 것

일본의 문화, 일본인들의 인상

조선희   올해가 해방 60주년이고, 그래서 이번 피스&그린보트의 주제가 한·일 간의 평화와 화해였잖아요? 배에서 만난 일본인에 대한 인상은 어땠는지요?

임진택   원래 난 반일적인 발언을 강하게 해왔고, '똥바다'라는 판소리를 통해서 일본을 은유적으로 신랄히 비판해 온 입장이거든요. 그런데 일본이란 나라와 일본인 개개인을 얘기하는 것은 너무나 차이가 많이 난다는 느낌을 받았어요. 일본인 개인들을 보면 우리보다 훨씬 더 겸양과 예의를 갖추고 있는데, 어떻게 이런 사람들이 집단을 이룬 국가는 전혀 다른 정체성이 나타나는가 하는 의문이 들었어요. 그리고 또, 이번에 승선한 사람들의 면면을 보니까 한국인은 각계 각층의 전문가들이 많이 참가한 데 비해 일본인은

국경을 넘으면 아시아가 보인다

평범한 사람들이 많이 탄 것 같더군요. 물론 이들이 평화에 대한 개인적인 소망을 가지고 있는 분들이라는 생각을 하면서도 이들이 과연 평화를 위해 실천하고 투쟁하는 사람들인가 하는 의문이 들었어요. 평범한 일반인들이 항해 기간 동안만 잠시 평화를 논하다가 도로 일상으로 돌아가는 것이라면, 이렇게 비용을 많이 들이고 힘들게 준비해서 하는 항해가 남의 눈에는 호화 유람으로 비칠 수도 있겠다는 생각이 들더군요.

조선희　일본이 지금 보수 무드로 가잖아요. 그리고 애국심 조류를 타고 한국문제에 대해서도 보수적인 입장으로 퇴행하는 경향이 있는데, 이 배에 탄 사람들은 그래도 '피스'를 지향하는 사람이니까 양식 있는 일본인들이라 봐도 될 것 같아요. 배에서 들어보니까 가령 한류에 대해서 일본의 보수층들은 그런 거 없다고 부인한다는 거예요. '우리는 한국 영화나 드라마에 관심도 없어'라는 식으

3. 대담 : 남긴 것과 남은 것

로. 그런데 이 배에 탄 사람도 20퍼센트 정도는 그렇게 보수적이라는 거예요. 그런데 저는 이번에 일본의 노인들이 굉장히 인상적이었어요. 호화 유람이란 말이 나왔지만, 제가 보기엔 일본에선 오히려 연금으로 여행 온 평범한 노인들이 많은 것 같더라고요.

임진택 평생 벌어서, 이런 세계여행을 즐긴다는 얘긴가요?

조선희 아니요, 그냥 연금을 받아서 여행 왔대요. 일본 복지예산 규모가 우리의 10배라는 말을 들었는데, 복지국가의 노인들은 행복한 거지요. 연금만 받아서도 그 정도는 즐길 수 있나봐요. 완전 농촌 할아버지 같은 분들이 많았고, 이번 여행이 호화 유람 컨셉은 아니었던 거 같아요. 그분들을 보면서 저렇게 노후를 즐길 수도 있구나 하고 참 재미있다고 생각했어요. 세미나나 강연 같은 데 들어가면 앞에 앉아 깨알같이 노트에 적는 분들은 오히려 일본 할아버지들이고, 양국의 젊은층들은 오히려 듣는 둥 마는 둥이었어요. 또 제가 조타실 견학 때 거기 갔었거든요. 선장이 앞에 해도를 꺼내놓고 설명을 하는데, 일본의 할아버지 할머니들이 선장을 에워싸고 질문을 해대는 통에 저는 아예 접근도 못 했다니까요. 제가 통역에게 지금 저분들이 무슨 질문을 하냐고 물어보자 이런 식이었어요. 선장이 "흙탕물이 황하에서 바다로 유입된다"라고 하면 그들은 "바다의 어느 지점까지 흘러나오느냐"는 식으로 질문을 해요. 또 "11월 이후면 단둥(丹東) 근해가 언다"라고 하면, "수심 몇 미터까지 어느냐"라고 질문합니다. 선장이 대답하면 또 받아 적어요. 그 열의를 보니까 한편으론 어이없다 싶으면서도 저렇게 끊임없는 호기심과 학구열을 가지고 늙어가는 방법도 있구나 생각했어요.

국경을 넘으면 아시아가 보인다

최열　일본은 사회에서 은퇴한 연세 드신 분들과 20대의 젊은 학생층이 많았잖아요. 반면에 3, 40대는 상대적으로 적었고요. 일본도 우리와 상황이 크게 다르지 않아서 3, 40대는 직장 때문에 배를 못 탔을 거고요. 그런데 인상적인 것은 그 일본의 나이 드신 분들이었어요. 그분들의 눈동자를 보면 오히려 20대 젊은이들보다 초롱초롱해요. 굉장히 학구적이고 열정이 넘치시더라고요. 제가 생각하기에 그건 그분들이 어려움을 극복하는 시대를 살았고, 또 젊은 시절에 사회운동을 활발하게 한 세대라서 그런 것 같아요.

이에 반해 젊은이들은 오히려 한국 젊은이들에 비해 훨씬 풀어져 있는 것 같았어요. 저는 그걸 보면서 시민·사회운동이 굉장히 중요하다고 느꼈어요. 운동이 살아 있을 때는 사람들도 열정적이고 활발한 데 반해, 운동이 시들어버리면 사람들이 개별화되고 역

59

동성이 없어지는 거죠. 저는 일본이 보수화되고 저렇게 개별화되는 가장 큰 원인은 바로 이런 이유 때문이라고 생각합니다. 제가 보기에 일본의 나이 드신 분들은 젊은이들에게 역동성과 열정을 바라지만, 사회를 변화시킬 수 있을 정도의 역할을 하지는 못하는 게 문제인 듯합니다. 그래서 그들이 한국의 열정적인 젊은이들을 부러워한다는 느낌도 받았습니다.

조선희 주최 측에서 준비한 공식 프로그램들이 있었잖아요. 그런 것들은 대체로 굉장히 무게 있는 주제들, 즉 아시아 평화문제, 핵문제, 한·일 간의 정치적 현안 등이 다루어졌는데, 그런 행사장에는 일본이든 한국이든 젊은 세대가 별로 없었던 것 같아요. 젊은 세대는 대체로 '자주기획'이라 해서 작은 규모의 재미난 프로그램에 몰려든 것 같아요. 그런 것을 보면 확실히 진지한 문제에 몰입하는 세대는 저물어가는 것 아닌가 하는 생각이 들고, 아까 최 선생님도 말씀하셨지만 양국 젊은이들의 차이는 한국의 젊은 세대와 나이 든 세대 간의 격차보다 더 적은 것 같아요.

항구에서 항구로 : 기항지에서 생긴 일

조선희 기항지에서는 학구파와 유람파가 확연히 갈리던데, 주로 어떤 노선이셨어요? 저는 완전히 유람파였거든요. 시설을 방문하고 사람을 만나는 쪽도 있었는데, 저는 대체로 시내관광 쪽이었거든요. 임 선생님도 저랑 계속 같이 다니셨는데, 버스 맨 뒤칸에 앉아서 선생님의 일대기를 거의 다 들었어요. 전 임 선생님이 한국

국경을 넘으면 아시아가 보인다

판소리의 대가이고 명인이라는 것은 알고 있었지만, 예전에 대한
항공이랑 KBS에 다니면서 월급쟁이 생활을 했었다는 건 몰랐어
요. 판소리를 시작하신 이야기나 오적을 풀던 이야기도 참 재미있
게 들었거든요. 전 나름대로 관광프로그램을 아주 즐겼어요. 어떠
셨어요?

　　임진택　학구파냐 유람파냐 어느 쪽이냐고 묻는다면, 저 역시 유
람파였다고 봐야죠. 그렇지만 저도 속으로 약간의 학구적인 생각
을 가지고 있었어요. 제가 올해 추진하던 축제가 있었는데, 그게
가야세계문화축전이었어요. 김해시가 주최하는데, 가야의 역사와
문화를 재창조하자는 컨셉이었어요. 이걸 하면서 저 스스로도 가
야에 대해 처음으로 관심을 가졌는데요. 한·일 고대사에 숨겨져
있는 비밀이라고 할까, 그 실체랄까 하는 것들을 풀 수 있는 열쇠
가 가야에 있다는 사실을 부각시키고 싶었어요. 지금 두 나라 사이
의 갈등 뒤에 숨어 있는 증오심을 풀 수 있는 실마리가 거기 들어
있다고 봐요. 예를 들면 이런 겁니다. 가야나 백제에서 건너간 사
람들이 일본 황실을 세웠다고 보는 게 우리 입장이죠. 하지만 일본
에서는 황실은 하늘에서 내려온 것이고 가야에는 임나일본부를 두
었다고 말하죠. 똑같은 사실을 놓고도 이렇게 얘기하는 겁니다. 만
약 가야를 다스렸던 이들이 신라에 병합되는 과정에서 일본으로
건너가 다시 지배층이 되었다면, 그들이 옛날에 우리를 지배했었
다고 말하는 게 가능하다는 말이죠. 이렇듯이 역사의 왜곡이라고
적대감만 가질 게 아니라 서로 오해를 풀 수 있는 열쇠를 찾아야
한다는 겁니다.

　　이와 연관해서 기항지 중에서 가장 관심이 컸던 곳이 바로 오키

61

나와였어요. 왜냐하면 어떤 국문학자가 연구한 데 따르면 『홍길동
전』의 홍길동―홍길동은 실록에 나오는 실제인물입니다―이 세웠
다는 이상국가 '율도국'이 오키나와일 가능성이 크다는 겁니다. 나
는 이 주장이 상당히 신빙성 있다고 봐요. 오키나와의 류큐(琉球)왕
조라는 게 율국하고 발음도 비슷하고, 왕조의 성립 시기도 홍길동
이 사라진 시기와 거의 일치합니다. 그래서 오키나와에도 한·일
문제를 푸는 열쇠가 있을 것 같다고 생각했어요. 오늘날 우리가 겪
고 있는 한·일 간의 갈등이나 증오심을 풀 수 있는 요소들을 이번
항해에서 발견했으면 좋겠다고 생각했던 거죠.

최열 저는 주최하는 입장에서 어느 한곳에만 가 있을 수 없었
고, 또 사고가 일어나면 안 되니까 이것저것 신경써야 하는 게 많
아서 확실히 유람파는 될 수 없었어요. 프로그램들이 잘 진행되고
있는지 점검해야 했고, 제가 하는 일의 특성상 환경 쪽의 기항지
프로그램에 주로 참여했죠.

단둥에서는 화학섬유 공장에 들렀는데, 원료를 주입하는 것을

보여주고는 중간 과정을 다 생략하고 완성된 제품을 보여주더군요. 그러면서 한국에서 문제가 된 원진 레이온 플랜드룸을 여기에 설치하지 않았느냐 물었더니, 그들은 네덜란드에서 기계를 도입했다고 말하더군요. 그걸 들으면서 우리는 각자 자기 나라 안의 문제만 생각했지 자국의 문제가 다른 나라로 이동해 가는 문제에 대해서는 무관심하다고 생각했어요. 이웃 나라의 문제가 곧 우리의 문제라는 것은 생각하지 못하는 거죠. 말로는 글로벌 시대라고 하지만 정작 이렇게 중요한 문제에 대해서는 전혀 인식하고 있지 않은 거예요. 이런 걸 보면서 저 자신도 많은 생각을 하게 됐습니다.

또 상하이에 들렀을 때는 대형 쓰레기 처리장에 들러서 처리 과정을 견학했는데, 중국은 우리나라처럼 분리수거된 쓰레기를 처리하는 게 아니라 이것저것 마구 섞인 것을 가져와서 기계로 분리했어요. 우리나라였다면 그 냄새나 환경적 해악 때문에 지역 주민들이나 시민사회계에서 엄청 반대했을 텐데, 아직도 분리수거가 전혀 안 되고 있는 중국의 쓰레기 처리를 보면서 환경문제는 아직 갈 길이 멀다 싶었습니다. 그리고 그 문제는 중국 혼자만의 문제가 아니라 지구에 함께 살고 있는 우리 모두의 문제라는 심각성을 동시에 느꼈어요.

조선희 저는 오키나와에 제일 기대를 걸고 갔어요. 그랬는데 정작 오키나와에선 우리 관광 코스가 슈리성 외에는 별로 특별한 곳이 없었어요. 그런데 남부 전적지와 미군기지를 다녀온 사람들은 아주 깊은 인상을 받았더라고요. 심영희 선생님은 남부 전적지를 다녀왔다는데, 미군이 상륙한다는 소문을 듣고 대피한 80명의 사람들이 다 자결한 동굴에 갔을 때는 진짜 섬뜩했대요. 김동원 감독

3. 대담 : 남긴 것과 남은 것

도 미군기지반대운동을 하는 이들이 정말 감동적이었다고 하더라고요.

저는 기항지 중에 상하이의 변화가 인상적이었어요. 상하이를 1993년에 다녀왔는데, 그때 막 푸동지구가 세워지고 있었거든요. 외탄 쪽에서 건너다보면 평원에 불빛 하나 없이 시커먼 콘크리트 건물들이 막 올라가고 있었어요. 그래서 무슨 유령도시 같은 느낌이었어요. 그런데 이제 그게 다 완성이 되어서 고층빌딩 숲이 됐는데, 야경이 참 아름다웠어요. 빌딩 꼭대기에 조명을 설치하는 게 의무라고 하더군요. 중국이 발전하는 속도가 느껴졌어요.

피스&그린보트의 꽃, 다채로운 선상 프로그램

조선희 선상 프로그램들이 활발했지요. 피스보트에서 기획한 것, 환경재단에서 기획한 것, 공동기획한 것, 또 참여자들이 독자적으로 기획한 이른바 '자주기획'이라는 것도 많았는데요. 하루에 서른 가지 정도의 프로그램들이 빽빽하게 동시다발적으로 이루어졌지요. 그중에서 가장 인상적이었던 것이 무엇이었는지 말씀해주세요.

최열 1992년 브라질에서 열린 리우회의에 갔을 때, 수백 개의 부스가 설치되어 있고, 수십 군데의 회의장에서 행사가 있으니까 왔다갔다해도 그날 뭘 했는지 파악이 안 되는 거예요. 그러다 나중에 신문을 보면 정리가 되곤 했죠. 이번 피스&그린보트에서도

국경을 넘으면 아시아가 보인다

선내 신문을 만드는데, 일본은 타블로이드 판 2쪽을 내고 우리는 4쪽을 냈습니다. 그런데 신문을 직접 만드는 우리 대학생 참가자들이 신문을 낸다고 밤을 새가며 일을 하는 거예요. 그걸 보면서 참 우리나라 대학생들이 열정이 넘친다고 생각했습니다.

그리고 임진택 선생님하고는 30년 이상 알고 지냈는데, 판소리는 많이 들었지만 판소리 강연을 하는 것은 처음 봤어요. 그걸 들으면서 저분이 교수가 되었으면 진짜 명교수가 되었을 거라고 생각했어요.

또 하나 기억에 남는 것은 문화행사였어요. 장사익 씨나 안치환 씨가 공연을 할 때 일본인들도 너무나 열광적이었어요. 그래서 앞으로는 문화행사를 더 풍성하게 하는 게 좋을 것 같다고 생각했습니다.

3. 대담 : 남긴 것과 남은 것

임진택 학술행사는 꼭 필요하고 또 중심에 놓여 있어야 하겠지만, 저도 문화행사가 학술행사보다 더 인상적이었다고 느꼈어요. 하지만 너무 많은 프로그램이 동시에 진행돼서 오히려 어떤 프로그램에 집중하는 것을 방해하지 않았나 하는 생각도 들더군요.

그리고 저는 다른 어떤 것보다 영화 상영이 효율적이지 않았나 생각합니다. 하나의 소재를 놓고 많은 사람들이 공유할 수 있는 장점이 있더군요. 특히 김동원 감독의 〈송환〉은 재상영을 하기까지 했잖아요. 피스보트의 대표인 요시오카 씨가 말하기를 예전엔 피스보트 프로그램은 학술토론이 대부분이었는데, 이렇게 공동으로 개최하다 보니 새로운 걸 알게 됐다고 해요. 문화행사가 사람들을 흥겹게 하고 서로 단합시키는 것을 보고 느낀 게 많다고 합디다. 그런 점에서는 이번에 우리가 단조로웠던 피스보트의 성격을 변화시키는 역할을 하지 않았나 하는 생각도 드네요.

조선희 저도 임진택 선생님의 판소리 강연이 인상적이었어요. 다른 사람들도 마찬가지였는데, 선생님은 앵콜 강연까지 하셨죠. 제가 임 선생님 판소리는 '똥바다' 도 보고 그랬는데, 판소리 강연은 처음이었어요. 그 판소리 강연이 또 하나의 절창이었는데, 그걸 한

국경을 넘으면 아시아가 보인다

국이 아니라 크루즈에 나와서 들었다는 게 참 아이러니했습니다.

임진택 그렇죠. 한국 사람들이 정작 자기 전통문화에 대해서 더 모르고 있는 거죠. 평소에 민속이나 문화에 대해 접근할 기회나 시간이 더 없는 거죠.

조선희 맞아요. 이렇게 크루즈여행을 하니까 사람들을 좀더 정서적으로 이완시켜서 일상에서는 관심을 가질 수 없었던 분야에 기웃거리게 만드는 것 같아요. 우리가 서울에서는 판소리 강연을 한다 해도 시간 내서 가게 되질 않잖아요. 부채의 쓰임새에 대해 상세하게 얘기하셨잖아요, 그것이 정말 절창이었어요. 심청가에서 심봉사 얘기, 심청이가 인당수에 몸을 던질 때 부채를 수평으로 쫙 펴서 툭 떨어뜨리는 너름새에 관한 얘기가 인상적이었어요.

임진택 제 강연에서 그게 절정에 해당하는 부분이에요.

조선희 또 인상적이었던 것은 한국 통역관들이 울먹이는 것을 두 번 보았던 겁니다. 한 번은 〈낮은 목소리〉 영화 상영을 하고 나서 일본군 '위안부'였던 이용수 할머니가 증언을 하실 때 통역을 하던 양혜림 씨가 계속 울먹이더라고요. 그래서 저도 사회를 보면서 괜히 숙연해졌어요. 일본군 '위안부'에 관한 얘기는 책에서나 보았을 세대들인데 그렇게 울먹이는 게 인상적이었어요. 또 우토로문제에 대해서 한·일 양국의 젊은이 여섯 명이 의견을 표명하는 프로그램이 있었거든요. 거기서 김창행 씨가 우토로에서 자랐던 얘기를 했어요. 학교에서 일본 애들한테 얻어맞기도 하고 시달리기도 했는데, 할아버지가 대응하지 마라, 하지만 실력으로는 이겨야 한다고 해서 결국은 저글링 세계 챔피언이 되었다는 얘긴데, 통역이 울먹이느라 말을 못하는 거예요. 원래 웃음보단 울음이 전

67

염이 잘 되는데, 저도 모르게 따라 울게 되더라고요.

적과의 동침, 배에서 만난 사람들

조선희 이번에 정확히 몇 명이 탔죠?

최열 한국인 249명, 일본인 287명, 외국인 게스트까지 포함한다면 실제로는 총인원 560명 정도가 탑승했어요.

조선희 배가 워낙 커서 560명이 탔다는 사실이 실감이 잘 안 났어요. 큰 홀에는 전원이 다 모이기도 하지만 배 안에 독립된 공간들이 많아서 다 어딘가에 들어가 있었으니까요. 그래도 열흘쯤 되니까 사람들이 많이 낯익어지더군요. 사람들은 좀 사귀셨나요?

임진택 재미있는 얘기 하나 할까요. '오월동주(吳越同舟)'라는 말이 있잖아요. 원수가 한 배에 탄다는 얘긴데요. 일본인과 한국인 얘기만이 아니고요. 예전의 치안본부장과 내무장관을 했던 정석모 씨가 타셨죠. 당시 탄압받던 사람들이 이젠 영향력 있는 인사가 되어 한 배를 타고 함께 있는 걸 보면서 그런 생각이 들더라고요. 아마도 좀 풀리지 않았을까요? 예전의 감정 같은 것이. 내 개인적으로는 예전에 진짜 크게 싸워서 완전히 결별했던 친구와 우연히 이번 여행에서 마주쳤어요. 정말 난처할 수 있는 자리였는데, 한 배를 타게 되었다는 것이 이상스럽게도 도저히 용서할 수 없었던 앙금이나 원한을 씻어내는 역할을 하더군요. 한·일 관계에 있어서도 그럴 수 있을 것 같네요.

최열 저도 대학생 때부터 반일운동에 가담하는 등 일본에 대해

국경을 넘으면 아시아가 보인다

안 좋은 감정과 생각이 지배적이었습니다. 그러다 옥중에서 일본 환경운동가들의 책을 많이 보게 되었고, 또 옥에서 나와서는 실제 그분들을 만나면서 일본인들에 대한 인식이 많이 달라지게 됐죠.

저 자신도 모르게 일본이라는 나라에 대한 감정이 일본인 개개인들에게까지 그대로 묻어나는 경험을 했습니다. 과거 일본의 만행을 현재의 일본인들에게 그대로 적용한 거죠.

이번 피스&그린보트에서는 그린 생각이 더욱 절실히 와 닿았어요. 그동안 우리가 국가라는 울타리에 너무 매어 있었다는 거죠. 개개인들은 실상 그렇지 않은데, 국가라는 울타리가 자꾸 각 개인까지도 싸잡아 평가하게 만드는 건 아닌가 하는 안타까운 생각을 했습니다. 그래서 앞으로는 우리가 이러한 과잉국가주의를 극복하면서 서로를 이해해 나가야 한다는 생각이 들었습니다.

69

3. 대담 : 남긴 것과 남은 것

앞에서 임진택 선생님이 말씀하신 정석모 총재와 도쿄에서 같은 호텔방에서 자게 됐어요. 불과 몇 년 전까지만 해도 이분과 한 방에서 자리라고는 생각할 수조차 없었죠. 그런 그분이 지금은 연로하셔서 건강이 많이 안 좋으시더라고요. 그러면서 내가 느낀 것이 뭐냐면 어느 누구도 역사의 흐름을 바꿀 수는 없다는 거였어요. 그래서 그런지 과거에 대한 분노를 느끼지 못했습니다.

여행 후에 현 국회의원인 정 총재의 아들에게서 전화가 왔는데, 아버지가 이번 여행이 너무 좋았다고 하셨다면서 고맙다는 인사를 전해왔습니다.

조선희 우스개로 여담 하나 덧붙일게요. 이번에 경남 쪽에서 온 어떤 기업체 분 얘기인데요. 이 사람은 상하이에서 합류했는데, 상하이로 오는 비행기에서 어떤 사람이 자기한테 다가오더니 다짜고짜 "너, 부산의 ○○초등학교 출신 아냐? 아무개 동생이지? 나 너희 누나 친구야" 그러더래요. 그래서 인사를 한 뒤에 앉아서 아무래도 이상하다 싶어 가만히 생각해 보니, 그 사람이 친구라고 얘기한 아무개가 자기 여동생 이름이더래요. 그러니까 그 남자가 자기 초등학교 2년 선배가 아니라 2년 후배였던 거죠. 그래서 이 남자가 완전히 '꼼짝 마라'가 됐는데, 공교롭게도 나중에 배에 타고 보니 또 같은 선실에 배정됐더래요. 그래서 지금 그 후배하고 한 방에서 아주 편하게 지내고 있다고 얘길 해서 그 자리에 있던 사람들이 모두들 배꼽을 잡고 웃었답니다.

국경을 넘으면 아시아가 보인다

새로운 문화, 크루즈여행

조선희 우리나라에는 아직 크루즈여행 문화가 없지요. 특히 이렇게 주제를 가지고 하는 크루즈여행은 처음이었잖아요? 그런데 유럽이나 미국에선 이런 크루즈여행이 굉장히 일반적인 모양이에요. 요즘은 잘사는 사람들이 골프 치는 대신 크루즈여행 간다는 얘기도 들었는데요.

임진택 우리 민족은 옛날부터 해양지향성이 있었지요. 가야시대부터 장보고에 이르기까지. 대륙지향성과 해양지향성을 함께 갖고 있었다고 볼 수 있는데, 분단이 되면서 대륙으로 막히고 해양으로도 갇혀 있는 그런 느낌을 받아요. 세계지도를 볼 때 우리가 늘 북쪽을 위에 놓고 그려놓은 지도를 보는데, 그 관행이 우리로 하여금 남쪽, 즉 해양을 지향하는 시각을 차단시키고 있는

듯합니다. 지도를 거꾸로 놓고 보면 세상이 완전히 뒤바뀌어 보입니다. 우리는 지구가 평면이 아니라 둥글고 가능성이 무한하다는 것을 늘 잊고 사는데, 크루즈여행이 그것을 일깨워주는 것 같습니다.

조선희 확실히 신선했던 문화 경험이었던 것 같아요. 그런데 뱃멀미는 안 하셨어요?

임진택 저는 멀미는커녕 배 안에서 바둑도 뒀습니다. 바둑이라는 것이 대단한 집중을 요하는 것인데 말이지요. 크루즈여행이 좋은 여행임에도 불구하고 뱃멀미하는 사람들에게는 굉장히 고통스러운 일이지요. 내릴 수도 없잖아요.

조선희 문국현 사장님도 귀 뒤에 멀미약을 붙이고 계시더라고요. 저도 처음 삼일 정도는 머리가 멍했어요. 한 사오일 지나니까 괜찮아지더라고요. 그런데 배가 많이 흔들렸던 한두 번 정도는 너무 끔찍했어요. 숨을 데가 없는 거예요. 차멀미라면 차에서 내리면 될 텐데. 그런데 배는 대양 한가운데 있으니 내릴 수도 없고, 아주 고통스럽더라고요.

임진택 오월동주란 고사성어를 아까 꺼냈듯이, 멀미를 해도 정말 내릴 수 없는 것은 지구예요, 지구. (웃음) 내릴 수도 없고, 피할 수도 없잖아요.

피스&그린보트 첫 항해가 남긴 것

조선희 주최 측 입장에선 기대했던 성과를 거두셨나요?

국경을 넘으면 아시아가 보인다

최열 피스&그린보트가 끝난 후에 참가했던 사람들을 종종 만나게 됩니다. 만나서 제가 어땠냐고 물어보기도 전에 하나같이 너무 좋았다는 말을 먼저 합니다. 이전에는 겪어보지 못했던 다양한 사람들과 만나 교류할 수 있는 특별한 시간이었고, 무엇보다 일본이라는 나라와 일본 사람에 대해 다시 생각할 수 있는 소중한 시간들이었다고요. 그리고 우리가 잊지 말아야 할 역사를 비롯한 많은 사회문제들에 대해 진지하고 새롭게 생각할 수 있는 시간이었다고 말합니다. 또 '배'라는 특수한 공간에서만 느낄 수 있는 색다른 경험이 참가자들에게 매우 인상적이었던 것 같습니다.

조선희 비판적으로 점검을 한번 해볼 필요도 있을 것 같은데요.

최열 일본 피스보트는 25년이라는 경험을 밑바탕으로 상당한 노하우와 역량을 가지고 있는 데 비해, 우리 환경재단은 전혀 경험이 없는 상태에서 일본과 역할분담을 했기 때문에 여러 가지 시행착오가 많았습니다. 또한 이번이 첫 회이다 보니 더욱 미흡한 부분

참가했던 사람들을 종종 만나게 됩니다. 제가 물어보기도 전에 하나같이 너무 좋았나는 말을 먼저 합니다. 전에는 겪어보지 못했던 다양한 사람들과 만나 교류할 수 있는 시간이었고, 무엇보다 일본이라는 나라와 일본 사람에 대해 다시 생각할 수 있는 시간들이었다고요. 그리고 잊지 말아야 할 역사를 비롯한 사회문제들에 대해 진지하고 새롭게 생각할 수 있는 시간이었다고 말합니다. 또 '배'라는 특수한 공간에서만 느낄 수 있는 경험이 인상적이었던 것 같습니다.

3. 대담 : 남긴 것과 남은 것

이 많았던 것 같습니다. 피스&그린보트는 올해에만 국한되는 일회성 행사가 아닌 앞으로 10년간 일본과 함께 해나갈 일이기에 이번 경험을 토대로 더욱 철저히 준비해야겠다는 생각을 했습니다.

임진택 피스라는 개념과 그린이라는 개념은 보완관계이기도 하고 서로 별도의 시각을 가지고 있는 것이기도 해서 프로그램의 성격을 좀더 명확히 하는 게 필요하다는 생각이 들었어요. 이를테면 일본의 피스보트는 세계평화와 연관되는 곳으로 찾아가게 되어 있지만, 환경이라는 테마를 넣으면 항로와 기착지, 만나는 사람, 프로그램 등이 상당히 달라지게 마련이지요. 평화냐 환경이냐 하는 문제가 뒤섞여있다 보니 프로그램이 좀 개별화된 거 아닌가 싶었습니다. 또 앞으로는 배를 타는 사람들의 연령층이나 사회 성향, 계층 등을 통합할 필요도 있을 것 같습니다. 그리고 기항지 프로그램 중에 현지 관광여행 테마도 있어야겠다는 생각

국경을 넘으면 아시아가 보인다

입니다. 관광유람도 항해의 테마가 되어야 한다는 거죠. 여행사를 통하다 보니 다른 패키지 관광객들과 다를 게 없는 모습이 되어버려 무의미하기도 했고, 또 현지 가이드의 수준이 우리와 맞지 않았습니다.

조선희 물론 성격을 명확히 하는 것도 중요하지만 자율성을 주는 것 또한 중요합니다. 긴 여정이다 보니 주최 측이 계획한 대로만 진행된다면 재미가 없을 거예요. 저는 참가자들의 자발적인 기획들 때문에 항해가 더 생동감이 넘쳤다고 생각합니다. 중심과 자유분방함이 조화를 이루는 게 중요하다고 봅니다.

임진택 전적으로 동의하고요. 그런데 예를 들면 이런 거죠. 자주기획 프로그램을 너무 남발하지 말고 수를 좀 제한하자는 겁니다. 사람들이 좀 모일 수 있도록 말입니다. 너무 잘게 썰지 말고 정리를 하는 방법이 있지 않겠나 하는 겁니다.

조선희 그건 그러네요. 주최 측이 운영의 묘를 살리는 쪽으로 개입을 하면 좋을 것 같습니다. 저도 '난추소랑'이라는 공연이 대체 뭔가 싶어서 한번 가봤어요. 그게 일본의 전통 무용으로 아주 격정적인 사무라이 스타일로 추는 춤이더라고요. 그런 공연은 한국인들로서는 직접 보기 쉽지 않은데, 주최 측에서 같이 기획을 좀 거들어줘서 많은 사람들이 참여할 수 있게 했더라면 싶었어요.

그리고 아까 임 선생님이 영화 상영이 참 좋은 것 같다고 말씀하셨고 저도 동의하는데, 이번에 배에서 할리우드 영화를 트는 건 좀 뜬금없어 보이더군요. 이번 크루즈의 주제에 맞게 우리가 평소에 볼 수 없었던 일본 영화들을 보여준다든지 하면 좋았겠지요. 그리고 〈낮은 목소리〉를 일본 사람들이 볼 기회가 어디 있었겠어요?

75

준비 과정이 약간 소홀해 보이는 것들이 눈에 띄었는데요. 〈낮은 목소리〉의 경우 필름을 못 구해서 비디오로 틀었는데, 그나마 일본어 자막이 없는 비디오였어요. 일본인 관객들이 많이 왔는데 요령부득이죠, 뭐. 그래도 인내심을 가지고 끝까지 앉아서 보고 있는데, 제가 주최 측도 아니면서 미안해지더라고요.

임진택 중요한 지적을 하나 더 하고 싶은데요. 올해 항해 시기가 좀 위험했습니다. 우리가 상하이에서 오키나와로 가기 직전에 태풍이 지나갔다고 하더라고요. 아슬아슬하게 피해서 다행이긴 했지만, 만일 태풍을 만났으면 큰일 날 뻔했습니다. 모든 일정이 틀어지는 거죠. 일정과 항로 부분에 대해서는 상당히 신중한 검토가 필요합니다.

조선희 제가 한 가지 짚고 넘어가고 싶은 게 있는데요. 배에 정치인들도 몇 분 탔는데, 어떤 이는 저녁마다 카페에 사람들을 모아서 폭탄주를 돌리고 그랬어요. 피스&그린보트의 성격이나 분위기를 해친다는 생각이 들더군요. 정치인이 배를 타면 안 된다는 게 아니라 정치인도 한 명의 승선자로서 적극적으로 프로그램에 참여하면서 사람들과 어울려야 한다는 거지요.

2006년 피스&그린보트, 그리고 앞으로 10년

조선희 내년 계획은 어떻게 됩니까?

최열 지금 제 개인적인 생각으로는, 대학생들의 방학과 태풍 등의 문제를 고려해야 하니까, 7월 중순에서 말쯤이어야 하지 않나

국경을 넘으면 아시아가 보인다

싶고요. 경로는 일본 홋카이도를 지나 사할린, 캄차카 반도 쪽으로
해서 블라디보스토크를 거쳐 북한까지 들어가는 게 어떤가 생각하
고 있습니다.

조선희 그쪽으로 코스를 잡으면 어떤 컨셉이 되나요?

최열 사할린에는 아시다시피 우리 동포들이 많이 거주하고 있
고, 캄차카 반도는 개발이 아직 안 된 지역이기 때문에 생태학적
으로 접근할 수 있을 것 같습니다. 또 홋카이도에는 소수민족인
아이누족이 살고 있죠. 블라디보스토크에는 역시 우리 교민들이
많이 살고 있고, 북한으로 돌아올 때는 금강산에 가보면 좋을 것
같습니다.

임진택 독도도 한번 가보면 좋겠네요. (웃음)

조선희 며칠 정도가 될까요?

최열 올해와 마찬가지로 16일 정도로 생각하고 있고요, 기업의
CEO나 정부 쪽 인사를 비롯해 공무원을 많이 초청할 예정입니다.
그리고 환경 관련 프로그램도 다양하게 준비해야겠죠.

조선희 올해는 광복 60주년이기 때문에 평화 쪽에 집중했었지
만 내년부터는 환경 부문의 비중을 늘린다는 생각이신 거죠?

최열 네, 21세기의 화두인 환경과 문화에 관한 프로그램을
여러 가지 준비할 거고요, 특히 올해 좋은 결과를 낳았던 문화
행사를 더욱 활성화할 생각입니다. 내년에도 함께 참여할 수 있
는 각 분야의 문화예술가들과 교섭 중에 있습니다.

조선희 저는 이번에 배를 타면서 일본문화나 일본 사람들의 행
동 양식, 일본 노인들과 젊은 세대의 스타일 같은 걸 많이 알게 되
었어요. 앞으로 10년 동안 일본하고 한국이 크루즈를 같이 탄다고

77

했는데, 언젠가는 북한하고 한 배를 타야 한다는 생각을 했어요. 진짜로 의사소통이 필요하고 서로에 대한 이해가 필요한 것은 남과 북이 아닌가, 하고 말이죠.

임진택 북한하고 미국하고 한 배를 타라 그러면 어떨까요? (웃음) 그리고 한마디 덧붙이고 싶은 것은, 우리 환경재단의 스태프들, 그 실무자들이 참 일들을 잘 하더라고요. 심지어 현지에서 관광안내 하는 것까지도요. 자신들도 처음일 텐데 현지 가이드들까지도 인솔하면서 진행을 하더라고요. 밤샘을 하고서도 낮에 다른 사람들과 똑같이 업무를 해내는 그런 책임감이 인상적이었습니다. 환경재단 실무자들은 능력도 있고 성실하기까지 한 아름다운 모습을 보여주었습니다. 한편 며칠씩 밤샘을 했기에 너무나 피곤해하던 모습이 맘에 걸립니다. 그런 것들이 개개인의 심성에서 여유를 많이 빼앗아가기 쉬우니까 잘 파악해서 배치해야 할 필요가 있을 것 같아요.

조선희 스태프들이 너무 고생해서 안쓰러워 보였는데, 이번이 첫해라 그랬다고 생각합니다. 내년엔 경험도 쌓이고 팀워크도 생기고 해서 시스템이 잘 돌아갈 테니, 같은 인력으로도 지금보다 매끄럽게 운영될 거라 생각합니다.

내년부터는 그린, 즉 환경 프로그램이 많아질 것이 틀림없는데, 저는 어느 공장을 방문하고, 거기 생태를 견학하고 그런 것보다 이런 게 더 중요할 것 같아요. 우리가 배에서 생활하는 자체가 하나

국경을 넘으면 아시아가 보인다

의 체험이고 하나의 실습이어야 할 거 같거든요. 가령 음식을 먹고 처리하는 거, 일상생활에서 세제를 쓰거나 하는 그런 것처럼요. 이번엔 후지마루라는 배를 빌렸기 때문에 그 배의 시설이라든가, 스태프들이라든가 하는 기본적인 것이 정해져 있어서 어떻게 해볼 여지가 없었는데, 앞으로는 기본생활 자체가 친환경적인 실습이 될 수 있게 해야 할 것 같아요. 엄청나게 소비적이고 반환경적으로 생활하면서 어디 가서 환경문제에 대해 받아 적고 공부하고 한다는 게 이율배반적이고 현실과 이상이 따로 노는 얘기 같거든요.

임진택 배 안에서 음식이 남아도는 것을 보고 아깝다는 생각이 들었어요. 물론 손님들을 최고급으로 대접하려는 후지마루호 측의 배려가 고맙긴 하지만요. 그런 것도 조정될 수 있으면 좋겠네요. 우리가 상하이 어느 레스토랑에 가서 요리경연대회를 했잖아요. 그 레스토랑 자체가 크루즈처럼 만들어놓은 건물이더라고요. 떠 있는 배처럼 지어놓은 레스토랑이었어요. 내가 "아니 요리경연 같은 건 그냥 배 안에서 하면 되지 무엇 하러 그리 많은 비용을 들여 밖으로 나왔느냐" 물었더니, 배에서는 위험하기 때문에 외부인에게 취사를 절대 허용하지 않는다고 하더라고요. 어떻든 우리가 타는 배가 호화 유람선이라고 하는 인상을 불식시키기 위해서라도 절세와 근면, 친환경적인 것들이 살아 있는 여행을 생활화하는 것은 중요한 발상이라고 생각합니다.

최열 지금 현재도 그렇지만 우리나라는 앞으로도 상당 기간 일본, 중국과 정치적인 문제나 무역 등의 경제적인 문제 때문에 상당한 갈등과 마찰을 빚지 않을까 예상합니다. 일본은 점점 보수화되고, 중국은 경제뿐 아니라 정치적인 영향력도 상당히 커지게 될 것

3. 대담 : 남긴 것과 남은 것

입니다. 이런 것을 생각할 때, 우리는 정부 차원에서의 준비뿐만 아니라 시민사회 차원에서도 한·중·일이 공존할 수 있는 다양한 준비와 접근이 필요하다고 봅니다. 그런 점에서 한·중·일 각계 인사와 시민이 하나가 되어 앞으로 10년간 이 피스&그린보트를 통해 동북아 평화 정착에 노력한다면 노벨평화상까지 받을 수 있지 않을까 생각합니다. (웃음)

국경을 넘으면 아시아가 보인다

4

새로운 시작을 위한 여행

1

미래를 향한 희망

캐슬린 설리번(Kathleen Sullivan), 평화 군축 교육 전문가

지난 8월, 나는 피스&그린보트에 승선할 7개 핵 보유국에서 온 7명의 젊은이들을 인솔해 줄 것을 요청받았다. 이 항해는 여러 사람의 삶을 변화시켰다. 그것은 보기에 따라서는 예언적이기도 했다. 우리의 여행은 전쟁의 참혹성을 일깨우는 육지에서의 활동(원폭피해자를 방문하고 일본군 '위안부' 활동을 강요당했던 한국 여성들의 증언을 듣는 것, 시체가 쌓여 있는 난징대학살의 상상할 수 없는 비극을 대면하는 것)으로 마침표를 찍었지만, 피스&그린보트에서의 경험은 내게 깊은 희망을 선사해 주었다.

나가사키에 도착하고 몇 주가 지난 뒤, 나는 남은 인생과 함께할 몇 가지 원칙을 갖게 되었다. 그것은 한국인과 일본인이 각각 절반으로 구성된 600명의 공동체 멤버들과 핵 보유국에서 온 7명에게서 배운 것이다. 나는 그들과 함께 '미래를 향한 희망'이라는 새로운 목적지를 향해 여행했다.

경쾌하게 걸어라, 우리는 한 지구에 산다

환경재단의 설립자인 최열 대표는 내게 큰 영감을 주었다. 그의 수감생활과 사색에 대한 이야기나 미래 환경보존을 위해 갖고 있는 비전을 듣고 있노라니 닫혀 있던 마음의 문이 활짝 열렸다. 그곳, 한 배에서 우리는 함께 있었다. 배에 있는 것들은 모두 우리 공동의 소유였기에 함께 나눠 써야 했다. 우리는 그곳에 모두 함께 있었기 때문에 서로 어울려 지내야 했다. 다른 나라 사람들의 말을 잘하지 못하는 사람들도 있었기 때문에 우리는 서로의 말을 배워야 했다.

나눠 쓰기, 어울리기, 배우기를 하며 우리는 모두 한 배 위에 있었다. 우리는 한 지구 위에서 살고 있었다. 단순하지만 심오한 통찰이다. 미스터 최, 당신의 깊이 있는 시각에 감사드린다.

자주 웃고 전 세계의 언어로 말하라

어느 날 저녁, 나는 피스&그린보트의 스포츠 갑판 위에서 예술가와 정치운동가, 작가, 정치인 그리고 나에게 영감을 주는 여러 사람들과 함께 둥그렇게 앉아 있었다. 달이 하늘 높이 떠 있었다. 우리는 바다에 있었지만 길을 잃은 것은 아니었다. 주로 사용된 언어는 한국어와 일본어라서 나는 통역의 힘을 빌려야 했지만, 통역이 꼭 필요한 것은 아니었다. 나를 둘러싼 선의(善意)는 전 세계의 언어로 울려 퍼졌다.

4. 새로운 시작을 위한 여행

웃음, 격려, 열린 마음. 그것이 이번 항해의 흔적이다. 만약 웃음과 사랑의 주사를 정기적으로 맞는다면 우리의 심장은 건강한 상태를 유지할 것이고, 그 어떤 불안감도 더 나은 세상을 위해 일하려는 우리의 의지를 해치지 못할 것이다.

화해를 구할 때는 용기 있게 말하라

때때로 나는 누가 일본인이고 누가 한국인인지 구별하기가 무척 힘들었다. 내 방 앞 복도를 지나가는 사람과 마주칠 때, '곤니치와'라고 해야 할지 '안녕하세요'라고 해야 할지 고민스러웠던 적이 한두 번이 아니었다. 그러나 그것은 작은 걱정거리였고, 정말로 신경이 쓰였던 것은 혹시라도 다른 언어로 인사를 했다가 상대방을 불쾌하게 만들지는 않을까 하는 것이었다. 그래서 처음 며칠은 그냥 웃기만 했다. 그런데 갑자기 최선을 다해야겠다는 용기가 생겨났다. 한 배에 타고 한 지구에 살고 있는 우리를 둘러싼 의사소통에 대한 열망에 휩싸인 나는 함께 배를 탄 사람들에게 용기 있게 인사를 건넸다. 맞게 인사한 적도 있었고, 틀리게 인사한 적도 있었다. 그러나 내 의지는 확실했다. 보이지 않는 경계를 넘어 더 나은 신뢰와 의사소통을 여는 인사를 하는 것, 그것은 주효했다! 그리고 그것은 약 20년 전부터 피스보트를 조직했던 내 친구 요시오카를 지배했던 원칙 중 하나였다. 일본 교과서에 '진실한 역사 언급'이 거의 없다는 사실에 상처를 입었던 요시오카는 역사와 관련된 사람들을 만나 그들로부터 직접 이야기를 듣기 위해 배를 하

국경을 넘으면 아시아가 보인다

나 빌렸다. 그는 일본 역사책에 언급되어 있지 않은 것들에 대해 말했고, 진실을 말하는 동안 화해의 싹이 피어날 수 있었다.

때때로 'hello'를 다른 언어로 말하는 데는 용기가 필요하다. 그러나 그 단계만 지나면 마법이 일어난다. 요시오카의 예에서 분명히 볼 수 있듯이 말이다. 용기 있는 행동이 꿈을 현실로 만든다. 만약 우리가 꿈을 크게 꾼다면, 이 세상에 진정한 평화도 분명히 만들 수 있다.

꽉 잡으라, 평화와 정의가 다가오고 있다

우리는 두 번이나 태풍을 피했다. 우리가 도쿄를 떠나자마자 태풍이 왔고, 오키나와를 떠나자마자 또 태풍이 왔다. 우리는 오랫동안 태풍의 그늘 아래 있었지만 새로운 목적지, 즉 미래의 희망을 향한 한결같은 항해를 계속했다. 나는 이 의미를 7개 핵 보유국에서 온 우리 학생들과 함께 느꼈다. 항해가 시작되어 처음 만났을 때 우리는 미국, 러시아, 인도, 중국, 프랑스, 파키스탄, 영국에서 온 낯선 사람들이었다. 그런데 항해가 끝나고 떠날 무렵 우리는 서로가 한 세계에서 온 가족이 되어 있었다.

여행을 하는 동안 학생들은 선상에서 자국의 핵무기 확산 실태와 핵무기 무장 해제를 위해 해야 할 일에 대해 발표했다. 2주가 끝나갈 무렵 우리는 핵 무장 해제를 위한 2개년, 5개년, 10개년 단위의 실행 기초 계획을 완성했다. 이 자료들을 손에 들고서 우리는 실행 단계를 소개하기 위해 수차례 기자회견을 가졌고, 나가사키

4. 새로운 시작을 위한 여행

의 이토 시장과 도쿄에 있는 일본 외무성 대표와도 면담을 가졌다. 우리는 현재 핵 무장 해제를 위한 젊은 대사들의 공식 보고서를 준비 중이며, 이는 UN총회 첫 번째 위원회가 열리는 2005년 10월에 발표될 예정이다.

군국주의와 전쟁으로 인한 고통의 실상을 직접 경험해 보면서, 동시에 우리는 국가 정체성과 문화의 가상 경계를 가로지르는 행사를 함께 즐기기도 했다. 우리는 우리 조국이 핵무기를 갖고서 오늘날 상대를 위협하고 있다는 사실에 충격을 받았다. 만약 서로 단결하고 상대방을 존중하는 것이 매우 자연스러운 세상이라면, 인간의 타고난 본성인 타인에 대한 이해를 실천하는 데 국가 지도자들이 어려워하는 모습을 보았을 때 매우 의아해할 것이다. 이번 여행에서 우리는 그러한 세상을 만들었고, 그것이 바로 이 여행이 지닌 아름다운 가치였다.

평화를 이루고 화해하는 것은 때로 말할 수 없이 힘들 수도 있다. 그러나 우리가 아이들을 올바로 키우고, 지구 위를 경쾌하게 걸을 수 있는 수단, 즉 웃음과 사랑, 용기 있게 말하고 화해하는 법을 가르쳐준다면 우리 모두는 더욱 잘 버텨낼 수 있을 것이다. 평화와 정의가 가득한 밝은 미래가 다가오고 있기 때문이다.

이렇게 아름답고, 인생을 바꾸어준 여행을 가능하게 해주신 모든 분들께 감사를 전한다. 감사합니다. 아리가또.

국경을 넘으면 아시아가 보인다

2

바다에서 땅의 일을 생각하다

김수종, 《한국일보》 주필

지난 겨울 최열 환경재단 대표가 내게 '피스&그린보트' 계획을 밝혔을 때, 두어 가지 상념이 머리를 스쳤다.

우선 광복 60주년을 테마로 한 크루즈 프로그램이 기찬 아이디어라는 감탄과 함께 국내에서 처음 시도되는 이 계획에 우리 신문이 참여했으면 좋겠다는 생각을 했다. 그러나 마음 한구석에는 이 계획의 실천이 만만치 않을 것이라는 염려도 있었다. 일 꾸미는 데 탁월한 최열 대표의 능력을 모르는 바는 아니지만, 그 짧은 시일 안에 한·일 두 나라의 NGO가 공동으로 준비하고 추진해야 할 일치고는 결코 쉬운 과제로 보이지 않았기 때문이다.

더욱이 3월에 일본 지방의회의 독도결의안 통과를 계기로 한·일 관계는 최악의 상태로 냉각되었고, 중·일 관계도 극도로 악화됐다. 동북아는 역사전쟁의 소용돌이 속에 들어간 것이나 마찬가지였다. 이런 분위기 속에서 아무리 시민단체가 주도한다 해도 2만 5,000톤의 크루즈 선박을 띄워 역사전쟁의 격랑이 이는 바다를 헤집고 다닌다는 것이 국민 정서와는 동떨어진 위험한 비즈니스 같아 보였다.

이런 우여곡절을 넘어 후지마루호는 도쿄를 출항했고, 8월 18일 나는 인천에서 그 배 위에 올라 있었다. 게스트로 초대받은 후에도 마음에 걸리는 것은 8월이라는 계절이었다. 8월 후반부는 동중국해에서 태풍이 기승을 부리는 때인데, 보름 넘는 항해 기간 동안 바다가 잠잠해 줄 것인지 걱정스러웠다. 만약 태풍이 분다면 프로그램은 엉망이 되고 말지도 모르기 때문이다.

그러나 결과적으로 이런 걱정은 모두 기우였다. 나는 뱃멀미를 좀 하는 편인데도 항해 동안 큰 불편을 느끼지 못했다. 쾌적한 뱃길이었다고 해야 옳을 것이다. 나가사키에 닻을 내린 후에야 허리케인 '카트리나'의 뉴올리언스 상륙을 앞두고 세계가 야단법석을 떨고 있는 것을, 또 우리의 배를 쫓아 저 멀리 태풍 '나비'가 북상하는 것을 알게 되었다.

크루즈여행의 경험을 쌓은 일본의 '피스보트' 측이야 그렇다고 치고, 한국 측의 '그린보트'의 첫 출발이 성공적이었음을 탑승객의 한 사람으로서 감히 말할 수 있다. 배를 타고 여러 가지 일을 할 수 있다는 가능성을 배운 것이 우선 유익한 일이고, 첫 뱃길이 순조로웠던 행운이 뒤따랐다.

이번 크루즈에 참여한 사람들이 저마다 느끼는 바가 많았듯이, 나도 보고 느낀 점이 있었다. 그중에 이 프로그램의 주제인 평화와 환경에 대해 가졌던 생각을 공유하고 싶다.

어느 학자가 중국 대륙, 한반도, 일본 열도와 타이완으로 둘러싸인 동중국해를 가리켜 '동아지중해'라는 새로운 명칭을 붙여 말

국경을 넘으면 아시아가 보인다

하는 것을 들은 적이 있다. 이 개념은 고대 이 지역에서 벌어진 한·중·일 3국의 문물교류를 그리스 로마 문명에 영향을 끼친 지중해의 역할에 비견하면서 새로이 21세기 세계 문명사에 기여할 동중국해의 역할을 강조한 것으로 이해된다.

이번 뱃길에서 도쿄, 부산, 인천, 단둥, 상하이, 오키나와, 나가사키에 상륙해 확인했듯이, 한··중·일 3국이 자리 잡은 동아시아는 21세기 가장 역동적인 지역으로 급성장하고 있다. 국경 의식만 걷어버린다면 동중국해는 바로 이 지역의 내해와 마찬가지다. 이 뱃길을 돌고 나서 동아지중해라는 표현은 사뭇 피부에 와 닿았다. 21세기 들어서 이 바다를 중심으로 한·중·일 3국은 더욱더 떨어질 수 없는 상호의존관계로 나아가고 있다. 그래서 경제적으로 융성하면 같이 발전하게 되고, 서로 반목과 갈등을 하면 그 부작용은 더욱 커질 것이 명약관화하다.

따라서 동중국해가 전쟁과 갈등의 바다가 아니라 평화와 협력의 바다가 되어야 한다는 생각이 절실해진다. 유럽통합을 보면서 우리는 아시아에서는 저런 일이 벌어질 수 없을까 하고 생각한다. 많은 사람들이 아시아는 다르다고 비관한다. 그러나 60년 전 유럽인들이 오늘의 유럽연합 같은 공동체가 가능하다고 생각했을까.

바다는 동북아 3국을 자연스럽게 가르는 일종의 국경과 완충지 역할을 하고 있다. 그러나 바다는 생각하고 이용하기에 따라 너와 나를 가르는 경계가 아니라 우리가 모이는 교류의 장이 될 수 있다. 이번 항해는 민간 차원에서 동중국해라는 하나의 바다를 끼고 사는 사람들이 같은 배를 타고 서로를 이해하는 방법을 배우는 첫 시도라 할 만했다. 한·일 젊은이들은 하루가 지나자 친해지는 것

89

을, 나이 든 사람들은 서먹서먹하다가 배에서 내릴 때쯤 아쉬워하는 장면을 보았다. 완급은 있었지만 두 나라 탑승객들은 서로를 가까이서 보며 이해하게 됐다. 다음 프로그램에 중국인들이 많이 참여하게 된다면 그 교류는 더욱 다원화될 것이다. 그 배 위에서 아시아 통합의 씨앗이 싹트지 말란 법이 없다.

이번 항해는 바다 한가운데서 땅을 생각하는 기회가 되었다. 하루 종일 항해해도 조그만 섬 하나 보이지 않는 망망대해, 동중국해는 참으로 넓은 바다였다. '비행기 축지법'에 익숙해서 별로 대수롭지 않게 보았던 바다가 얼마나 넓은지를 실감했다. 그러나 나중에 집에 돌아와 지도를 펼쳐보니, 지구상에서 우리가 항해했던 동중국해는 한구석에 불과했다. 누군가 지구를 물을 가득 싣고 우주를 달리는 행성이라고 표현했지만, 우리가 생활하는 땅은 지구 전체로 볼 때 섬과 같은 존재다.

그런데 배를 타고 열흘 동안 바다 위에 떠다녔지만, 우리 탑승객 중에 바닷물을 만져본 사람이 몇 명이나 될까 싶다. 배 위에서의 생활은 모두 뭍에서 가져온 것들에 의해 유지되었다. 마시는 물마저도 육지에서 가져온 것이었다. 바닷물은 한 모금도 마실 수 없다.

이번 여행에서 나는 땅의 소중함과 바다의 위대함을 더욱 절실히 느끼게 됐다. 더구나 우리의 항해가 끝난 후 허리케인 '카트리나'와 '리타'가 미국 연안을 강타하면서 땅이라는 것이 바다의 공격을 받으면 속절없이 무너질 수도 있겠다는 생각이 더욱 굳어졌다. 정말 지구 온난화에 의해 바다가 어떻게 변할지 아무도 장담할 수 없는 상황에서는 더욱 그런 생각이 들 것이다.

평화는 인간과 인간과의 관계에 의존하고, 환경은 인간과 자연

국경을 넘으면 아시아가 보인다

과의 관계에 영향을 받는다. 평화가 깨지거나 환경이 파괴되면 21세기 인류는 진정 행복할 수 없을 것이다. 동중국해 일대 지역은 평화와 환경이 가장 파괴되기 쉬운 여건에 놓여 있다는 생각을 하게 된다.

평화도 배우고 환경도 생각하는 '피스&그린보트' 프로그램은 계속할 가치가 있다. 이 프로그램을 기획하고 진행시킨 '피스보트'와 '환경재단' 직원과 자원활동가들의 숨은 노고와 번득이는 일 처리 솜씨에 고마움을 느끼며 또한 내년을 기대해 본다.

4. 새로운 시작을 위한 여행

3

평화의 바다, 미래의 바다

한경구, 국민대학교 국제지역학부 교수 · 문화인류학자

바다는 역사적으로 한국인과 한국문화의 형성에 매우 중요한 역할을 했으며 미래 한국인의 삶에도 더없이 중요할 것이다. 그러나 우리는 바다를 너무나 모르고 있다. 또 관심도 없다. 한국인의 시간과 공간 인식이 육지 중심적이라고나 할까? 고대와 중세에는 바다가 중요했는데, 언제부터인지 현대 한국인에게 바다는 그저 육지가 아닌 곳이 되어버렸다.

전통사회에서 천하의 뿌리는 농민이었고(農者天下之大本), 사농공상(士農工商)의 구별 속에 어민은 자리조차 없었다. 땅이 중요한 것만 알았지, 바다와 갯벌은 새만금 사업 강행이 보여주듯 그 소중함이 철저히 무시되어 왔다. 21세기는 노마디즘(nomadism, 특정한 가치와 삶의 방식에 얽매이지 않고 끊임없이 자기를 부정하면서 새로운 자기를 찾아가는 것을 의미하는 철학적 개념)의 시대라는 주장이 힘을 얻고 있지만, 이것 역시 정착농경민의 공간 인식을 현실로 전제하고 있는 것은 아닌지? 해양민족에게 노마디즘 따위를 설교할 필요는 없을 터인데…….

　바다에 대한 우리의 무심함은 바다를 마음 놓고 다니지 못하게
된 근현대사의 현실에서 비롯된 것인지도 모른다. 고대에는 동아
시아의 바다가 무역과 문화교류의 장이었다. 전쟁과 해적이 없었
던 것은 아니지만 '동아시아 지중해'라고 부르는 사람들이 있을
정도로 활기찬 곳이었다. 허왕후도 바닷길로 왔고 혜초와 옌린도
바닷길로 다녔다. 신라방과 장보고의 청해진이 사라진 뒤에도 벽
란도는 무역의 중심지였다. 명나라와 조선과 도쿠가와막부의 해금
정책으로 바다가 쓸쓸해지더니, 19세기에 들어와서는 제국주의
열강의 군함이 협박과 침탈, 그리고 싸움을 벌이면서 동아시아의
바다는 끔찍한 곳이 되었다. 제2차 세계대전이 끝났지만 한국전쟁
과 냉전 때문에 동아시아의 바다는 오랫동안 살벌하고 막힌 곳이
었다. 중국과의 바닷길은 40년 가까이 막혀 있었고 북쪽 바다는
어선 납치와 간첩선 출몰, 경비정의 피격 등으로 고통스럽고 위험
한 곳이었다.

　동아시아의 바다를 누비는 피스&그린보트는 바로 그렇기 때문
에 매우 큰 문화충격으로 다가올 것이다. 육지보다도 오히려 바닷
길이 세계사 형성에서 얼마나 중요했는가를 배우고 깨닫는 것만이
아니다. 국민국가의 영토와 시간이라는 한계를 벗어나, 그야말로
드넓은 바다에 나와서 세상을 바라볼 수 있게 해준다. 아름다운 노
을과 쏟아지는 별, 그리고 날마다 새로운 태양 아래 아득하게 물결
치는 바다! 우리의 인생, 우리의 사회라는 것도 그저 세상이라는
바다를 지나가는 하나의 배에 불과한 것은 아닌지? 언어와 풍습은
달라도 모두가 한 배에 올라타 바다를 바라보노라면, 그 누가 지구

93

와 인류와 공동의 미래를 생각하지 않을 수 있으랴? 그 누가 보편적 가치에 대해 생각하지 않을 수 있으랴?

피스&그린보트에서는 정말로 많은 것이 가능하다. 한 배에 올라탔으니 당분간은 그야말로 운명공동체요, 서로가 서로의 친구이며 선생님이다. 기항하고 출항하는 곳마다 곱씹어보면 사실은 우리의 다른 모습임을 깨닫게 된다.

열리고 트인 해양문화의 정신은 동아시아에 지속가능한 평화를 만드는 데 큰 역할을 할 것이다.

아, 내년부터는 동남아에도 가야지, 태평양을 건너 대양주까지 가야지! 적도를 지날 때는 용왕님 모시고 적도제도 떠들썩하게 지내볼까?

국경을 넘으면 아시아가 보인다

4

피스&그린보트에서의 성찰

김하양, 원불교 천지보은회 임원 · 일본 와세다대학 일본어 전수 과정

배를 타던 바로 첫날부터 나는 배신자가 된 것 같은 기분이 들었다. 다양한 연설자들이 아시아의 평화 창출 필요성을 역설하는 동안 한 가지 의심이 나를 괴롭히기 시작한 것이다. 평화가 정말 가능한 것일까? 수백 명의 한국인과 일본인들이 전 세계를 향한 발표문을 만들기 위해 피스&그린보트에 모여 있었고, 나 또한 그곳에 있었지만 의심하는 일이야말로 나의 임무였다. 내게 '평화'란 그저 정치적인 미사여구에 불과했던 것일까? 아니면 그저 1960년대에나 어울릴 말이라고 생각했던 것일까? 내가 그렇게 회의적인 사람이 되었나?

나를 불편하게 만드는 것이 또 있었다. 나는 원불교의 '자연에 감사하는 운동'의 회원으로 이 배에 타게 되었는데, 도쿄에서 일본어를 배우는 한국계 미국인인 나는 다른 승객들이 접하는 것과는 다른 문화적, 언어적 도전에도 직면하게 되었다. 물론 한국말을 알아듣고 말할 수는 있었지만, '핵 무장 해제'와 같이 어려운 말이

4. 새로운 시작을 위한 여행

나오면 멍해져야 했다. 그리고 일본말로도 웬만한 일상회화 정도
는 할 수 있었지만 일본어로 진행되는 한 시간 강연, 예를 들어 인
류의 안전과 같은 문제에 대한 강연을 따라잡는 것은 힘에 겨웠다.
나는 한국어와 일본어를 어느 정도 구사할 수는 있었지만, 제대로
구사하는 것은 단 하나도 없는 셈이었다.

여기에다 나를 또 좌절하게 만든 것은 다른 사람들이 나를 미국
인으로 보지 않는다는 사실이었다. (피넛 버터 젤리 샌드위치를 즐겨
먹고 독립기념일을 찬양하며 미국인은 특별하다는 사실을 철썩같이 믿으
며 자라온 나인데도 말이다. 하지만 생김새만으로 누가 알아차리겠는가)
왠지 모를 불편함과 소외감에 휩싸인 나는 이 배를 탄 목적과는 부
합되어 보이지 않는 일을 해야 했다. 그것은 그냥 뒷자리에 앉아
지켜보는 것이었다.

나는 다른 사람들을 관찰하지 않았다. 그러기보다는 나 자신을
긍정적인 시선으로 바라보았다. 그러자 바로 거기에서 '평화'에
대한 이해가 발전하기 시작했다. 그것은 나를 이해하는 과정에서
일어났다. 내가 내 안에 있는 특정한 희망과 불안을 '보기' 시작하
면서 나 자신, 내가 생각하는 것, 내가 느끼는 것이 모두 바깥 세상
에 투영되고, 그렇게 해서 세상이 만들어진다는 사실을 문득 깨닫
게 되었다. 바로 나 자신이 이 세상이었다. 만약 내가 내면에서 평
화의 가능성을 믿을 수 없다면, 이 세상에도 평화에 대한 희망은
없다. 그럼에도 그것(평화의 존재)을 믿기 이전에 나는 간단해 보이
는 다음 질문에 먼저 답할 필요가 있었다. 평화란 무엇인가?

피스&그린보트에서 지낸 2주 동안 평화는 이러이러한 것일 거
라는 몇 가지 결론에 도달했다. 평화란 전쟁이나 분열, 분쟁이 사

국경을 넘으면 아시아가 보인다

라지는 것만을 의미하는 것이 아니다. 또한 평화란 스트레스, 소음, 혼란이 사라지는 것만을 뜻하는 것도 아니다. 그것은 서로 이해하고, 관계를 맺고 포용하는 마음까지를 포함하는 것이다. 다시 말해 평화란 갈등의 부재를 필수적인 것으로 본다기보다는 화합을 필요로 하는 것이다. 이는 부정적이기보다는 훨씬 긍정적이다. 내면의 조화가 복잡한 인간관계로 이루어진 세상에 투영될 때, 우리는 세계평화를 이룩할 수 있는 잠재력을 지닌 자신을 발견할 수 있다.

세계평화를 위한 전제조건

피스&그린보트에서 2주 동안 항해한 뒤, 나는 세계평화를 위해서는 두 가지 전제조건이 필요하다는 결론에 도달했다. 자기 자신을 이해하게 되면서 성취한 내면의 평화와 타인과 공감할 수 있는 능력이 바로 그것이다. 이 둘은 보기에는 무척 쉬워 보인다. 그러나 후지마루호의 강연에서 경험했듯이 이 두 전제조건을 모두 충족시킨다는 것은 가장 위대한 도전이다.

쯔지 신이치는 '느린 삶이 아름답다'는 제목의 강연에서 내면의 평화는 우리가 일상습관의 속도를 늦추고 잠시 멈춰 숨을 깊이 쉬고, 이 강연 저 강연을 듣기 위해 서두르지 않으며, 낯선 이의 말을 공격하지 않고, 경제활동으로 인해 속박당하지 않으며, 촛불 옆에서 저녁을 먹으면서 발견할 수 있다고 역설했다.

이러한 방식으로 우리는 마음과 생각을 삶에 대한 만족감으로 채워갈 수 있고, 궁극적으로는 내면의 평화를 발견할 수 있는 가능

4. 새로운 시작을 위한 여행

성을 향해 열어놓을 수 있게 된다. 우리는 대부분의 시간을 우리가 만족할 수 있다는 사실조차 믿지 못하며 지내기 때문에 그러한 가능성을 보는 것만으로도 큰 발걸음을 내디딘 것이라고 나는 믿는다.

'아시아에서의 평화를 위한 기도' 는 사람들에게 자신을 되돌아볼 수 있는 기회를 제공했다. 원불교의 이선종 교무님께서는 두 개의 세상, 즉 볼 수 있는 세상과 실체가 없는 세상의 존재에 대해 설명하셨다. 우리는 두 눈으로 볼 수 있는―먹고, 일하고, 노는―세상을 지나치게 강조해서, 공간을 차지하지 않고 형태를 지니지 않은 실체가 없는 것들에 관심을 기울이는 것을 자주 잊어버린다. 실체가 없는 것들이야말로 바로 우리가 추구하는 가치와 사상, 감정, 위대한 존재에 대한 믿음, 또는 인생의 힘이 되는 신념이며 우리를 행동하도록 만드는 것인데도 말이다.

피스&그린보트를 타면서 내가 개인적으로 성취한 내면의 평화가 무엇이든 간에, 그것을 말하기에는 너무 이르다는 생각이 든다. 나는 분명 평화를 여러 번 느꼈다. 스포츠 갑판에서 고래 타는 사람을 보면서, 임진택 씨가 공연하는 판소리를 들으면서, 중국 단둥에서 버스 창밖으로 끝없이 펼쳐진 들판을 보면서 평화로운 느낌을 받았지만, 진정한 내면의 평화는 내가 나 자신을 위해 이미 갖고 있는 것과 언젠가 만들어낼 정체성을 완전히 이해할 때 찾아올 것이다.

피스&그린보트에서의 강연과 대화가 내게 가르쳐준 것이 있다면, 그것은 개인의 정체성이 단지 국가에만 머물러서는 안 된다는 것이다. 나 자신을 미국인이나 한국인으로 선언하는 것은 내가 활

국경을 넘으면 아시아가 보인다

동할 범위를 제한하는 것이다. 그러나 동시에 국가 정체성으로부터 파생된 권능을 무시해서도 안 된다. 일본에서 성장한 한국인 2, 3세대들의 경우처럼 말이다. 어떤 경우든 우리는 '소속감'이라는 문제에 집착하고 있다. 한 사람이 공동체-마을이든, 국가든, 세계든-에 속해 있다는 느낌이 들면 안정감은 물론이고 개인의 신분과 충성심까지 형성된다.

외부 세계를 평화로운 상태로 바꾸기 위해 내면의 평화는 타인과 공감하고 사물을 객관적으로 보는 능력으로 전환되어야 한다. 즉, 타인이 인식하는 대로 보고 생각하고 느낄 수 있어야 한다는 말이다. 이것은 말이 쉽지 행동으로 옮기기는 어렵다. 지난 달 피스&그린보트에서는 한국인과 일본인이 상대방의 입장이 되어 서로의 감정을 느껴보는 시도를 했었다. 나는 그 시도가 성공하기도 하고 실패하기도 하는 모든 순간을 목격했다. 성공과 실패의 관건은 정서적 연계가 성공하느냐 그러지 못하느냐에 있었다.

동아시아의 정서적 이해

내가 학부 때 역사를 전공했다고 말힐 때 보이는 사람들의 다양한 반응을 관찰하는 것은 흥미로운 일이다. 대부분의 사람들은 역사가 수많은 연대와 사건들의 학문이라 생각한다. 하지만 한편으로 사람들은 역사가 연대와 사건의 조사에만 국한된 것은 아니라고 말한다. 또한 역사는 국가 간의 자존심이 걸린 문제의 도화선이 되기도 한다. 그러므로 한국, 일본, 중국인들 사이의 역사적 이해

4. 새로운 시작을 위한 여행

는 단순한 연대와 사건을 암기하는 것 이상이 되어야 한다. 거기에는 정서적 이해, 다시 말해 공감대가 필요하다.

오늘날 두각을 나타내고 있는 중국을 보면 마치 화염에 쌓인 공을 저글링하고 있는 사람을 보고 있는 듯한 느낌이 든다. 물론 인상적이고 놀라운 광경이기도 하다. 지난 27년간의 개혁을 거치면서 중국은 자신감을 되찾았다. 이제 중국은 국제 교역량에 있어 세계 3위를 달리고 있으며, 수천 억 규모의 해외 투자를 유치하고 있고, '세계의 워크숍' 무대의 역할도 담당하고 있다. 기항지 프로그램으로 선양과 상하이를 방문하면서 나는 중국의 급격한 변화와 경제번영이 온 힘을 다해 격렬하게 일어나고 있는 것 같은 느낌을 받았다.

한편으로 나는 중국인들이 '메이드 인 차이나'가 붙은 물건의 품질에 대한 평판을 접할 때 당혹스럽지는 않은지 궁금했다. 하지만 내 친구가 지적한 대로, 그리고 우리가 알고 있는 한 중국인들은 당혹감과는 정반대의 느낌을 갖고 있는 것 같다. 적어도 그들은 자국 상표를 갖고서 외국과의 교역에 참여하고 있으며, 돈도 벌어들이고 그로 인해 더욱 안락하게 살 수 있게 되었기 때문이다. 그들이 당혹스러워할 것이라고 생각하는 것은 잘못된 예측이었다. 중국인들은 자신이 사업을 훌륭하게 하고 있다고 생각한다. 나는 그들의 성장과 팽창을 나만의 잣대로 판단하기 전에 객관적으로 분석하는 것이 중요하다는 것을 깨달았다. 이러한 성장은 지난 1세기 동안 중국 내부의 고통스러운 정치, 사회적 위기와 외국으로부터의 치욕을 겪고 난 바로 다음에 일어난 일이다. 그리고 이제야 중국은 멋진 미래를 위해서뿐만 아니라 국제사회에서의 인정도 받

국경을 넘으면 아시아가 보인다

기 위해 길을 닦고 있는 것이다.

지금은 전환기다. 중국은 아직 초강대국으로서의 지위를 주장할 수 없으며, 그들이 안고 가야 하는 과거의 유물 또한 여전히 갖고 있다. 예를 들어 동아시아의 안전문제 중 하나인 타이완은 중국으로서는 과거와의 연결고리 때문에 타협할 수 없는 그 무엇이다. 1895년 일본에 의해 중국으로부터 분리된 타이완은 아마도 지난 세기 중국의 치욕을 보여주는 마지막 상징일 것이다. 그 어떤 중국 지도자도 타이완을 영원히 '잃어버린' 것처럼 보이게 할 수는 없다. 우리는 그 점을 반드시 이해해야 한다. 타이완을 단순히 정치적 문제로만 보는 한국인과 일본인들도 잘못 인식하고 있는 것이다. 한국 내 독도분쟁과 비슷하게, 타이완문제로 인해 본토(중국)에서 발생된 감정도 이해되어야지 판단되어서는 안 된다.

한국인들이 일본의 역사 교과서에 대해 언성을 높일 때 그것이 단순히 한국인들의 국가주의나 일본에 대한 증오심에서 비롯된 울부짖음이 아니라는 사실을 반드시 이해해야 한다. 그것은 화해를 위해 진실된 몸짓을 보여달라는 요구이다. 한편, 일본인들은 나가사키와 히로시마를 생각하면 손실과 부자유의 비극을 떠올린다. 둘 다 진실에 근거한 것들이다. 그리고 미디어가 보여주거나 말해주는 것 이상의 것을 생각하는 사람들이 없다면 그 어떠한 생각도 이해될 수 없다. 그러나 그렇게 이해하는 데는 자신의 잘못된 행동(아시아 일부 국가들과 국민들에게 행한)을 받아들이는 의식의 힘뿐만 아니라 대단한 상상력 또한 필요하다.

미국의 존재

알다시피 피스&그린보트는 한반도와 일본해를 중심으로, 때로는 중국까지 포함시켜 일어나는 지역적 문제에 초점을 맞췄다. 이렇게 동아시아에 초점을 맞춘 것은 당연한 것이지만, 아마도 내가 미국인이어서인지 동아시아에서 평화를 촉진하고 보장하는 미국의 역할에 대해 자유로운 토론을 할 수 있는 강연이나 이벤트가 부족하지 않았나 싶은 느낌이 들었다.

국제질서에서 미국이 지닌 주도권은 부인할 수 없는 사실이다. 현재 미국은 경제, 기술, 과학, 교육 등 다방면에서 세계를 이끌고 있는, 전 세계 최고의 힘을 구가할 수 있는 능력을 지닌 유일한 국가다. 미국의 '강력한 파워'는 4,370억 달러에 달하는 2004년 한 해 미국 국방예산을 통해서도 쉽게 알 수 있다. 이는 그해 전 세계가 지출한 국방비용의 절반에 해당한다. 만약 미국이 국제 주도권자로서 특별한 혜택을 가지는 것처럼 보이는 위치를 점령했다면, 거기에는 보호자로서의 책임도 따른다. 전 세계 많은 나라들이 미국의 지배를 불평하기도 하지만, 바로 그 나라들이 안전보장과 투자를 위해 미국에 의존하는 경우도 많다. 한국인과 일본인 모두는 이를 이해할 필요가 있다.

최근 여론 조사에 따르면, 미국인 대부분은 미국이 현재 전 세계 국가와의 관계에 있어 '충분한 자부심을 갖고서 관대하게 올바른 일을 하고 있다'고 믿는 것으로 나타났다. 그들은 미국의 대외정책이 실용주의 대 도덕적 이상주의의 도전에 종종 직면하고 있다는 사실 또한 인식하고 있다. 미국인들은 자신에 대해 동정적이다.

동아시아 국가 간의 효과적인 관계를 설립하는 데 심적으로 많은 지지와 관심을 보내온 미국인으로서, 나는 피스&그린보트에서 지내는 동안 평화란 미국을 거부하는 것으로 이룩되는 것이 아니라, 그 지역 국가들 사이의 협력이 증진됨으로써 이룩되는 것이라는 사실을 알게 되었다. 그러나 최근 동북아는 외교적으로 더욱 친밀해지기가 힘들어졌다. 그리고 거기에서 미국은 절대 비난받아야 할 대상이 아니다.

비록 미·일 안전보장 동맹은 계속해서 더욱 굳건해지고 있지만(일본이 이라크에 군대를 보낸 경우나 이라크와 아프가니스탄에 재건부대를 보낸 경우에서 알 수 있듯이), 일본과 중국과의 관계는 고이즈미 수상의 거듭되는 야스쿠니신사 참배와 제2차 세계대전 당시 일본이 자행한 흉악한 행위를 축소한 왜곡된 역사 교과서와 같이 논쟁을 불러일으키는 사건들로 인해 급속히 냉각되어 왔다. 또 한국과의 관계도 같은 이유로 냉랭해졌다. 아직도 일본의 영향력 있는 우익단체들은 미국을 보호자로 보고 있고, 다가올 '중국의 위협'은 조심스럽게 대하고 있으며, 한국의 항의에 대해서는 무관심으로 대응하고 있다. 이웃 국가와의 협력과 관계강화에 더욱 초점을 맞춰야 할 시기에 말이다.

모든 동아시아 국가는 이를 위해 노력해야 한다. 우리가 원하는 평화에 한 걸음 가까이 다가가게 해주는 것은 가까운 지역과의 친밀한 관계뿐이다. 그러나 또 다른 국가와의 새로운 연결고리도 만들어야 할 필요가 있다. 그리고 그러한 연결고리는 피스&그린보트에서 생겨났다.

4. 새로운 시작을 위한 여행

평화는 정적(靜的)인 상태가 아니다. 계속해서 노력하고 전진해야 한다는 점에서 평화는 진행형이다. 당시 우리 모두가 피스&그린보트 위에서 기여한 것은 바로 평화 그 자체였다. 사실 우리가 배에서 성취한 평화는 나 자신에 대해 무언가를 발견한다면 다른 사람과의 관계도 만들 수 있다는 평화 설립 과정의 한 부분이었다. 평화, 그것은 멀리 있는 것이 아니며 멀리서 손짓하는 목표도 아니다. 그것은 이미 만들어져 있는 것이고, 만들고 있는 것이며, 그 이상으로 만들어지게 될 것이다.

패러다임의 변화, 문화교류, 정서적 이해, 이 모두는 동아시아 국가 사이의 의미 있는 이해와 평화를 위해 반드시 필요하다. 그리고 이 세 가지 모두는 각국의 국민들에 의해 이루어져야 하며, 그렇게 되면 정치인과 지도자들도 국민과 똑같이 행동하도록 영향을 받게 될 것이다. 냉전기의 정신 상태를 대체할 새로운 모델은 이데올로기를 초월하는 발전과 협력, 그리고 평화 중 하나에서 나와야 한다. 그리고 나는 올해 피스&그린보트에 승선한 사람들이 그러한 모델을 만들어낸 것을 목격했다. 물론 모두들 여러 결점이 있고 실수를 범하기도 했지만, 우리들 각자가 자신과 상대방을 더욱 깊이 있게 이해할 것을 스스로에게 약속한다면, 그것이야말로 훌륭한 평화의 출발이라 생각한다. 이 여행을 가능하게 한 모든 이들에게 감사를 전한다.

5

우리의 여정,
그곳에서 만난 진실

1

그들은 달라지고 있었다

이윤기, 소설가 · 번역가

누군가가 내 뒤에서 아침 인사를 건넸다.

"선생님, 안녕히 주무셨습니까?"

"네" 하면서 돌아다보았다. 뜻밖에도 일본인이었다. 정확한 한국어 발음이어서 당연히 한국인이겠거니 했는데, 일본인이었다. 피스&그린보트 선상에서 나는 이렇게 놀라운 일을 여러 번 겪었다.

그의 명함이 내게 남아 있다. 내 또래의 우메오카 노리유키(梅岡典之) 씨. 피스&그린보트가 인천에 입항했을 때, 시내 서점으로 달려가 내가 쓴 각각의 다른 책 네 권을 사들고 들어와 서명을 청했던 분이기도 하다. 그는 지금쯤 한글로 쓰인 내 책을 읽고 있을 것이다.

일본의 전통 만담(漫談)을 '라쿠고(落語)'라고 한다. 여류 라쿠고 전문가 한 분도 '보트'에 동승했다. 공연이 있기 전날 밤, 이 라쿠고 전문가 고콘테이 기쿠치요(古今亭菊千代) 씨와 나는 새벽 3시까지 술을 마시며 이야기를 나누었다. 어느 나라 말로? 한국말로 이야기를 나누었다. 일본말은 한국말이 소통되지 않을 때만 이따금씩 오갔다.

더욱 놀랄 만한 사연이 또 있다. 다음날 밤에 공연이 있었다. '치요'(그는 나에게 이렇게 불러줄 것을 당부했다)는 한복을 입고 무대에 나와 먼저 한국어로 만담을 하고 나서 이것을 일본어로 순차 통역하는 형식을 취했다. 한복을 입었으니 한국말을 먼저 하는 것이 도리라고 했다. 재일교포? 아니었다. 생짜 일본 여인이었다.

갑판에서 혼자 노래를 부르는 여인도 있었다. 가만히 다가가서 들어보았다. "어쩌다 생각이 나겠지, 냉정한 사람이지만……." 이렇게 시작되는 패티 김의 노래 '이별'이었다. 우리가 한국인이라는 것을 확인한 이 여인은, 자신이 제대로 부르는지 한번 들어봐달라면서 우리 부부 앞에서 처음부터 다시 불렀다. 된소리 발음이 약간 어색했을 뿐, 그것 빼고는 완벽에 가까웠다. 헤어지면서 나에게 한글로 쓴 엽서를 건네주던 이 여인은 히로시마에서 온 사사키 아츠코(佐佐木厚子) 씨였다.

'보트' 안팎에서 근 300명의 일본인들과 16일 동안 함께 지내고 온 직후, 일본문화와 역사에 매우 정통한 선배들과 저녁을 함께 먹었다. 나는 선배들 앞에서 일본인들에 대한 나의 심경을 솔직하게 전하려고 애썼다.

"일본인들, 우리에게 관심이 없었어요. 관심이 없었으니까 정보가 있었을 리 없지요. 그런데 이번에는 전혀 다른 인상을 받았어요. 관심을 갖기 시작한 것 같아요. 관심을 가지기 시작했으니 정보가 쌓이겠지요. 정보가 쌓이면 애정이 생기겠지요. 나는 우리 한국인들에 대해 일본인들이 가진 정보량이 엄청나게 늘어난 것에

5. 우리의 여정, 그곳에서 만난 진실

놀라고 말았어요. 나도 모르는 가수, 배우 이름까지 줄줄 외더라고요. 그렇다면 그들이 관심을 가지게 된 까닭은 무엇일까요? 많은 일본인들은 자국의 옛 지배 계층이 한반도에서 온 도래인(渡來人)들이었다는 것도 알고 있었어요. 문화의 원류 역시 그 도래인들에게 묻어 들어왔다는 것도 알고 있었어요. 하지만 일본은 이것을 인정하지 않았어요. 인정하고 싶지 않았을 뿐만 아니라 의도적으로 은폐하기까지 했어요. 재일동포는 한국인이라는 걸 자랑스러워하지 않았어요. 그래서 정체성을 숨기면서 살기까지 했어요. 그런데 슬슬 인정하는 쪽으로 가파르게 기울어지고 있다는 인상을 받았어요. 무엇 때문일까요? 상대적으로 높아진 우리의 위상(位相) 때문이 아닐까요? 나는 일본인들이 도래인들의 자손이라는 걸 자랑스럽게 여길 때가 오리라고 봅니다. 한류 열풍이 그 조짐이라고 할 수 없을까요?"

두 선배의 의견도 대체로 나와 같았다. 그래서 믿음이 확신으로 굳어지기 시작한다. 형제들까지 '대가리' 터지게 싸우는 나라, 지지리도 못사는 나라, 자고 일어나면 데모나 하는 나라를 자국 문화와 역사의 원류로 인정하고 싶지 않았을 것이다.

중국 단둥의 금강정(錦江亭)에서 내려다본, 압록강 저쪽의 북한 도시 신의주의 초라한 모습이 눈앞에 어른거린다.

국경을 넘으면 아시아가 보인다

2

요시다 시게루와 단둥

아라이 신이치(荒井信一), 일본 전쟁책임자료센터 공동대표·
이바라키대학(茨城大學)·스루가다이대학(駿河台大學) 명예교수

이번 피스&그린보트에 참가한 이유 중 하나는 중국의 단둥(丹東)을 방문하는 것이었다. 단둥은 압록강을 사이에 두고 북한의 신의주와 마주 보고 있으며, 1994년에 중국의 '개발특구'로 지정돼 1996년에는 다른 특구보다 높은 경제성장을 자랑하기에 이르렀다. 그러나 19세기 후반, 청나라 왕조가 단둥에 국민의 이주와 개간사업을 장려하기 전에는 이 일대가 모두 황무지였다고 한다. 이때부터 단둥 일대는 급속히 개발이 진척되어 1876년에 안둥현(安東縣)이 되었다. 안둥은 단둥의 옛 이름으로 동쪽을 경계한다는 뜻인데, 당시 조선이나 일본과의 관계를 의식하면서 붙인 이름이다.

이 지역이 일본의 만주침략의 문호가 된 것은 러일전쟁(1904~1905) 때로서, 일본군은 여기에서 만주의 중심 도시인 묵덴〔奉天, 현재의 셴양(瀋陽)〕까지 군용철도를 부설했다. 일본이 청나라의 허가를 받지 않고 행한 철도 부설이기 때문에 러일전쟁에서 승리한

5. 우리의 여정, 그곳에서 만난 진실

일본이 경영권을 획득했다. 15년 기한부였던 일본의 경영권은 1915년 중국이 '21개조 요구'를 수용함에 따라 99년으로 연장되었다. 과거 일본의 전략적인 목적으로 건설된 이 철도가 지금의 센단(瀋丹)선이 되었다.

21개조 요구란, 제1차 세계대전으로 인해 열국의 관심이 유럽에 집중되어 있는 동안, 일본이 중국에 들이민 광범위한 요구였다. 이 요구로 인해, "일본은 불이 난 집에서 도둑질하는 행동을 하는 것과 같다"는 국제적인 비난 여론이 들끓었음은 물론이고, 중국 내에서도 일본 상품을 보이콧하는 등 항일운동이 격렬하게 일어났다. 그런데 결국 1915년 5월 9일, 21개 조항 중 16개 조항을 중국이 수락하면서 중일협정이 성립되었다. 그러나 그 후 중국에서는 일본화폐배척운동과 구국모금활동이 확대되었다.

당시 안둥 영사였던 요시다 시게루(吉田 茂)가 외무장관에게 보낸 보고서를 보면, 일요일마다 열리는 군중연설회에 학생과 소상인(小商人)들이 300~400명씩 참가하고 있으며, 모금액도 이미 7,000엔이 넘어섰다고 적혀 있다. 일본의 주요 수출품인 파나마모자를 쓴 사람이 안둥 시내를 걸어가면 머리에서 모자를 빼앗아 내버린다든지 하는 일들이 벌어지고, 일본 상품을 취급하고 있는 회사들도 구입선을 오사카에서 상하이로 변경하고 있다는 내용도 들어 있다. (1915년 6월 23일자, 안둥 영사의 보고서)

일본이 태평양전쟁에서 패한 후 요시다 시게루는 일본 수상으로서 샌프란시스코 강화조약의 조인자가 된다. 이 강화조약에 남북한은 초청되지 않았기 때문에 36년간에 걸친 한반도 식민지 지배의 과거가 청산되지 못하여 현재까지 화근을 남겨두게 되었다.

국경을 넘으면 아시아가 보인다

미국의 대통령 특사로서 강화조약을 주도했던 덜레스(John F. Dulles)는 처음에 한국을 강화조약에 참가시킬 예정이었다. 덜레스가 별안간 태도를 바꾼 데는 요시다 특사가 제출한 「평화조약 서명에 대하여」(1951년 4월 23일부)라는 문서가 결정적인 영향을 끼쳤다.

요시다는 이 문서에서 "한국이 조약 조인국으로 나오면, 재일조선인이 연합국 국민으로서의 재산 회복과 보상 등에 대한 권리를 취득하게 됨으로써 한국인과 똑같은 권리를 주장하고 나설 것이다. 그러면 일본 정부로서는 도저히 감당할 수 없는 부담을 안게 된다"고 일본의 입장을 밝혔다. 즉 요시다는 과거의 청산에 대한 일본의 과중한 부담을 이유로 한국의 강화조약 참가를 반대한 것이다.

일본이 태평양전쟁에서 패한 후 요시다가 수상 후보로 물망에 올랐을 때, 고노에 후미마로(近衛文麿) 전 수상은 자살하기 직전에 요시다가 '대일본제국의식'을 가지고 있다고 반대했다. 현재 일본에서는 요시다에 대해 '자유주의자(old liberalist)', '경무장론자(輕武裝論者)'라는 평가가 주류를 이루고 있다. 전쟁 전의 요시다에 대한 외무부의 평가에서도 '친영미파(親英美派)'였음이 강조되면서 그가 아시아에 대해 '대일본제국의식'을 가지고 있었다는 사실을 간과하고 있는 것 같다. 나는 그의 제국의식, 특히 한국에 대한 의식의 원형이 안둥 영사 시절에 굳어진 것이라 생각한다.

미국의 역사가 존 다워(John W. Dower)는 요시다에 대해 다음과 같이 이야기한다. "요시다는 안둥 시절의 경험을 바탕으로 '한국인은 자기 주장만을 내세우고 화해하려 하지 않는다'는 등의 단

111

순화된 이미지를 갖게 되었다. 이런 생각은 제2차 세계대전 후에
도 바뀌지 않았기 때문에 그는 이승만의 격렬한 민족주의를 이해
할 수 없었고, '한국인은 외고집이다'는 단순한 인식에서 벗어나
지 못했다. 그래서 결국 이승만 정부와의 국교 수립이 불가능했
다."(존 다워, 『요시다 시게루와 그의 시대』참고)

요시다가 안둥 영사로 부임한 것은 1912년으로 그의 나이 34세
때였다. 1916년에 이임할 때까지 그는 4년 몇 개월간 이 직책에 머
물렀다. 요시다와 같은 전문 외교관이 4년 이상 한자리를 지킨 것
은 이례적인 일이다. 더구나 이때는 한일병합(1910) 직후였을 뿐
아니라 중국에서는 신해혁명(辛亥革命)으로 청 왕조가 무너졌고,
이 혼란을 틈탄 일본 군부가 만주, 몽고 지역을 독립시키려는 모략
을 활발히 하는 등 압록강을 끼고 격동이 점철된 시기였다.

요시다의 안둥 재임 기간이 이례적으로 길었던 것은 데라우치
마사다케(寺內正毅)와의 밀접한 관계 때문이다. 데라우치는 육군대
장으로서 1902년부터 1911년까지 3대의 내각에서 육군대신(제2차
세계대전 전의 구일본 육군의 총책임자-역주)을 역임했던 육군 최고
의 실력자였다. 1910년에는 육군대신을 겸하면서 한국 정부에 군
림하는 제3대 총독에 취임해 한국인의 저항운동을 무력으로 제압
하면서 병합을 강행했다.

조선을 병합한 후에는 초대 조선총독이 되어 육군대신을 사임
했지만, 수상에 취임할 때까지 여전히 권한행사를 계속했다. 그야
말로 일본의 무력적인 식민지 지배의 장본인이며 그 상징이라고
할 만한 인물이다.

요시다는 만년에 「회상 10년」이라는 글에서 '젊었을 때 가장 자

국경을 넘으면 아시아가 보인다

기를 인정해 주었던 사람'은 데라우치였다고 말했다. 요시다의 안둥 영사로서의 임기가 오래 지속된 것은 데라우치가 조선 통치를 위해 요시다의 존재를 필요로 했기 때문이다. 데라우치가 조선총독을 그만두고 수상에 취임할 때까지 데라우치의 간청으로 요시다는 안둥에 머물렀던 것이다.

수상 취임 때 데라우치가, "어때, 총리대신 비서관이 되어주지 않겠는가?"라며 요시다에게 부탁했더니, "총리대신이라면 맡을지 모르지만, 비서관은 싫습니다"라고 대답했다는 이야기가 있다. 요시다와 데라우치의 사이가 긴밀했음을 보여주는 에피소드의 한 토막이다.

지면이 다 찼기 때문에 이 정도로 멈추지만, 요시다의 안둥 근무는 쇼와(昭和) 초기까지 이어져 만주사변에 임하는 일본의 대중국외교에 중요한 관점을 제공한다〔요시이 겐이치(芳井研一),「안둥영사관 분관 설치 문제의 파문」및《환일본해연구 연보 제4호》〕. 안둥은 이와 같이 일본제국주의의 역사를 생각하는 데 있어 가장 중요한 기억의 한 장(場)이다. 이런 이유로 나는 이번 피스&그린보트에 참가하여 중국의 단둥을 꼭 방문하고자 했다.

5. 우리의 여정, 그곳에서 만난 진실

3

피스&그린보트에 대한 느낌들

마스호 마사히코(增保眞彦), 피스보트 자원봉사 스태프

제2차 세계대전이 끝난 지 60년째 되는 날, 우리들은 부산항에 도착했다. 한국인과 일본인을 태운 배가 부산항에 정박한 이날 8월 15일은 일본에게는 종전기념일이고 한국에게는 광복절이다.

이곳 부산의 민주공원과 유엔군 묘지를 방문했다. 지대가 높은 민주공원에 오르니 상쾌한 바람이 불어왔다. 나는 공원 건물의 가장 높은 곳에서 부산항의 야경을 내려다보았다. 이 상쾌한 바람은 독재를 뛰어넘어 민주화를 쟁취한 한국 사람들이 느끼고 있는 상쾌함일지도 모른다고 생각했다. 여러 나라의 병사들이 잠들어 있는 유엔군 병사의 묘지 위에는 그 나라의 국기들이 펄럭이고 있었다.

다시 인천으로 가 그곳에서 판문점으로 향했는데 도중에 도라산역에 들렀다. 도라산역 너머로 흐르고 있는 강을 지나니 선로만이 뻗어 있었다. 강 이쪽에는 한국군이 경비를 보고 있었다. 강에는 일본군이 폭파했던 다리가 있었는데 그 받침대만 남아 있었다.

(이 다리를 일본군이 폭파했는지 의문이지만 원문대로 번역했음—역주)
역 안에는 북한까지 철도가 개통될 때 연결될 유라시아 대륙의 각
도시를 보여주는 거대한 철도망 노선도가 붙어 있었다. 전망대에
서 밖을 보니 강과 안개 너머로 바로 북한 땅이 보였다. 작은 건물
이 몇 채 보일 뿐 그 뒤로는 나무뿐이었다. 강은 조용히 흐르고 있
었다.

판문점 입구에 이르렀을 때, 버스 옆에 트럭이 다가와 멈췄다.
트럭의 운전석과 화물대에는 많은 군인들이 타고 있었는데 모두
젊게 보였다. 군복무 중인 청년들일 것이라는 생각이 들면서 이것
이 한국의 한 단면임을 느낄 수 있었다.

군사분계선으로 향해 가기 위해 판문점 한가운데를 지나갔다.
도로 옆 풀숲에는 지뢰가 묻혀 있다고 했다. 분계선 너머 북한 건
물에는 북한 군인 한 명이 서 있었다. 그는 헬멧도 쓰지 않고, 선글
라스도 끼지 않은 채, 그냥 군복 차림으로 이쪽을 보고 있었다. 멀
리 보이는 북한 땅의 높은 철탑 위에서 펄럭이는 인공기가 인상적
이었다.

버스에서 바라본 판문점의 한가로운 밭과 숲의 경치는 일본과
다를 바 없었다. 만일 전쟁 후, 일본도 둘로 갈라졌다면, 지금 내가
있는 이곳은 어떻게 되었으며 국기가 펄럭이는 철탑 저쪽 나라는
어떻게 되었을까. 그럴 수도 있었을 것이다. 나는 잠시 버스의 바
깥 경치가 갈라진 일본이라고 상상해 보았다.

중국의 단둥(丹東)에 이르니 중국인과 조선족들이 마중 나와 있
었다. 갑판에서 한국의 나이 지긋한 여성이 부둣가에 있는 조선족
들에게 무슨 말인가 소리를 지르며 손을 흔드는 모습이 인상적이

115

었다. 러시아의 끝에도 일본이 내팽개친 조선인이 있고 일본에도 재일조선인들이 있다. 조선인들은 동북아시아 어디에나 흩어져 있다는 생각이 들었다.

단둥의 거리는 넓고, 시내는 지금 한창 건설 붐이다. 거리에는 활기가 넘쳤다. 북한과 국경을 이루는 강 이쪽은 깨끗이 정비되어 있고, 많은 사람들이 보행도로를 걷고 있었다. 강에서 헤엄치는 사람들도 보였다. 강에는 큰 다리가 걸쳐져 있었는데, 다리 저쪽은 잘려 있다. 미국이 한국전쟁 때 폭격을 한 흔적이 그대로 남아 있는 것이다. 다리 끝이 찢어지듯 잘라져 꺾여 있었다. 그 바로 너머가 북한이다. 이 다리 옆에 또 하나의 다리가 있었다. 북한에서 건너온 트럭이 무엇인가를 싣고 이 다리를 거쳐 서서히 중국으로 향한다. 고급 조선요리 음식점에서 저녁 식사를 했다. 이곳에서 서비스를 해주고 노래를 부르는 여인들은 북한에서 왔다고 한다.

호텔로 돌아가는 버스 속에서 어두워진 밖을 내다보며 불쑥 이런 생각이 떠올랐다. 강 하나를 사이에 두고 이쪽은 고층빌딩이 줄지어 서 있는 정비가 잘 된 거리 위를 사람들이 활기차게 걸어 다닌다. 강 저쪽의 북한 사람들은 밤이면 이쪽 광경을 보며 무슨 생각에 잠길까? 이런 생각을 하니 그들이 안타깝다는 느낌을 지울 수 없었다.

선상에서 땅속의 독가스 병이 터지면서 피해를 입은 중국인을 만났다. 생기 있게 반짝이는 두 눈과 혈색 좋은 뺨, 다부진 몸집이 인상적이었지만, 그의 몸속에 들어간 독가스는 지금 그의 건강을 좀먹고 있을 것이었다. 갑판 위에서 청년은 바다를 처음 보는 것처럼 눈빛을 반짝이고 있었다.

국경을 넘으면 아시아가 보인다

전쟁은 아직 끝나지 않은 것일까? 아직도 아시아에는 고통받고 있는 피해자들이 많이 있다. 전쟁이 끝난 60년 동안 일본은 무엇을 했을까. 내일이라도 중국의 어딘가에서 누군가가 또 독가스가 들어 있는 병 때문에 피해를 입지는 않을까.

오키나와에도 한국과 마찬가지로 많은 미군기지가 있다. 한국 사람들은 오키나와와 미군기지를 보면서 무슨 생각을 할까. 기지에서 미군 전투기가 요란한 소리를 내뿜으며 날아간다. 미군 전투기가 보이고 그들의 기지는 한없이 넓어 마치 일본이 미국의 점령지와 같다는 느낌을 준다. 장래 이 전투기가 나를 쫓아오지 않는다고 단언할 수 있을까. 많은 오키나와 사람들이 전쟁 중에 자살한 치비치리가마(チビチリガマ: 꼬리가 잘린 동굴이라는 의미임-역주)에는 지금도 사람의 뼈가 여기저기 흩어져 있고, 푸른 바다 위에는 기지반대운동을 하는 사람들이 있다. 미국은 아직도 전쟁을 계속하고 있다.

전쟁이 끝난 지 60년이 지났고, 아시아는 움직이고 있다. 전쟁이 끝난 후 흩어진 전쟁의 단편들이 아시아 곳곳에 산재해 있다. 그것은 사람들의 마음속에도, 땅속에도 있다. 여전히 많은 피해자들이 고통을 받고 있다.

피스&그린보트는 앞으로 10년간, 한국인과 일본인을 태우고 아시아를 돌 것이다. 이제 일본에 돌아온 내가 할 수 있는 일은 무엇일까. 오키나와, 나가사키, 히로시마를 비롯한 아시아의 모든 사람들에게 두 번 다시 전쟁을 하지 않겠다고 맹세하고 싶다.

5. 우리의 여정, 그곳에서 만난 진실

4

난징에서의 하루

이안 노튼(Iain Naughton), 핵군축 프로젝트 반핵 유스(영국) · 핵무기금지운동
(Campaign for Nuclear Disarmament : CND) 소속

삐이삐이 하는 소리에 잠에서 깨어났다. 나는 피곤하고 지쳐 있었다. 이른 시각이었다. 스코틀랜드라면 진정한 아침이라고 하기엔 너무나 이른 시간이었다. 샤워를 하고, 옷을 입고, 커피를 마신 후 지친 영혼을 추슬러 출발 길에 올랐다. 부지런한 젱 페이가 일행을 정리하고 택시에 태웠다.

상하이를 가로지르는 택시 여행은 내게 죽음이 임박했을 때 느낄 법한 기분을 경험하게 하면서 지쳐 있던 신경세포들을 정신 차리게 만들었다. 그 어떤 에스프레소보다 강력한 효과가 있었다.

사람들로 북적대고 생기가 넘치는 기차역에서 나가사키 학교 학생들은 서로 딱 달라붙어 "하나, 둘, 셋, 넷, 다섯"을 세고 있었다.

난징에 도착하기 전까지는 작은 시골 마을을 기대했는데 뜻밖에도 거대한 도시가 우리를 맞았다. 우리가 비에 흠뻑 젖어 기다리는 동안 페이가 솔선수범해서 택시와 버스를 잡아 세웠다. 그동안 우리는 비를 막기 위해 서로의 옷을 나누었다. 나가사키 학교 학생

들은 자기 몸보다 큰 옷을, 우리 서양 사람들은 아시아인들의 숄을
둘러 입는 식이었다. 그때 우리의 모습은 정말 우스꽝스러워 보였
을 것이다.

　비에 젖고 피곤한 상태로 우리는 엄숙하게 난징대학살 기념관
으로 향했다. 그렇게 하는 것이 좋겠다고 생각했다. 그저 비를 피
하기 위한 목적으로 우리는 짝을 이루어 약간의 두려움을 느끼면
서 그곳으로 뚜벅뚜벅 걸어들어갔다.

　나는 이곳의 과거에 대해 아는 바가 거의 없었지만 곧 그곳이
짊어진 역사와 좌절의 무게를 느낄 수는 있었다. 사당(祠堂)처럼
고립된 이곳에서 역사는 아무렇게나 처박힌 채 지난날을 이야기하
고 있었다. 그것은 중국 민간인들에게 자행된 일본의 잔혹한 만행
에 관한 이야기였다. 타락한 그들의 비인간적인 행위가 우리를 짓
눌렀다. 우리는 그 장면을 보고 서로 의견을 나누었지만 나는 할
말이 없었다. 아무것도 알지 못했던 것에 대한 커다란 죄책감을 느
낄 뿐이었다. 나는 일본 교과서가 이곳에서 자행된 잔인무도한 행
위를 감추려 했다는 설명을 듣고 깜짝 놀랐다.

　젱 페이는 여기에 우리가 있다는 사실에 자부심을 갖는다고 말
했다. 특히 이곳에 남아 있는 진실을 찾아 순례의 길을 떠나온 일
본인들에게는 더욱 그렇다고 했다.

　전시장으로 자리를 옮겼을 때, 나는 플라스틱 유리 뒤에 전시
된, 손대면 만질 수 있는 학살된 사람들의 시체를 보고 메스꺼움을
느꼈다. 이 메스꺼움이 이곳에서 벌어진 강간과 고문, 아이들의 목
을 베고 손발을 절단해 불구로 만드는 행위처럼 인간의 삶에서 가
장 치욕적인 사건들 때문인지, 아니면 나란히 정돈되어 있는 시체

5. 우리의 여정, 그곳에서 만난 진실

들 때문인지는 확실하지 않았다. 왜 이들 영혼은 편히 누워 쉴 수 없는 것일까, 그들의 고통을 알기 위해 그들의 유해를 꼭 내 눈으로 확인해야만 하는 것일까 하는 생각도 들었다.

젖은 채로 줄을 서서 우리는 일본군의 만행이 더 많이 진열된 기념관 안으로 들어갔다. 난징만 이런 재난을 당한 것이 아니었다. 도처에서 피로 가득한 대량학살이 일어났다. 어둡고 고요한 건물의 벽마다 전쟁의 참상이 담긴 사진들이 걸려 있었다. 그곳은 기억과 고통의 집합소였다. 어떤 방에는 중국인들이 농기구와 맨손으로 무장 일본군에게 저항하고 있는 장면을 묘사한 대규모 그림이 거대한 한쪽 벽면 전체를 채우고 있었다. 이 그림은 그곳에 있던 다른 사진이나 자료들이 보여줄 수 없는 무언가를 표현하고 있었다.

깊이 생각할 여유도 없이 우리의 방문은 끝이 났고, 우리는 곧장 택시를 타고 그곳을 떠났다. 공허함와 충격만이 남았다.

이러한 사건과 역사를 받아들일 시간은 부족했지만, 나는 그곳 땅속에 갇혀 있는 고통의 무게와 느낌을 느낄 수 있었다. 우리는 전쟁이란 이름 아래 자행된 학살과 고문, 강간으로 희생된 이들의 유골 위를 걸었다. 그것은 입과 마음으로 직접 맛보는 것 같은 절망감을 느끼게 해주었다.

비에 젖고 피곤한 채로 우리와 동행했던 어린 학생들은 자신의 죄책감과 슬픔, 눈물과 분노를 성숙하게 표현하면서 그곳을 나왔다. 이상하게도 그런 모습에서 나는 희망을 보았다. 그들의 희망과 의지는 확실했다. 한 아이는 이렇게 말했다. "나는 이곳에서 본 일을 사람들에게 말해 줄 거예요. 다시는 이런 일이 일어나지 않을

국경을 넘으면 아시아가 보인다

거예요."

콘크리트로 된 추모관을 흠뻑 적신 비는 죽은 영혼들을 달래기에는 부족해 보였다. 일본과 전 세계의 교육과 교과서는 여기 있는 사람들과 그들의 명예를 위해 반드시 바뀌어야 한다.

그날 하루는 매우 힘든 하루였다. 비와 피로 때문에 다른 할 일도 없었다. 그러나 그날 하루 내가 배운 것은 그동안 교과서를 통해서는 배울 수 없었던 값진 것들이었다.

5. 우리의 여정, 그곳에서 만난 진실

내가 만난 아름다운 사람들

정희정, 《문화일보》 사회부 기자

피스&그린보트에서 만났던 아름다운 사람들에 대해 이야기하고 싶어 한동안 입이 근질근질했었다. 만나는 사람마다 붙들고 말해 주고 싶었다.

푸른 바다처럼 열린 넉넉한 마음, 한 배를 탔다는 동질감으로 피스&그린보트 참가자들은 누구와도 금방 친구가 될 수 있었다. 그중에서도 유난히 기억에 남는 눈물겹고 감동적인 사연, 얼싸안고 싶은 동질감과 손 맞잡고 싶은 공감이 느껴졌던 이들의 이야기를 들려주고 싶다.

깊이 있는 사고와 피나는 노력, 열정적이고 적극적인 삶의 자세, 겸손하고 친절한 태도 등 나는 그들에게 참 많은 것을 배웠다. 그들의 치열한 삶은 내가 앞으로 어떻게 살아가야 할 것인지에 대한 고민을 남겨줬다. 그들과 나눈 이야기, 함께했던 추억은 지금도 내 삶에 기운을 북돋워주고 있다.

재일교포로 살아간다는 것의 의미

저글링 세계 챔피언 재일교포 3세 김창행(金昌行 · 20)

직업이 기자이다 보니 많은 사람을 인터뷰할 기회가 생긴다. 나이가 어리지만 진심으로 존경심이 우러나오는 사람도 가끔씩 만나게 된다. 김창행 씨도 그중 한 사람이다. 그의 인생에 대해서는 책을 한 권 쓰고 싶은 욕심까지 생겼다. 고민의 깊이가 남다른 그의 속 이야기를 들으며 나는 재일교포라는 존재에 대한 고민을 떠안게 됐다. 그동안 무심했던 우리의 일부분, 잃어버렸던 소중한 한 조각을 찾은 느낌이었다. 아프지만 끌어안고 가야 할 상처를 기억하게 됐다. 그 상처가 아물 수 있도록 힘써야겠다고 다짐하게 됐다.

"강제징용돼 일본으로 끌려온 증조할머니는 지금도 일본에게 당한 일을 생각하면 억울해서 눈물이 난다고 하십니다. 증조할머니는 자손이 태어날 때마다 눈물을 지으셨다고 합니다. 본인 때문에 자손들이 재일교포라는 운명을 지고 살아가게 한 것이 너무 미안하다시네요."

우토로 출신인 김창행 씨의 삶에 가장 큰 영향을 미친 이는 그의 증조할머니다.

"내가 죽으면 통일기로 몸을 감싸서 묻어달라"고 말씀하시곤 하는 증조할머니 덕분에 뼛속 깊이 민족의식을 새겨넣은 그는 "재일교포 1세대가 모두 사망하면 민족의식이 사라질까봐 걱정된다"고 말하는 성숙한 청년이다.

하지만 그는 한국어를 할 줄 모른다. 어릴 적부터 '일본인에게

5. 우리의 여정, 그곳에서 만난 진실

지면 안 된다'고 배웠고 일본인에게 지면 매를 맞기도 하는 등 집 안에서는 철저히 민족교육을 받았지만, 재일교포라는 이유로 심하게 차별받는 것을 우려한 부모님은 그를 '민족학교'가 아닌 일본 학교에 보냈기 때문이다. 그는 '오카모토'라는 일본 이름으로 불리며 학창 시절을 보냈으나, 재일교포의 설움도 피할 수는 없었다. 언론에서 북한에 대한 악의적인 보도가 나올 때면 친구들은 "너희 나라로 돌아가라"며 발길질과 욕설을 퍼부었다고. 억울했지만 그는 어떤 차별을 받아도 대꾸하지 않았다. 세계 최고가 되기 전까지는 아무 대꾸도 하지 말라는 증조할머니의 교훈이 떠올랐기 때문이다.

중학교 1학년 때 처음으로 저글링의 세계를 접한 후, 피나는 노력으로 드디어 세계대회를 재패하게 된다. 오직 성적만으로 등수를 매기는 학교 교육에 회의를 느꼈던 그는 "내가 진심으로 좋아하는 일로 인정받자"고 굳게 결심했었다고 한다. 독창적인 기술을 홀로 연마한 그는 동양인 최초로 세계 저글링 경연대회인 '엔터테이너 오브 더 이어'의 최연소 챔피언이 될 수 있었다. 2000년 그의 나이 14세, 중학교 3학년 때의 일이었다.

일본에서 기자단이 대거 몰려와 우승자인 그를 인터뷰했지만, 그가 일본인이 아니라는 사실을 알고는 오직 한 신문에서만 기사를 내줬다고 한다. 일본 학교를 다녔고 일본 이름을 썼던 그의 본명이 김창행이라는 것을 아는 사람은 거의 없었다. 그는 이때 다시 결심을 한다. "3년 후 다시 열리는 이 대회에서 우승할 때는 자랑스럽게 내 이름을 말할 수 있도록 열심히 하자." 그리고 3년 후 그는 자신과의 약속을 지켰다. 대회 2연패를 한 것이다. 오는 2008년

국경을 넘으면 아시아가 보인다

대회를 통해 3연패에 도전하는 그는 또 다른 꿈을 키우고 있다. 이번에는 증조할머니와 가족들을 대회에 모시고 가서 무대 위에서 자랑스러운 가족들을 소개하겠다는 계획이다.

"명문대를 나온 수재라고 해도, 공부를 잘해 대학교수가 됐다고 해도 사람을 존중할 줄 모르는 이들이 많습니다. 저는 그런 사람들은 아무것도 모르는 것과 마찬가지라고 생각합니다. 저는 부모님을 존중하며 저를 낳아준 것에 감사합니다. 감사할 줄 아는 마음이야말로 '넘버 원'이 되는 비결입니다."

그는 새로운 기술을 개발할 때마다 증조할머니에게 가장 먼저 보여드린다고 한다. 그의 공연을 본 증조할머니는 "기도의 마음, 한(恨)과 분함을 잘 표현했다"면서 눈물을 흘리며 기뻐해 주셨다고.

김씨는 그가 태어나서 자란 우토로 마을에 대한 걱정이 많다. 재일교포문제에 대한 고민도 누구보다 깊다. 일본 교토(京都) 우지(宇治)시 이세다초(伊勢田町)에 위치한 작은 마을 우토로엔 제2차 세계대전 당시 군비행장 건설을 위해 강제징용된 조선인들과 그 후손들이 집단 거주해 왔다. 전후 보상도 받지 못한 상태에서 열악한 환경 속에 차별받으며 살아온 주민들의 삶터는 전후 땅주인이 국가에서 기업, 개인으로 바뀌면서 강제철거의 위기에 처해 있다.

지난 8월 26일, 그는 뜻을 같이한 여러 청년들과 함께 '재일조선한국인 문제에 대한 한국, 일본, 재일조선한국인들의 목소리'라는 주제로 기자회견을 열고, 우토로문제와 재일교포 차별에 대한 한국 정부의 관심을 촉구하기도 했다.

"한국인도 일본인도 아닌 나는 어떤 존재인가 하는 고민에 빠집니다. 제 국적이 한국이라서 분명 한국인이지만, 한국 사람들은 저

5. 우리의 여정, 그곳에서 만난 진실

더러 재일교포이지 한국 사람은 아니라고 말합니다. 그런 말을 듣지 않았다면 저도 스스로 자랑스럽게 한국인이라고 말할 텐데요. 때로 저는 한국과 일본의 중간 존재, '재일(在日, 자이니치)'이라는 또 다른 나라의 사람일 뿐이라는 생각도 듭니다. 이런 감정을 갖는 사람들이 있다는 사실, 그 존재에 대해 알아줬으면 좋겠습니다. 하지만, 재일교포와 조선족은 다르다고 생각합니다. 조선족은 국적이 중국이지만, 재일교포는 차별을 받으면서도 끝까지 국적을 지킨 사람들이기 때문입니다."

아픈 자기 각성, 정체성에 대한 깊은 고민은 그를 더욱 큰 사람으로 만들었나 보다. 미움과 원망을 극복한 그는 미래를 위한 해법도 잘 알고 있었다.

그는 "서로 으르렁대며 싸우고 피해자가 자기 얘기만 되풀이해선 더 나은 관계가 될 수 없을 것"이라며 "바로 이런 깨달음이 한일관계와 재일교포문제 해결의 첫걸음일 것이고, 나로부터 시작해 모두가 함께하면 더 멋진 일이 일어날 수 있다"고 말했다.

그의 깨달음은 많은 이들에게 가슴 뭉클한 감동을 준다. 이제 그의 손을 우리가 잡아줄 때다.

'엔터테이너 오브 더 이어' 대회에서 우승하면 태극기가 게양되지만 한국어도 할 줄 모르는 자신이 한국 대표라는 사실에 죄책감을 느낀다는 그. 이제 그의 죄책감을 우리가 덜어줄 차례다.

정의를 위한 값진 삶

젊은 일본인 여변호사 다베 치에코(田部知江子·34)

운 나쁘게도 잠시 어떤 병에 걸렸다고 상상해 보자. 감기보다 전염력이 약하고 완치될 수 있는 병일 뿐이다. 그런데 정부는 무시무시한 병에 걸린 것이라고 모두에게 겁을 주며 당신을 사랑하는 가족과 생이별시킨 후 외딴 곳에 가둬버렸다. 그리고 당신은 평생 동안 그곳에 갇혀 중노동과 폭력에 시달려야 했다고 생각해 보라.

상상만 해도 끔찍하다. 하지만, 우리 주변에는 그처럼 어처구니없는 인권 침해를 당한 이들이 생각보다 많다. 바로 소록도의 한센인들이다. 내가 이런 상상을 하게 된 것은 한센인들을 위한 소송에 앞장선 한 일본인 여변호사 때문이었다.

"소록도 한센병 요양소를 갈 때마다 자원봉사활동을 하는 한국인들을 많이 봤습니다. 그러나 일본 정부의 잘못된 정책 때문에 한센인들이 인권 침해를 당했다는 역사적 사실을 명확히 인식하고 있는 이들이 별로 없어 안타깝더군요. 한센인들 중에도 체념하고 살아가는 이들이 많았습니다."

소록도를 8번이나 방문했다는 젊은 일본인 여변호사 다베 치에코는 한국, 일본, 타이완 변호사들로 구성된 '한센병 수록도 갱생원·타이완 낙생원 보상청구 변호단'의 일원이다. 그는 일제시대 한센병 요양소에 강제입소된 후 지금껏 가족과 사회로부터 격리된 채 편견 속에 숨죽여 살아가고 있는 한국과 타이완의 한센인들에게 일본 정부가 지금이라도 보상을 해야 한다는 소송을 제기하는 데 앞장선 인물이다.

지난 8월 15일 피스&그린보트에 참가 중인 일본 시민 10여 명을 이끌고 소록도를 방문했던 그는 선상에서 소록도 관련 다큐멘터리 상영회와 토론회를 여는 등 활발한 활동을 벌였다. 커다란 눈, 주근깨 가득한 작은 얼굴, 비쩍 마른 몸, 만화 속에서 막 튀어나온 듯한 그녀의 모습은 빨간머리 앤과 많이 닮아 있었다. 소녀처럼 여려 보이던 그녀는 간절하면서도 강한 어조로 이렇게 말했다.

"동정심을 가져달라는 것이 아닙니다. 바로 나에게도 일어날 수 있었던 일이라고 생각하길 바랍니다."

그녀의 말에서 진심이 느껴졌다. 그가 소송에 앞장선 것은 가련한 사람들에 대한 동정심 때문이 아니다. 자만심이나 선구의식은 더더구나 아니다. 양심의 소리를 듣고 바로 자신의 일인 양 나서게 된 것이라는 믿음이 갔다.

그는 지난 1999년 일본 사법연수원 시절 한센병 환자들의 비참한 역사와 현실을 알고 충격을 받아 한센인들을 위한 소송에 참가하게 됐다고 한다. 그는 "한센병은 감염력이 약해 일상생활에서 감염될 가능성이 거의 없고 투약 치료로 완전히 고칠 수 있기 때문에 환자를 격리할 필요가 없다"면서 "그런데도 식민지 시대에 일본 정부는 한센병을 무서운 전염병으로 선전하고 일본은 물론 한국과 타이완에 각각 요양소를 만들어 환자를 강제격리시키고 학대했다. 이는 국가에 의한 중대한 범죄행위"라고 강조했다.

일본에서는 2001년 구마모토(熊本) 지방재판소에서 국가의 한센병 환자 격리정책이 잘못된 것이었다는 판결이 나오게 됐고, 일본 정부가 한센인들에게 사죄하고 보상금을 지급해야 한다는 '한센병 보상법'도 제정됐다.

국경을 넘으면 아시아가 보인다

이에 따라 일본인 피해자들은 800만~1,400만 엔의 보상금을 받을 수 있었고 한센병에 대한 사회적 인식도 개선되는 등 큰 변화가 있었다. 양심적인 일본 변호사들은 여기에 그치지 않고 일제시대 한국과 타이완에서도 한센병 격리정책을 시행한 결과로 피해자들이 많다는 것을 알고 그들도 일본 정부의 보상을 받을 수 있도록 한국과 타이완 변호사들과 협력해 소송을 제기하게 된 것이다. 그와 같은 변호사들의 진심이 소송 참가를 꺼리던 100여 명의 소록도 한센인들의 마음을 움직여 원고로 나서게 했다.

그는 "10월 25일이면 판결이 나며 승소 가능성이 크다고 본다"면서 "이번 소송이 한·일 간의 벽을 없애는 데도 도움이 됐으면 좋겠다"고 말했다. 그의 치열하고 아름다운 삶이 내 마음을 움직였듯, 분명 많은 이들의 마음도 움직여 좋은 성과를 낼 수 있으리라 믿는다.

그러나 다베 치에코 변호사와 우리 모두가 간절히 바라던 승소 소식은 들려오지 않았다. 지난 10월 25일 일본 도쿄 지방법원은 타이완 낙생원 한센인들이 낸 소송에는 원고 승소 판결을 내린 반면, 한국 소록도 한센인들이 낸 보상청구 소송은 기각했다. 각각 재판부가 다르며, 타이완 쪽 소송은 법무성 인권옹호국장을 지냈고 과거에도 한센병 관련 소송을 진행한 석이 있는 재판장이 담당했기 때문에 이처럼 상반된 판결이 나온 것이라는 분석도 있지만 어쨌든 납득할 수 없는 결과였다. 변호단은 즉각 항소했고, 한국에서는 인권단체와 변호사, 시민들이 함께 대규모 항의집회를 열기도 했다. 집회에는 소록도의 한센인들도 직접 참가했었다. 일본의 여론과 언론들도 일제히 이번 판결을 비판했고, 한국 정부와 국회의원들도

5. 우리의 여정, 그곳에서 만난 진실

이번 판결에 큰 관심을 갖고 일본 정부에 문제를 제기하기도 했다.

11월 5일, 일본 정부는 이 같은 여론에 압력을 받아서인지 소송 결과와 관계없이 한국과 타이완의 한센인에게도 보상금을 지급한다는 방침을 세운 것으로 알려졌다. "돈이 문제가 아니라 사죄를 받고 싶은 것"이라는 소록도 한센인의 한이 하루 빨리 풀어지기 위해서는 더 많은 이들의 관심이 필요하다. 소록도 한센인들의 평균 연령은 80세 이상이어서 당초 소송을 제기한 117명 중 벌써 8명이나 세상을 떠났다고 한다. 시간이 얼마 남지 않았다.

멋있게 늙어간다는 것에 대해 : 일본의 여러 어르신들

피스&그린보트 참가자 중에는 일본의 어르신들이 유난히 많았다. 그들과 한국 어르신들을 비교할 수밖에 없었고 어떻게 나이 들어갈 것인지에 대해서도 생각하게 됐다.

우선 일본 어르신들은 매우 적극적이었다. 어떤 주제의 토론회든, 어떤 행사든 어르신들이 가장 많은 자리를 채워주셨고 발언도 많이 하셨다. '자주기획'이라 불리는 자발적인 소규모 행사 기획에도 활발히 참여하셨다.

가장 눈에 띄는 분은 '이모상'이라 불렸던 이모리 후쿠에(伊森富久江). 72세라는 나이가 믿기지 않을 만큼 건강하고 활력이 넘치는 할머니였다. 그는 '난추(南中)소랑'이라 불리는 체조 배우기, 스트레칭 교실, 한시 감상 등 다양한 자주기획을 마련해 큰 호응을 얻었다. 그는 자주기획에 참가했던 이들과 함께 '난추소랑' 공연을 펼치기도 했다.

그는 에어로빅, 스트레칭, 재즈댄스 등을 가르치는 강사라고 한다. '피스보트'에 5번이나 승선했으며 그중 4번은 세계일주를 했다고. '난추소랑'은 홋카이도의 미나미중학교 학생들이 폭력과 싸움질을 그만두고 평화로운 학교를 만들자며 '소랑'이라는 홋카이도 어부들의 노래에 맞춰 힘찬 춤을 추기 시작한 데서 유래한 것이라고 한다. 한 텔레비전 드라마에서 학교폭력 예방 메시지를 전하기 위해 이 춤을 방송하면서 전국적으로 유명해졌다고. 그는 "평화를 위한 피스&그린보트에서 이 춤을 가르치는 것도 의미가 있겠다고 생각해 자주기획 프로그램으로 준비해 왔다"고 말했다. "건강하고 적극적인 모습이 너무 멋지다"고 말을 건넸더니 그는 부끄러워하며 "이번 여행은 젊은이들과 함께할 수 있어서 좋았다"고 답했다.

일본 어르신들의 또 다른 특징은 겸손하고 예의 바르며 친절하다는 점이었다. 나이가 어리다고 상대를 쉽게 대하는 법도 없다. 77세의 하마요시 히로토시(濱吉弘敏) 할아버지 역시 그랬다. 그는 사진작가처럼 늘 커다란 사진기를 들고 다니며 부지런히 배우고 기록하시느라 분주했다. 눈이 많이 나쁘셨지만, 돋보기를 이용해가며 열심히 자료를 보시고 호기심 가득한 소년처럼 질문도 많이 하셨다. 기항지 프로그램에 함께 참여하게 돼 인사를 드렸더니 명함을 한 장 건네신다. 피스&그린보트에서 만나는 친구들을 위해 특별히 준비해 온 명함이었다.

직접 만든 소박한 명함에는 작은 글씨로 "시각 장애가 있어 당신의 얼굴을 잘 알아보지 못할 수 있습니다. 실례인 줄 알지만, 이

131

해해 주시기 바랍니다"라는 양해의 말씀부터 취미, 성격, 가족관
계, 주소까지 친절하게 적혀 있었다. 크루즈여행이 6번째이며 이
번 여행은 '방년' 77세가 됐음을 자축하는 의미라는 재치 있는 문
구까지 담겨 있는 명함은 상대방을 웃음 짓게 했고 곧 친구가 될
수 있게 도와줬다. 그는 내게 명함을 전하고는 고개를 숙여 "일본
정부 때문에 많은 한국인들이 고통을 당했다"며 사과했다. 나는
잠시 당황스러웠지만, 그의 사과를 달갑게 받아들이기로 했다.

한·일 NGO 공동주최의 역사적인 행사에 참가했다는 사실만
보더라도 그분의 성향과 지적 수준이 남다를 것이라고 쉽게 추측해
볼 수 있다. 그러나 단순히 그렇게만 볼 일은 아니라는 생각이 들었
다. 손녀뻘 되는 한국인에게 깍듯이 고개 숙여 사죄한다는 것은 그
리 쉽지 않은 결심이었을 것이다. 일본어를 모르는 나, 한국어를 모
르는 그였지만, 우리는 기항지에서의 일정 내내 동행하며 짧은 영
어 실력을 부끄러워하지 않고 우정의 대화를 나눌 수 있었다.

한편, 일본 어르신들은 매우 독립적이라는 느낌도 들었다. 한국
어르신들의 여행문화는 단체관광, 가족동반 효도관광이 일반적이
다. 하지만 피스&그린보트에 참가한 일본 어르신들은 가족과 함
께가 아니라 홀로 용감하게(?) 여행길에 나선 분들이 많다. 혼자
떠나는 여행에서 더 많은 친구들을 만날 기회를 만들 수 있다는 것
을 깨달았기 때문일까. 이미 오래전 고령사회에 접어든 일본의 성
숙한 노년문화가 독립적이고 적극적인 노인들, 젊은이들과 격 없
이 친구가 될 줄 아는 여유 있는 노인들을 만들어낸 것은 아닐까
하는 생각이 들었다.

6

내가 일본인임을
새로운 각도에서 체험하다

다카츠카 사토미(高塚吏美), 피스보트 자원봉사 스태프 · 츠다주쿠대학(津田塾大學)

별이 반짝이는 밤하늘을 보면 지난 2주일간의 크루즈여행이 머리에 떠오릅니다. 대개 바다라든가 여객선을 봐야 배로 여행했던 일이 생각날 텐데 나의 경우는 왜 별빛 총총한 밤하늘이 나를 '크루즈의 추억'으로 데리고 갈까요. 신문국 스태프였던 나는 여행 중에도 밤이면 신문기사 작성에 쫓겨야 했는데, 그러고 난 후 한숨 돌릴 때마다 자주 갑판 위에 올라가 별을 쳐다보곤 했습니다. 그래서 그런지 별이 나와 있는 밤하늘을 보면 당시 2주간의 크루즈를 떠올리지 않을 수 없군요.

나는 갑판 위에서, 아니 별들을 쳐다보며 많은 생각을 했습니다. 유감스럽게도 지금 내가 살고 있는 곳에서는 선상에서 보았던 아름다운 별들이 보이지 않는군요. 그래도 깊은 밤, 별이 조금이라도 눈에 띄면 생생하게 당시의 기억이 되살아납니다. 그때의 2주일은 내가 일본인이란 사실을 처음으로 깊이 의식하고 생각하게 한 귀중한 시간이었습니다. 아울러 한 사람 한 사람의 힘은 보잘

5. 우리의 여정, 그곳에서 만난 진실

것없지만 모두 하나가 되면, 큰 힘을 발휘한다는 것도 알게 해주었
습니다.

　내가 이 배에 타려고 결심한 것은 5월 초였습니다. 2, 3월이 되
면 대부분의 대학 3학년생이 그런 것처럼 나 자신도 취직활동으로
분주하기 짝이 없었습니다. 크루즈 이야기를 들은 것은 취직활동
이 끝나고 별안간 시간 여유가 생겼던 4월, '뭐 할 일 없나' 하는
기분이 들 무렵이었습니다. 피스&그린보트의 설명회에 가보자는
친구의 권유에 심심풀이 정도의 가벼운 기분으로 간 것이 계기가
되었지만, 나는 설명을 다 듣고 난 후에 그만 신청서를 제출하고
말았습니다. 솔직히 말해 조금 들떴던 그곳 분위기에 휩쓸려 엉겁
결에 내린 결정이었지요. 나중에 후회한 적도 있었으니까요. 물론
지금은 내가 크루즈에 가기를 잘했다고 기뻐하고 있습니다.
　이번 여행 중에 얻은 체험들이 나에게 큰 영향을 미치고 있는
것 같습니다. 그중에서도 상하이에서 기항지 프로그램으로 나섰던
난징(南京) 방문이 마음에 가장 강렬한 인상을 심어주었습니다. 나
는 대학 2학년 때 일본의 전쟁 책임에 관해서 공부한 적이 있기 때
문에 이번 크루즈를 통해 전쟁에 대해서 좀더 깊이 생각해 보기로
하고 혼자만의 테마를 정해놓고 있었습니다. 그래서 많은 기항지
프로그램 중에서 난징 방문만은 결코 놓치지 않겠다고 단단히 벼
르고 있었습니다. 상하이에서 난징까지는 버스로 편도 5시간 가까
이 걸리는 강행군이었지만, 정말 가길 잘했다고 지금도 생각하고
있습니다. 왜냐하면 난징대학살의 생존자로부터 직접 생생한 증언
을 들을 수 있었으니까요. 증언한 분은 열 명의 가족 중에 여섯 명

국경을 넘으면 아시아가 보인다

이 일본군에게 죽임을 당했다고 했습니다.

정말 참혹하고 쓰라린 체험을 눈물 글썽이며 진지하게 말해 준 할머니의 모습이 지금도 눈에 선합니다. 할머니는 마지막으로 "평화의 소중함을 주위 사람들에게 전해달라"는 부탁을 하며 증언을 마쳤습니다. 짐작은 했지만 직접 듣는 증언은 내게 큰 충격을 주었습니다. 처음 얼마 동안 나는, '일본이 이처럼 혹독한 짓을 할 수 있다니!' 하는 생각에 그만 귀를 틀어막고 싶은 충동에 사로잡히기도 했습니다. 그러나 차츰 생각이 달라졌어요. 나는, '부끄러운 일본인으로서 똑똑히 들어야 한다. 이야기가 끝나면 지금이라도 빌어야 한다' 라고 생각하며 냉정을 되찾게 되었습니다. 증언자는 눈물을 흘리면서도 결코 일본을 중상하는 말은 한마디도 하지 않았습니다. 일본을 탓하는 발언을 해도 아무 소용이 없다는 것을 잘 알고 있었는지도 모르지요. 그래서 증언자는 일본을 책망하는 증언을 피해 평화를 호소하는 방법을 선택했을 것이라고 내 나름대로 해석했습니다. 증언이 끝나자 나는 뼈저린 체험을 들려준 할머니에게 감사를 드리며 악수를 나누었습니다.

배에서 보낸 2주는 앞에서도 말했지만, 내가 일본인이란 것을 새로운 각도에서 인식시켜 준 기간이었습니다. 이런 의식의 변화는 같이 동승한 많은 한국 사람들을 통해서도 일어났지만, 무엇보다도 여러 기항지를 다니면서 내 머리를 채운 전쟁에 대한 깊은 생각에서 온 것입니다. 나는 난징에서 되돌아오는 버스에서 내가 아무것도 할 수 없는 무력한 존재임을 절절히 느꼈습니다. 난징 방문 후, '무엇이든 행동으로 보이고 싶다!' 고 생각하면서도 구체적으로 내가 할 수 있는 일이 무엇인지 도무지 생각이 떠오르지 않았어

135

요. 나 혼자의 힘으로는 아무것도 할 수 없다는 무력감에 그대로 주저앉아버릴 것만 같아서 늘 떨떠름한 기분이었어요. 그러나 난 징에서 상하이 항구에 정박해 있던 배로 돌아오자, 생각이 떠올랐습니다. 더구나 운 좋게도 이 배에는 일본인만이 아니고, 한국인도 많이 타고 있었으니까요. 바로 여기에 이 배의 의미가 있다는 것을 새삼스럽게 깨달았습니다.

저는 아직 제 주위에 대해서 모르는 것이 너무 많은 것 같습니다. 한국, 중국에 관해서는 말할 것도 없고, 내가 태어나 자란 일본에 대해서조차도 충분히 알고 있지 못하니까요. 이번의 크루즈가 나의 무지를 알게 해주었습니다. 앞으로도 한국, 중국 그리고 내 나라인 일본에 더욱 관심을 기울여 많은 공부를 해야겠다고 느꼈어요. 그리고 한 사람 한 사람의 힘으로는 아무것도 할 수 없지만, 언젠가 큰 힘이 될 수 있도록 이번에 만난 사람들과의 인연을 더욱 소중히 키워나가야겠다고 생각하고 있습니다.

국경을 넘으면 아시아가 보인다

7

더 나은 미래를 위해
과거에서 얻은 교훈

소피 레페즈(Sophie Lefeez), 핵군축 프로젝트 반핵 유스(프랑스),
평화운동의 핵군축 캠페인 담당

이번 항해는 매우 감동적이었다. 첫째는 기항지에서 경험한 견딜 수 없을 정도로 충격적인 사실들 때문이었고, 둘째는 함께했던 사람들과 맺은 끈끈한 우정 때문이었다.

합천에 있는 한국의 원폭피해자를 방문했을 때는 묘한 느낌을 받았다. 전에는 전혀 알지 못했던 서로가 그날은 함께 차와 케이크를 나눠먹고 공예품을 만들었다. 내가 그곳을 떠나면 아마 다시는 서로 만나지 못할 것이었다. 우리는 바람처럼 오고 간다. 우리가 서로에게 위로가 되었을까? 잘 모르겠다.

이후에 우리는 서울에 있는 일본 대사관 앞에서 매주 열리는 시위에 참가했다. 일본군 '위안부' 할머니들은 1992년부터 일본 정부에게 조직적인 성 착취에 대한 인식과 사과, 보상, 처벌을 요구해 왔다. 시위장에 도착했을 때 나는 빗장이 쳐진 버스들이 거리를 지나가는 것을 보았다. 처음에는 이렇게 생각했다. '참 신기하네. 경찰관들이 죄수들을 운반하고 있나봐.' 그런데 그곳을 떠날 때도

5. 우리의 여정, 그곳에서 만난 진실

버스는 그대로 있었다. 마치 우리를 데려가기 위해서인 것 같았다. 만약의 사태를 위해. 시위는 음악과 춤이 곁들인 조금 별난 것이었다. 이 별난 시위는 일본에게 그들이 이들 여인들에게 가한 공포를 일깨우게 하기 위한 것이었다.

다음으로 우리는 일본군 '위안부' 역사박물관을 방문했다. 그곳에서 접한 증거자료와 증언들은 책이나 텔레비전 다큐멘터리에서 접한 것과는 완전히 달랐다. 우리는 역사와 대면했고 이들 여성이 경험한 것을 그대로 느낄 수 있었다. 그것은 한 여성으로서 도저히 견뎌내기 힘든 것이었다. 그림을 보면서, 전시물을 보면서, 게시판을 보면서도 그 느낌은 계속 살아났다. 내가 본 것을 아무리 말해도 사람들은 그것을 막연하게 여길 수밖에 없을 것이다. 사람들은 사건의 실체를 이해하지 못하는 것 같다.

다음은 중국 난징이었다. 나는 양 옆으로 시체가 가득한 방으로 들어갔고, 거기에서 어떤 글을 읽었는데 기억나는 것은 '1만 명의 무덤'이라는 문구뿐이었다. 나는 한 구덩이에 1만 명이 들어 있는 모습을 상상해 보려고 애썼지만 실패했다. 궁금했다. '어떻게 한 번에 1만 명이나 죽일 수 있지?' 나는 내가 1만 명을 죽이는 상상을 해봤다. 휴, 바로 힘이 빠져버렸다. '어떻게 1만 명을 한 구덩이에 넣을 수 있지? 그 구덩이는 분명 엄청나게 클 거야. 그럼 누가 그 구덩이를 팠지? 파는 데 시간은 얼마나 걸렸을까?' 나는 난징 대학살에서 1만 명이 아니라 3만 명가량이 학살되었다는 사실을 잊지 못한다. 특정 수치를 넘어서니 숫자는 더 이상 문제가 되지 못했다. 그것은 '다른 사람들이 대량생산을 할 때 너는 대량학살을 해라. 생각하지 말고, 그냥 해라'라는 식이었다.

국경을 넘으면 아시아가 보인다

나는 시체를 덮은 표면을 응시했다. 각각의 유골들에는 설명과 번호가 적혀 있었다. '뇌에 총상을 입어 구멍이 뚫린 3세 어린이', '부러진 채찍과 함께 있는 노파' 등등. 내가 본 가장 큰 숫자는 203이었다. 나는 이곳이 내가 사는 아파트에 비해 몇 배나 더 큰 지 계산해 봤다. 나는 내 아파트의 두 배 정도 크기인 이곳에 203명의 시체가 누워 있는 것을 상상해 보았다. 그들은 분명 쌓아올려졌을 것이다. 별로 넓지 않은 곳이었기 때문이다.

오키나와는 이곳에서 느낀 감정을 다시 느끼게 해주었다. 마루키의 그림은 대량자살 장면을 묘사하고 있었고 그에 대한 질문도 제기했다. 만약 엄마가 자기 자식을 죽인다면 그것은 자살이 아니다. 만약 사람들이 서로 자기 이웃을 죽이도록 돕는다면 그것도 대량자살이 아니다. 나는 나 자신에게 말했다. 그것은 대량안락사라고. 그리고 만약 누군가 죽고 싶어하지 않았는데 죽였다면, 그것은 살인이다.

우리는 치비치리가마를 방문했다. 140명이 그곳에서 잠시 지내다가 죽었다. 충분한 이유를 갖고 있는 몇몇만이 그곳 묘지에 들어갈 수 있었다. 나도 그중 한 사람이었다. 그곳은 바깥에 비해 훨씬 습했다. 지붕은 낮았다. 바닥에는 아직도 병 몇 개가 놓여 있었다. 이 안에 140명이 있다는 사실을 상상하기 힘들었다. 그들은 분명히 이 공간 전체를 다 차지할 것이다. 이 모든 죽음은 왜 일어난 것일까? 국가의 자존심을 위해? 그렇다면 그 자존심으로 오늘날 남은 것은 무엇인가? 이들 군대는 이렇게 말하곤 했다. "우리는 잔인함으로 기강을 세워야 한다. 우리는 패배했기 때문이다." 오늘날 아직도 그 잔인함으로 기강을 세워야 한다고 말하는 군대는 몇이

139

나 될까?

우리 7명의 젊은이 그룹과 평화 군축 교육 전문가인 캐슬린, 피스&그린보트 스태프인 하루키 그리고 통역가들은 이 과거의 사건들을 바라보며, 현재를 분석하기 위해 과거를 돌아보고 교훈을 찾으며 더 나은 미래를 그려보았다. 우리는 모두 무력감과 동시에 강인함을 느꼈다. 이 수많은 죽음과 비참함으로 인해 마음속 깊은 곳이 끓어오르는 것을 느꼈다. 우리는 자신의 느낌을 발표했고, 서로를 감싼 고리를 더욱 강하게 묶었다. 우리는 핵 무장 해제를 위한 계획을 세우기로 했다. 그것은 국경과 지역, 문화, 언어를 떠나 함께 힘을 모아 일하기 위한 계획이다. 우리는 그저 우리가 할 수 있는 일을 하고 있을 뿐이다.

국경을 넘으면 아시아가 보인다

6

아주 특별한 만남

1

오해와 편견, 경계를 넘어

김보령, 서울대학교 지구과학교육과

'피스보트'는 세계평화와 인권보호, 환경보호 등을 목적으로 생겨난 일본의 시민단체다. 주로 일제의 식민지배 현장과 환경파괴 현장 등을 배를 타고 돌아다니는 프로그램을 매년 진행해 왔는데, 이번에는 한·일 양국의 대학생과 시민단체, 일반인 100여 명이 함께하는 최초의 항해가 마련되었다. 그만큼 이번 여행은 의미가 컸다.

나는 피스&그린보트에 자원활동가 자격으로 15박 16일 동안 후지마루호를 탔다. 도쿄, 인천, 부산, 단둥, 상하이, 오키나와, 나가사키를 돌아다니며 전쟁의 흔적과 여전히 아시아인들에게 남아 있는 아픔을 확인하였고, 환경파괴의 현장을 직접 돌아보며 우리의 나아갈 길을 함께 생각하는 귀한 경험을 했다.

첫 만남

도쿄에서 한국 참가자들이 배에 올랐을 때, 이미 일본 참가자들은 모두 탑승을 완료한 상태였다. 복도와 살롱, 식당 곳곳에서 마주치는 낯선 얼굴과 낯선 언어들. 뉴스에서만 들어오고 상상만 했던 일본이었는데, 지금 진짜 일본인의 모습들이 내 생활 영역 안으로 깊이 들어와 있다는 생각에 묘한 긴장감을 느꼈다. 과연 500명이나 되는 한국인과 일본인들이 잘 지낼 수 있을까? 지금까지 서로 다른 쪽만을 보아온 사람들이 역사문제를 이야기한다니. 내심 걱정이 되기도 했다.

가까워지기

예상 밖으로 한국과 일본의 대학생들은 빠른 속도로 친해져갔다. 언어나 문화에 대한 호기심이 서로를 끌어당겼고—비록 언어가 완벽하게 통하는 것은 아니었지만—많은 대화들을 나눌 수 있었다. 기본적으로 한·일 관계에 대해 관심이 있고 우호적인 생각을 가진 사람들이 이 항해에 참여했기 때문이기도 하지만, 한국인과 일본인이기 이전에 우리들이 20대의 혈기왕성한 청년들이었기에 어쩌면 그런 친밀감은 더 자연스러운 것이었을지도 모른다. 젊다는 것만으로 하나로 엮일 수 있다는 게 이런 것인가 보다고 생각했다.

항해 기간 동안의 피스&그린보트 프로그램은 크게 세 가지로

6. 아주 특별한 만남

나눌 수 있었다. 모든 탑승자들이 참여하는 '기항지 프로그램', 주최 측인 환경재단과 피스보트에서 마련한 유익한 '심포지엄'이나 '강연'(주로 역사와 환경에 관련된 것들), 배 안에 있는 사람이라면 누구나 스스로 기획하여 이벤트를 만드는 '자주기획' 등이 있었다. 프로그램들은 거의 다 한·일 양국 사람들이 모두 참여할 수 있는 것들이었고 이를 통해 더욱 가까워질 수 있었다.

8월 14일 밤, 라운지에서는 '보트 홀릭(boat holic)'이라는 한·일 젊은이들의 대화를 위한 프로그램이 있었다. 한류 열풍에 대한 대화들과 그동안 상대방의 나라에 대해 궁금해했던 질문들이 나오기 시작했다. 가장 기억에 남는 질문은 "한국에는 정말로 김치만을 보관하는 냉장고가 있습니까?"였는데 수많은 한국인들이 김치 냉장고를 이미 가지고 있다는 사실에 일본 친구들은 매우 신기해했다. 한류라는 말은 있지만 왜 '일류'라는 말은 없는지, 어째서 한국인들은 '일본이 좋다'는 말을 쉽게 꺼낼 수 없는지에 대해서도 한국 친구들이 솔직하게 털어놓았던 시간이었다. 대화가 무르익어 갈수록, 한국과 일본이 지리적으로는 가까운 나라이지만 작은 부분까지도 문화와 생각의 차이가 큼을 실감할 수 있었다.

우리들이 대화하던 중 후지마루호는 8월 15일 0시에 부산에 정박했다. 우리는 다 함께 광복절 카운트다운을 외치고 8월 15일에 대한 이야기를 하게 되었다. 한국인에게는 매우 기쁜 날로 인식되는 날이지만, 일본 사람들에게 있어서는 패전의 수치스러운 날로만 기억된다고 하였다. 역사에 대한 이야기가 시작되자 모두 숙연해졌다. 일본 친구들이 한국의 아픔들을 잘 모를 것이라 예상을 하긴 했지만, 정말로 많은 것들을 모르고 있었고 어떤 일본 친구들에

국경을 넘으면 아시아가 보인다

게는 그것이 충격으로 다가오는 듯했다. 한·일 관계의 뿌리 깊은 골을 이제 겨우 깨닫기 시작한 일본 친구들 앞에서 더 많은 얘기들을 꺼내놓을 수는 없었지만, 각자 개인적으로 나눠오던 얘기들을 공개적인 자리에서 처음으로 드러낸 것만으로도 그 자리는 충분히 의미 깊고 중요했다.

우리는 전쟁을 경험하지도 않았고 서로 미워할 만한 직접적인 경험도 없는 세대다. 오히려 다양한 문화교류를 통해 호감이 더욱 깊어져 있다고 생각한다. 이런 호감이 '역사 바로알기'에 대한 시도를 이끌어내는 촉매가 될 수 있기를 바란다. 우리들이 곧 기성세대가 되어 새로운 한·일 관계를 만들어가야 할 날이 왔을 때 열린 마음으로 서로를 대할 수 있다면 얼마나 좋을까. 그날의 대화를 기점으로 한·일 관계와 관련한 대화들은 항해 기간 내내 계속되었다.

오해와 편견

8월 20일에는 일본군 '위안부' 피해 할머니 한 분과 독가스 피해자인 중국인 한 분을 모시고 전후 보상에 관한 이야기를 나누는 심포지엄이 있었다. 일본군 '위안부' 피해 할머니들의 이야기는 한국인들이 잘 알고 있는 것이지만, 중국인들의 독가스 피해는 생소했다.

제2차 세계대전 당시 일본은 독가스를 만들고 있었다. 그런데 종전 후 일본은 중국 대륙에 그 독가스들을 그대로 묻어두고 가버렸고, 남아 있는 독가스에 노출된 중국인들은 심각한 피해를 입었다고 한다. 시골의 논밭 여기저기에 묻혀 있는 것이라 중국인들도 그 위치나 양을 전혀 모르고 있으며 지금도 피해자가 속출하고 있다고 한다. 이 심포지엄의 사회를 맡은 일본의 마나기 변호사의 말이 기억에 남는다.

"일본 정부는 사실을 일부 인정하고 있지만 법적 책임은 절대 지려고 하지 않는다. 이로 인해 아시아인의 신뢰를 잃었다. 법은 정의의 문제이다. 정의를 위해서 반드시 이 문제를 청산해야 한다. 정부뿐 아니라 일본인의 사고방식에도 문제가 있다. '일본은 원폭 같은 피해를 입었기 때문에 한국이나 중국의 피해를 보상할 필요가 없다'는 생각을 바꿔야 한다."

심포지엄이 열렸던 메인 홀은 많은 일본인들로 채워져 있었다. 지금까지 내가 느끼고 있던 일본의 모습은 역사적 사실을 부인하고 책임도 지지 않는 모습이었는데, 이렇게 전후보상문제에 대해 직접 심포지엄을 열고 문제의 심각성을 적극적으로 알리는 모습은 낯설고 충격적이었다. 어쩌면 그동안 일본 정부의 태도를 일본 국민 모두의 태도로 인식하고 살아온 것은 아닌가 하는 생각이 들었다.

일부 일본인들의 양심적이고 적극적인 모습을 발견하게 된 이날의 심포지엄을 통해 일본을 향한 나의 편견과 오해가 일부 해소되었다. 또한 우리나라의 피해, 오직 우리의 문제에만 관심을 가졌던 태도에서 벗어나 다른 나라의 문제들과 상처에 대해서도 관심을 가져야겠다는 생각을 하게 되었다.

국경을 넘으면 아시아가 보인다

　항해 중에는 다채로운 공연과 재치 있는 자주기획 이벤트들이 많이 있어, 모두의 오감을 즐겁게 해주었다. 인기가 많았던 공연 중 하나는 재일한국인 3세 김창행의 퍼포먼스였다. 그는 '엔터테이너 오브 더 이어(Entertainer of the Year)'라는 국제 저글링 대회에서 2회 우승한 엔터테이너였다. 그는 지금 한창 모금운동이 활발한 교토의 우토로에서 태어났다. 한국에 대한 관심과 열정이 매우 많은 친구다. 창행이는 재일한국인이라는 이유로 일본에서 이해할 수 없는 차별 — 나의 상식으로는 도저히 이해할 수 없는 차별들이었다 — 을 받으며 자라왔다. 창행이의 할머니는 일제시대 때 교토로 강제징용되셨다. 그분을 포함한 많은 재일한국인 1세들은 일제 강점이 끝난 후에도 한국전쟁으로 인해 한국으로 돌아가지 못하고 한을 가슴에 묻어둔 채로 당시 임시 거주지였던 지금의 우토로에 정착하게 되었다고 한다.

　피스&그린보트는 한·일 양국 사람들이 교류를 통해 한·일 문제와 서로에 대한 이야기를 나누는 만남의 장이지만, 창행이는 자신의 마음이 불편하다고 했다. 그는 일본 학교만을 다녔기 때문에 한국말을 하지 못한다. 대회에서 우승을 해도 한국인은 자신을 한국인으로 보지 않는다고 했다. 한국에도 일본에도 속하지 못하는 그저 '재일한국인'이라는 전혀 다른 집단의 사람이라는 생각이 든다고 했다. 재일한국인 1세들은 이제 한 분씩 세상을 떠나고 있는데, 창행 씨는 이러다가 재일한국인이 한국인에게서도 일본인에게서도 잊혀질까 두렵다고 했다.

창행이의 이야기를 들은 몇몇 사람들이 뜻을 모아 자주기획 하나를 추진했다. 재일한국인문제에 대해 한국, 일본, 재일한국인 젊은이들이 함께 포럼을 여는 것이었다. 한국, 일본, 재일한국인 친구들을 모아 우리의 생각을 담은 성명서를 쓰고 기자들과 많은 사람들 앞에서 발표했다.—이 자주기획이 배 안에서 내가 참여했던 자주기획 중 가장 기억에 남는 것이다—창행이도 이 포럼에 참가해 재일한국인으로서 겪었던 자신의 이야기와 생각을 내놓았다. 통역을 해주시는 분이 목이 메어 잠시 통역을 중단할 정도로 창행이의 이야기는 우리들의 마음에 안타깝고 부끄러운 무언가를 던져주었다.

나는 지금까지 재일한국인을 생각할 때마다 일본인들이 재일한국인에게 가하는 차별에 대해서만 주로 떠올리곤 했다. 그러나 창행이를 피스&그린보트에서 만나고 나서 한국인으로서 부끄러움을 감출 수 없었다. 미셸 위 같은 미국 국적의 교포 3세 스포츠 스타가 해외 대회에서 상을 타면 자랑스러운 한국인이라며 갈채를 보내기 바쁜 우리들이다. 그러나 가까운 일본에 있는 재일한국인들에 대해서는 그다지 관심을 갖지 않는 것이 사실이다. 일제시대의 한을 품고 있을 뿐 아니라 일본 내에서의 차별이라는 상처까지 안고 있으면서도 한국이라는 뿌리를 손에서 놓지 않고 살아가는 그들에게 우리는 대체 얼마나 관심을 주었던가?

나는 창행이에게 한글의 자음과 모음을 가르쳐주고 발음을 가르쳐주었던 항해 어느 날의 새벽을 기억한다. 몇 시간의 설명이었는데도 불구하고 눈을 반짝이며 한 가지도 놓치지 않으려는 창행이의 눈빛을 기억한다. 내가 문제로 내준 글자들을 더듬더듬 읽으

국경을 넘으면 아시아가 보인다

면서, 이제 읽게 되었다고 좋아하던 그 미소도 기억한다. 그렇게 한국인임을 끝까지 놓지 않는 그의 모습에서 나는 재일한국인의 모습과 슬픔을 보았다.

창행이의 할머니께서는 지금 건강이 좋지 않으시다고 한다. 창행이의 말이, 할머니께서 당신이 돌아가실 때 한반도기를 몸에 둘러달라 부탁하셨다고 한다. 그래서 창행이를 위해 포럼을 준비했던 한국 친구들이 나중에 한반도기를 보내주기로 약속했다. 또 나는 한글 공부를 하고 싶어하는 창행이를 위해 한글 교재를 보내주겠다고 약속했다. 항해가 끝난 뒤에 우리는 창행이와의 약속을 지키기 위해 한반도기와 한글 교재를 구했다. 배에서 내린 지 꽤 지난 지금도 우리들의 항해는 현재진행형이다.

새로운 시작, 이별

수많은 프로그램 속에서 한·일 친구들은 더욱 가까워져갔다. 마지막 날이 다가올수록 헤어짐이 아쉬워 밤을 새워 이야기했다. 차마 다하지 못한 말들도 많이 있는데, 마지막 날은 기어이 밝아왔고 한국, 일본 친구들은 다 같이 갑판의 일출 속에서 이쉬움을 나눴다. 연락처를 교환하기도 하고 같이 찍었던 사진을 프린트해서 선물로 주기도 하면서. 배에서 내릴 때 우리들은 언젠가 꼭 다시 만날 거라고, 그렇게 되뇌며 서로 껴안고 눈물을 흘리기도 했다.

나는 정말로 그렇게 생각한다. 언젠가 한·일 관계에 대한 우리의 생각이 반영되는 때, 우리의 바람들이 실현되는 장소에서 다시

6. 아주 특별한 만남

만날 수 있을 거라고. 예전에는 막연한 생각이나 편견으로만 서로를 인식해 왔지만, 16일간의 항해 동안 우리는 서로의 모습을 피부로 느끼고 함께 호흡했다. 보이지 않는 경계를 허물어 한층 가벼워진 마음으로 하선할 수 있었다.

이제 각자의 일상으로 돌아왔지만 내가 경험한 것과 나의 친구들이 경험한 것들은 각자의 삶에 매우 큰 영향력을 발휘하게 될 것이다. 편견과 오해로부터 좀더 자유로워진 자신을 발견하게 될 것을 기대한다.

후지마루호에서 하선하는 그 순간, 우리의 이별이 새로운 시작임을 예감할 수 있었다. 16일간의 항해 동안 내가 얻은 것들을 이제 삶 속에서 펼칠 때가 왔다.

국경을 넘으면 아시아가 보인다

2

같은 생각을 하는 이웃을
세계로 넓혀간다는 것

고콘테이 기쿠치요(古今亭菊千代), 라쿠코가(만담가)

되돌아보니 2000년 8월의 일입니다. 우연히 친구의 권유로 피스보트의 '아시아 미래 항해'에 참가해 만경봉호를 타고 북한을 방문한 이래, 한반도를 향한 나의 생각은 더욱 부풀어 올랐습니다. 그래서 이번 피스&그린보트의 배 위에서 맞는 상쾌한 바람 속에서도 내 마음속에 안고 있던 간절한 마음이 더욱 뜨거워지는 것을 숨길 수 없었습니다.

첫 북한 방문 후 그곳 친구들에게 내가 하는 일을 보여주고 싶어서 한국말로 만담을 준비했습니다. 다음 해인 2001년에 북한에서 만담을 발표할 수 있었고, 나는 이 만담을 한국에서도 선을 보였습니다. 그해에 지뢰의 땅인 철원군 대마리에서 처음으로 나이 지긋한 시골 분들을 모셨었지요. 그 후에는 우연히 나의 모교인 오비링가쿠엔(櫻美林學園)의 중학교가 제주도 세화중학교와 자매학교가 됨으로써 이 학교를 찾았고, 이어서 제주도 일본 영사관에서도 나를 불러주었습니다. 이토록 나는 한국에서의 만담활동을 넓혀오고 있습니다.

'평화와 환경'이라는 거대하고 현실적인 테마를 내건 이번의 피스&그린보트에 내가 탈 만한 자격이 있는지 마음속으로 조금 걱정을 하면서 인천에서 배에 올라탔습니다.

만담은 평화롭고 여유 있는 기분을 갖지 않고는 즐길 수 없는 것이지만, 만담에 나오는 인간의 정은 문화와 민족의 차이를 뛰어넘는다는 것, 같이 웃고 즐기기 때문에 분명 하나의 기분이 된다는 것을 모든 사람에게 알려주고 싶었습니다. 실제로 나 자신이 이것을 피부로 느끼고 있습니다.

한 가지 만담을 듣고 북한 사람, 한국의 할아버지, 제주도의 중학생, 브라질의 일본계 동포, 일본의 각지 사람들이 모두 웃었을 뿐 아니라 귀가 들리지 않는 사람들도 수화만담을 통해 웃었습니다. 또 무슨 일이었든 나사가 어긋나 죄를 범해 형을 살고 있는 사람들도 다 같이 웃었습니다. 같은 생각을 한다는 것, 그런 이웃을 세계 각지로 넓혀간다는 것이 얼마나 중요한지를 요즈음 뼈저리게 느끼고 있습니다.

처음 중국의 난징(南京)대학살 기념관을 견학하고 생존자의 증언도 들었습니다. 일본인으로서 얼굴을 들 수 없을 만큼 한심스런 이야기를 들었을 때는 같이 여행을 하고 있는 한국인 일행이 '도대체 일본 사람은 어떻게 생겨먹은 인종이냐'고 꾸짖고 있는 것 같아 몸을 움츠릴 수밖에 없었습니다. 선실에서는 한국의 이용수 할머니가 일본군 '위안부'로 끌려가 당했던 쓰라린 경험담을 들려줘, 피해자 본인도 생각하기조차 싫은 상처를 들추어야 하는 지금의 상황과 그 의미를 생각해 보았습니다.

국경을 넘으면 아시아가 보인다

이런 기회를 갖게 된 것에 감사드리며 일본인의, 아니 나의 책임이 너무나 막중하다는 생각이 들었습니다. 사람을 웃기는 내 직업은 상대를 평화로운 마음 상태로 만들어주어야 살아갈 수 있으므로, 나에게는 상대가 웃을 수 있는 기분이 들게 할 의무도 있다고 절감합니다. 갖은 고초 속에서 일생을 희생하신 많은 분들의 고통이 지금도 계속되고 있음을 모른 체하는 것은 죄악이라는 생각이 들었습니다. 많은 일본인이 무거운 죄인이라는 생각을 떨칠 수 없었습니다. 이번 여행에 참가한 한 사람으로서 이런 역사적 사실을 제대로 모르는 일본인에게 알리려는 노력을 하지 않으면 그것도 죄악이라 생각합니다.

배 안에서 일본에서는 좀처럼 찾아볼 수 없는 한국 영화도 감상했는데, 그중에서도 〈송환〉이라는 영화는 저에게 충격을 주었습니다. 이 영화를 감독한 김동원 씨도 같은 배를 타고 있어서 나는 그의 열렬한 팬이 돼 짝사랑에 빠진 사춘기 여학생 마냥 선실에서 그를 바라보는 것만으로 즐거웠습니다. 오키나와의 헤노코(邊野古, 미군이 헬리콥터 기지를 건설 중인 지역임-역주)에서는 김 감독과 일행이 되었고, 갑판 위에서도 김 감독 옆 자리에서 술을 마실 수 있어서 매우 감격했습니다.

한국에서 온 사람들이 '나라는 국민의 손으로 바꿀 수 있다'는 자신감 넘치는 장면을 보여줄 때마다 그들이 훌륭하게 보였습니다. 홀이나 라운지에서 열린 이벤트에서도 그랬지만, 특히 오키나와에 도착하기 전날 밤 총총한 별빛 밑에서 열린 갑판 위의 라이브 음악회는 내 기억에 오랫동안 남을 것입니다. 함께 민주화운동 노래를 부르는 한국인들의 늠름한 모습이 부럽기까지 했습니다.

오키나와에서는 헤노코에 갔습니다. 미군기지문제를 다 같이 안고 있는 한·일 두 나라 사람들이 함께 이곳을 찾았습니다. 아름다운 바다와 평화로운 세계를 위해 싸우고 있는 아저씨, 아주머니들의 이야기를 들었습니다. "오키나와라는 곳은 사실은 '류큐(琉球)'라는 나라였는데 일본이 이곳을 침략해서……." 당연히 잘 알고 있는 사실이었지만, 아저씨의 원망 어린 말투에 나는 새삼스럽게 충격을 받았습니다. 그리고 그들이 어느새 일본인인 우리들보다 한국인에게 훨씬 더 친근감을 보이고 있는 데 대해 가벼운 질투와 분노가 솟아 올라옴을 억눌러야 했습니다.

이런 생각에 젖어 있을 때, 별안간 짤막한 만담을 해달라는 부탁을 받고, 준비도 제대로 못했지만 적당한 만담 한 토막을 그럭저럭 해치웠습니다. 헤어질 때 한 아저씨가 버스에 올라와 "다음에 오면 꼭 긴 이야기를 해달라"는 주문을 하자 나도 모르게 웬일인지 쉴새없이 눈물을 흘리고 말았습니다.

나는 이 배가 내년에도 닻을 올리기를 기원하고 있습니다. 그래서 북한에 도착해 내가 만나고 싶은 사람들과 함께 타면 남북한 사람들과 일본인이 하나가 되어 여러 가지 프로그램을 진행할 수 있을 것입니다. 나는 내년에도 꼭 태워달라고 부탁하려고 합니다. 북한말과 한국말의 중간을 취한(이를 테면 서로 상당히 다른 사투리를 사용하므로) 한국어 만담을 일본어와 섞어 2차원으로 발표해 볼 생각입니다. 조금이라도 많은 사람들이 웃을 수 있는 날이 올 때까지 내 일을 쉬지 않을 겁니다. 여러분과 함께 여행을 할 수 있어서 정말 감사했습니다.

국경을 넘으면 아시아가 보인다

3

요시노 상과의 아름다운 추억

남예은, 서울대학교 금속공예과

후지마루호에서 내린 지도 벌써 일주일이 지났다. 아니, 아직 일주일밖에 지나지 않은 것일지도 모른다. 생각만 해도 가슴이 뭉클해 지곤 하는 것은, 마치 먼 옛날의 이야기를 회상해 보는 듯한 느낌과 미래에도 다시 한 번 이런 여행을 하고 싶다는 기대가 동시에 교차하기 때문에 나타나는 독특한 경험이다. 갑판에 나가기만 하면 볼 수 있었던 푸른 바다. 그리고 끝없이 펼쳐진 하늘, 첫날 본 천둥과 바다 가득했던 해파리떼. 카메라 렌즈에 담을 수 없는 그 경이로운 바다는 이제 추억 속에서나 볼 수 있게 되었다. 그리고 사람들, 배에서 많났던 수많은 인연들을 기억한다.

피스&그린보트 여행의 참가는 아주 단순한 이유에서였다. '300 명의 일본인들이 탑승한다'는 한 줄 때문에 나는 남은 방학을 이 여행에 쓰기로 결심한 것이다. 2004년에 오사카와 도쿄를 여행할 때 내 옆을 스쳐 지나갔던 수많은 일본인들. 그렇지만 그들과 나는 말 한마디 건네지 않고 서로의 존재도 인식하지 못한 채 지나쳤고 나는 그것이 무척이나 서글프게 느껴졌다. 옷깃만 스쳐도 인연이라는데 그들과 어떤 인연도 만들지 못한 채 내 첫 배낭여행은 그렇게 끝이 났다.

피스&그린보트는 이런 기억을 덮어줄 새로운 선물을 내게 주었다. 눈을 깔고 자신들의 갈 길을 바쁘게 가는 대신에 서로 반갑게 인사하고 이메일을 주고받았다. 단순히 길을 물어보는 것 대신에 한국과 일본의 미래에 대해 이야기했다. 나는 이제야 비로소 일본인들의 생각들을 읽을 수 있게 된 것이다.

일본에도 역사왜곡을 반대하는 사람들이 많다는 것을 알았고 그들도 일본군 '위안부' 할머니의 이야기를 들으면서 눈물을 흘릴 줄 안다는 것을 알게 되었다. 한국 드라마를 좋아하며 한국어를 공부하는 일본인들이 꽤 많음도 알게 되었고 한국의 김을 생각보다 훨씬 좋아한다는 것도 알게 되었다.

이런저런 만남들을 통해 배에서 만난 수많은 일본인 가운데 나에게 가장 큰 영향을 준 사람은 고쿠치 요시노 상이다. 그녀는 오키나와 사람이었으며 나와 2주간 함께 생활한 룸메이트였다. 탑승한 순간부터 내리는 순간까지 나를 마치 딸처럼, 또 동생처럼 챙겨주셨다. 그녀와 나는 손짓, 발짓 그리고 어설픈 나의 영어와 그녀가 드라마로 공부한 한국말로 대화를 나누곤 했었는데 여행 기간 동안 나는 그녀에게 한국어를, 그녀는 나에게 일본어를 조금씩이나마 가르쳐주곤 했다. 그 덕분일까? 첫날에는 일본어를 한두 마디밖에 모르던 내가 꽤 유용한 문장을 외우게 되었고 이것은 다른 일본인 참가자들과 이야기할 때 무척이나 큰 도움이 되었다.

뿐만 아니라 그녀는 다른 이들에게도 친근하고 친절한 분이셨

국경을 넘으면 아시아가 보인다

다. 선내에서 여러 사람들과 둘러앉아서 오키나와의 문화와 언어에 대해 이야기하시는 모습을 자주 볼 수 있었고, 하선을 준비하시느라 정신없는 가운데서도 자신에게 도움을 준 사람들에게 줄 선물을 나에게 부탁하셨다. 내가 만난 이 독특한 여성의 이야기를 가끔 주변 친구들에게 해주곤 했다. 그럼으로써 나는 그녀를 자랑하고 싶었고, 기억하고 싶었다.

처음 배에 승선한 날, 짐을 내리고 방을 찾아갈 때 내 가슴은 정말 두근두근을 넘어서 쿵쿵 뛰기 시작했다. 한마디도 못하는 일본어, 할 줄 아는 말이라고는 '하이', '아리가또' 정도인데 인사는 어떻게 할 것이며 자기소개는 어떻게 할 것인가에 대한 생각 때문에 머리가 터질 것 같았다. 얼마나 긴장을 했으면 448호인 방을 지나쳐서 450번대 방까지 걸어갔을까. 머리 가득 울리는 맥박 소리를 진정시키면서 찾아간 방은 살짝 열려 있었다. 그리고 열심히 이야기를 나누다가 나를 돌아본 사람이 3명, 룸메이트였던 박애니 씨와 요시노 상, 그리고 아이 짱이었다.

요시노 상을 처음 만났을 때에는 놀라움이 먼저였다. 일본 측에서는 연령대에 상관없이 다양한 사람들이 승선한다는 말은 들었지만 룸메이트가 중년의 아주머니일 줄은 생각도 못했기 때문이다.

긴장감에 얼어 있던 나에게 요시노 상은 손을 모으고 인사를 하시면서 어색하지만 또박또박 한국말로 자신의 이름은 고쿠치 요시노라고 소개하셨다. 한국 드라마를 무척 좋아하셔서 한국말 공부를 시작하셨다고 하셨다. 그리고 곧 아이 짱을 소개시켜 주셨는데, 무척이나 수줍음을 타는 성격인지라 배에서 하선하는 순간까지 많

6. 아주 특별한 만남

은 이야기를 못 해봐서 아직도 서운한 생각이 든다.

요시노 상과는 처음에는 한국어로 대화했으나 결국에는 한국어, 영어, 일본어가 난무하는 알 수 없는 언어로 이야기를 하곤 했는데 그런 엉터리 같은 대화로 신기하게도 나는 요시노 상이 오키나와에 살고 있으며 아이 짱과는 조카와 이모 관계라는 것도 알게 되었다. 그리고 그녀가 한국 드라마를 좋아한다는 말에 '욘사마'에 대해 물어봤지만 그녀는 욘사마보다 '이병헌'을 더 좋아한다며 〈올인〉을 무척 재미있게 보았다고 하셨다. 〈파리의 연인〉의 박신양도 좋아한다며 한국 드라마에 대해 이야기하시는데 나 역시 좋아하던 드라마라 손짓 발짓 섞어가면서 박신양이 왜 멋있는가에 대해 이야기를 시작하게 되었고 그 시간이 무척 즐거워서 나는 회의까지 빼먹고 말았다.

나중에 방에 놀러온 자원활동가 한 명이 요시노 상과 내가 이야기하는 걸 보면서 무척이나 재미있었다는 말을 했었다. 한국어와 일본어에 바디랭기지가 섞인 산만 그 자체의 상황에서 서로 대화가 가능한 게 신기할 수밖에 없지 않은가? 물론 그녀와 내가 의미를 잘못 해석해서 엉뚱하게 이해한 적도 있었다.

어느 날 요시노 상과 오키나와에 대해 이야기하고 있을 때 그녀가 '스위트 보트(sweet boat)'가 유명하다는 말을 하셨다. 도대체 무슨 말일까. 게다가 그 색이 자주색이라고 하는데 도무지 감이 안 잡혔다. 결국 결론을 내린 것이 '스위트 보트'라는 자주색 배들이 오키나와의 바다에 많이 떠다니는데 '스위트'란 말이 들어가니까 주로 연인들이 많이 타는 것이라고 추측했다. 그런데 오키나와 상륙 하루 전에 요시노 상이 '스위트 보트'에 대해 이야기하시면서

국경을 넘으면 아시아가 보인다

놀랍게도 "오이시"라고 하시는 게 아닌가!

'보트가 맛있다니 무슨 뜻이지. 과자가 배 모양인 걸까?' 혼란에 빠진 나는 그녀에게 다시 한 번 물어봤고 좀더 침착하게 요시노 상이 말하는 것을 듣고 있자니 그녀가 말한 것은 '스위트 포테이토(sweet potato)'였다. 나와 애니 언니는 이 어이없는 커뮤니케이션에 한바탕 웃을 수밖에 없었다.

이제 와서 그때의 일을 생각해 보면 요시노 상과의 사이에 장애물일 수 있었던 언어가, 오히려 서로가 자신의 생각을 전달하기 위해 한층 더 노력함으로써 더 가까워질 수 있는 매개체가 되었다고 생각한다. 앞의 이야기처럼 가끔 웃음을 유발해서 즐거운 시간을 갖는 계기가 되어주기도 했으니 말이다. 그런 점에서는 내가 일본어를 못한 덕분에 더 재미있는 추억을 가질 수 있지 않았나 생각한다.

요시노 상은 무언가를 잘 챙겨드시는 걸 좋아해서 내가 식사를 거를 때마다 화를 내시곤 하셨다. 그녀는 여행 내내 일본의 먹거리들, 특히 일본 과자를 무척이나 많이 사 가지고 오셨는데 가끔 내가 늦게 일어나거나 중간에 들어와서 "배고파요"라고 하면서 징징거리면 언제나 그 큰 봉지를 뒤집어엎으셔서 과자를 수북하게 쌓아놓으시고 먹으라고 하시곤 하셨다. 담백한 일본 과자를 좋아하는 나로선 지금도 군침이 도는 정말 행복한 순간이었다. 물론 짜고 느끼한 과자도 여럿 있었는데 그녀가 사온 과자가 너무 달거나 너무 짜서 먹다가 말고 내려놓으면 막 화를 내시면서 한 입 베어 무시고는 이렇게 맛있는데 왜 그러냐고 하셨던 기억도 있다.

그리고 요시노 상은 이 과자들을 모임이 있거나 친구들 방에 놀

러갈 때 같이 먹으라고 손에 쥐어주시기도 하셨다. 이때에도 주의
할 점은 절대 한 개만 들고 가서는 또 혼난다는 점이었다. 한 번에
한 웅큼씩 안겨주던 그녀는 통이 크신 분이셨다.

먹을 것을 쥐어주실 때는 마치 초등학생으로 돌아간 듯한 느낌
이 들었는데 그녀의 이런 어머니처럼 자상하게 챙겨주시는 점은
내가 긴 여행 동안 외로움을 느끼지 않고 즐겁게 지낼 수 있었던
가장 큰 힘 중의 하나가 되었다.

오키나와 사람인 요시노 상은 오키나와에서 태어났지만 도쿄로
이주하여 생활하다가 다시 오키나와로 돌아오셨다고 했다. 그녀는
첫날부터 나에게 오키나와 가이드를 해주겠다고 말하곤 했었다.
내가 그 말을 제대로 이해한 건지에 대한 고민으로 기항지 프로그
램을 취소해야 하는 건 아닌가 하며 망설이고 있을 때 그녀는 다시
한 번 나에게 씩씩하게 다가와서 "내일, 오키나와, 가이드, 안내"
라고 말씀하셨다. 물론 단순한 단어의 나열이지만 의미는 금방 파
악되는 요시노 상과의 대화 방식이었다. 나는 그때서야 기항지 프
로그램을 취소하고 다음날 그녀와 함께하기로 약속했다.

오키나와에 도착한 날 10시 즈음이 되어서야 우리는 땅을 밟을
수 있었다. 이미 다른 코스 사람들은 모두 떠난 상태라 배는 무척
이나 한산했고 나를 포함한 4명의 사람들은 요시노 상과 아이 짱
을 마중 나온 요시노 상의 언니를 만나 뵙게 되었다. 그녀의 차는
여느 차와 다를 바 없는 5인승이었는데, 우리는 7명이었다. 요시
노 상은 나에게 "빅(big)"이기 때문에 앞자리에 앉으라고 했는데,
그 말 때문에 모두 웃음을 터트렸다. 내 입장에서는 편하게 앞자

국경을 넘으면 아시아가 보인다

리에 앉아서 다녔기 때문에 불편한 점은 없었지만 뒷좌석은 5명이 타느라 내내 고생했다고 하니 덩치가 큰 것도 좋을 때가 있나 보다.

차를 운전해 주신 요시노 상의 언니는 아이 짱과 무척이나 닮은 분이었다. 굉장히 좋은 분이었는데 그때 내가 일본어를 할 줄 알았다면 차를 타고 가는 동안 많은 대화를 할 수 있었을 텐데 하는 아쉬움이 들었다. 나에게 많은 질문을 하셨는데 제대로 대답을 못 해 드려서 지금도 아쉽고 죄송하다. 차를 타고 이동하는 동안 나누었던 짧은 대화 중에 그녀가 나에게 일본 연예인 '니시다 히카루'를 닮았다고 하셨다. 그녀가 누구인지는 모르지만 요시노 상도 수긍하셨던 걸 보면 정말 닮았나 본데 한번 찾아봐야겠다는 생각이 든다.

이 오키나와 가족이 우리를 데리고 처음에 간 곳은 '오키나와 소바' 집이었다. 느끼한 고기 국물에 굵은 우동 면발이 들어간 독특한 맛의 국수였다. 위에는 족발과 삼겹살, 그리고 갈비가 얹어져 있었는데 입맛에 따라 넣어먹는 장아찌 같은 음식이 독특한 향을 냈다. 소바는 요시노 상께서 사주셨는데 이 소바가 그녀의 오키나와 선물의 시작이었다.

우리는 마치 어린이날을 맞이한 아이들처럼 대접받았다. 무얼 하고 싶으냐는 질문에 '고쿠사이 도오리(국제거리)'와 '바닷가'에 가고 싶고 '사타안다기(오키나와의 전통과자)'를 먹고 싶다고 소리쳤더니, 그분들은 우리가 가고 싶던 이곳저곳을 데리고 다녀주셨다.

오키나와의 전통문화를 체험할 수 있는 공원에서 샤미센을 만드는 장면도 보고 그렇게 먹고 싶던 사타안다기도 양껏 먹을 수 있었다. 모래가 온통 산호조각들 같은 아름다운 바닷가에서 조개도

6. 아주 특별한 만남

주웠다. 오키나와 명물인 보랏빛 고구마 과자와 입 안에서 살살 녹는 아이스크림, 오키나와의 특별한 모래인 별모래까지 한아름 안겨주셨다. 너무 많은 걸 보고 너무 많은 걸 받았다.

또 하얀 등대가 그림같이 서 있던 바위절벽, 해가 질 무렵 올라갔던 오키나와의 오래된 성은 지대가 높아서 오키나와 시내가 한눈에 보이기도 했다. 그리고 돌아오던 길에 보이던 바다에 비친 아름다운 노을까지. 보통의 여행에서는 느낄 수 없는 몸으로 체험하는 오키나와 여행이었다.

그녀는 굉장히 파워풀한 사람이었다. 여행하던 내내 나이가 한참 어린 우리들보다 언제나 앞서서 씩씩하게 걸어가고 헉헉거리는 우리를 앞에서 이끌어주셨으며, 저녁때 모두 지쳐서 나가떨어졌을 때도 자신은 지도를 보고 길을 물어보시면서 배 앞에까지 편하게 데려다주셨다. 어떻게 보면 만난 지 단 며칠, 또 우리 중에는 오늘 처음 만난 사람도 있는데도 이토록 정성을 쏟아서 안내를 해주시는 모습에서 깊은 정을 느낄 수 있었다.

요시노 상은 오키나와 여행 다음날, 즉 배가 나가사키로 출발하는 출항날 내리게 되었다. 4명이서 시작한 448호는 상하이에서 애니 언니, 오키나와 첫날 아이 짱, 그리고 요시노 상까지 내리면서 나 혼자만 남게 되었다.

선반에 가득했던 일본 과자들, 목마를 때마다 권해주신 홍차, 그리고 서랍 가득 모아놓으신 여행일정표와 책자들, 마음에 드셨는지 꽤 큰 자리를 차지했던 한국 김까지. 이제는 그 공간이 모두 비어 있다. 2주 동안 느껴보지 못했던 외로움이 갑자기 밀려들어왔다.

162

　가시는 순간까지 쾌활하던 요시노 상은 마치 곧 돌아올 것처럼 뒤 한번 안 돌아보시고 바쁘게 배를 내려가셨다. 비가 추적추적 내리던 12시경 그녀가 우산을 쓰고 인사하기 위해 계속 서 계셨지만 나는 회의 때문에 갑판에 나가지 못하고 있었다. 창문 너머로 보이는 그녀의 모습을 보고 작별인사를 해야 한다는 생각에 어쩔 줄 몰라 하고 있을 때 갑자기 출항곡이 흘러나왔고 그때서야 나는 갑판에 뛰어나갈 수 있었다. 급한 마음에서인지 비가 많이 내렸던 탓인지 발이 미끄러져서 갑판에서 한번 구르기까지 했다. 결국 내가 갑판 난간에서 손을 흔들 때는 배는 이미 육지에서 꽤 떨어진 후였다.

　요시노 상은 여전히 손을 흔들면서 인사를 해주고 있었지만 그녀가 나를 봤는지 그건 알 수 없었다. 그녀의 모습이 멀어질 때까지 나는 계속 손을 흔들었다.

　마지막 기항지인 오키나와에서는 꽤 많은 사람들이 내렸다. 또 마지막 출항식이어서 그런지 배에 남은 사람들은 웃으며 출발했던 여느 때와는 달리 눈물로 범벅이 된 채 사람들에게 손을 흔들면서 작별을 고했다. 그렇게 요시노 상과 헤어졌다. 아직도 나는 그녀와 눈을 맞추고 손을 흔들지 못한 것이 아쉽고 또 생각할수록 가슴 아프다. 사람들의 서운함 때문이었을까, 유독 흐린 날씨 속에서 배는 천천히 다시 항해를 시작했지만 사람들은 비를 맞으면서도 육지가 보이지 않을 때까지 갑판에 머물러 있었고 나 역시 멍하니 서서 마지막 출항식을 보냈다.

　448호. 요시노 상이 남대문시장을 다녀와 친구들을 모아놓고 쇼핑한 것들을 자랑하면서 웃고 떠들던 곳. 그녀에게 오키나와 악기

6. 아주 특별한 만남

와 노래를 배웠던 곳. 그녀에게 서울 지도 속에서 우리 집 위치를
알려주던 곳. 그녀가 아침마다 늦잠 자는 나를 두드려 깨우던 곳.
그곳은 왁자지껄했지만 그때부터는 너무나 조용해졌다. 미리 짐
을 싸놓은 상태라 방도 너무나 깨끗했다. 나는 그것이 너무 슬퍼
서 일부러 여기저기 옷가지들을 던져놓은 채 불을 켜놓고 책을 펼
쳐놓았다. 후지마루호에서의 마지막 밤은 처음으로 그렇게 혼자
보냈다.

혼자 자는 것이 무서워서 문도 잠그지 않고 친구들에게 내 방에
서 자자고 말하고 다녔다. 언제나 일찍 주무셨기 때문에 몰랐던 그
녀의 존재감을 새삼 깨닫게 되었던 밤이었다.

돌이켜보면 그녀와 함께했던 2주는 무척이나 편안했다. 방에 들
어가면 언제나 웃는 얼굴로 맞아주셨고 나에게 과자를 권하고 조
금이나마 일본어를 가르쳐주셨으며, 내가 심심해하면 오키나와에
대한 이야기를 해주셨다. 배 안에서 만나면 반갑게 인사했고 밤늦
게 자러 들어오면 피곤할 테니 어서 자라고 토닥거려주기도 하셨
고, 나도 모르게 잠이 들면 조용히 커튼을 쳐주시곤 하셨다.

처음에 말했듯이 나는 일본을 제대로 느끼고 싶어서 이 배를 탔
다. 그리고 나는 일본의 어머니이신 요시노 상을 만나면서 일본 사
람에 대해서, 그리고 독특한 문화를 가진 오키나와에 대해 많은 것
을 알게 되었다. 그리고 내가 그녀를 만나 행복했던 것처럼 그녀도
나를 만나서 행복했기를 바라는 마음이다. 그리고 앞으로도 계속
이 인연의 끈을 놓지 않고 싶다.

나가사키에서 내리면서 후지마루호는 떠나갔다. 그러나 사람들

국경을 넘으면 아시아가 보인다

의 마음속에는 여전히 배 위에서의 추억들이 가득할 것이다. 그들
은 비록 서로 다른 땅이지만 한국에서, 그리고 일본에서 이 여행이
남긴 것을 추억하면서 살아갈 것이다. 앞으로 시간이 흐르면서 이
소중한 기억들은 조금씩 흐려질지도 모르지만 결코 잊혀지지는 않
을 것이라 확신하면서 오늘도 나는 추억을 안고 하루를 보낸다.

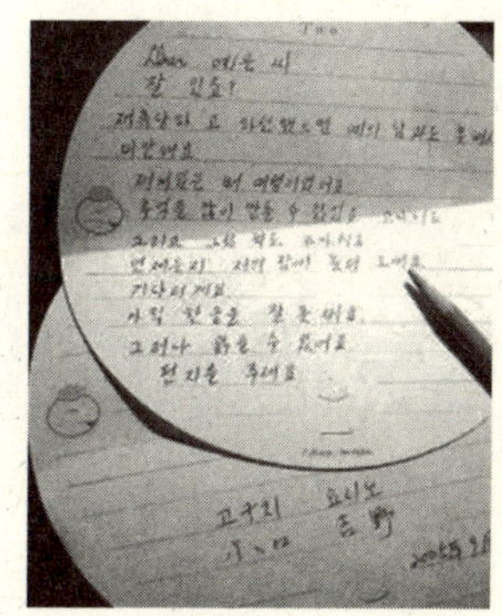

2005년 9월 23일. 반가운 소식이
왔다. 요시노 상에게서 작은 선물과
편지가 도착했다. 아직은 어색한 부분
이 많은 한글이지만 나는 그녀의 생각
을 읽는 데 어떤 불편함도 느끼지 못
했을 만큼 그녀의 한국어 실력은 늘어
있었다.

요시노 상께

요시노 상! 편지 정말 잘 받았어요.

편지를 보내려고 했는데 학교 다니느라 정신이 너무 없었네요.
그런데 먼저 보내주셔서 감동했습니다!! +口+ 그리고 도라에몽
까지! (충전기는 저에게 있습니다. 충전기도 보내드리려고 싸놓고서 못
보내 드렸네요. 늦게나마 보내드립니다)

벌써 후지마루호에서 내린 지 한 달이 다 되어갑니다. 오키나와
에서 하선하실 때 제대로 인사 못 하고 내려서 무척 섭섭했었어

6. 아주 특별한 만남

요. 그때 열심히 손 흔들었는데, 혹시 보셨나요? 저는 요시노 상께
서 우산 흔드시는 거 봤어요.

후지마루호에서 요시노 상 덕분에 정말정말 좋은 추억 많이 만
들었어요. 배 안에서도 그렇고 오키나와에서도 너무 잘해주셔서
즐거운 시간을 보낼 수 있었어요.

가끔 권해주시던 일본 과자도 그립네요. 얼마 전에 태풍이 왔다
갔다는데 오키나와는 어떤지 걱정이 되네요. 날씨는 여전히 덥나
요? 한국은 이제 가을에 접어들어서 조금 춥습니다. 참 그리고 보
니 요시노 상이 사주신 고구마 아이스크림이 먹고 싶네요. 아이스
크림 먹으러 한번 또 가야겠습니다.

아이 짱은 잘 있나요? 작별인사도 못하고 헤어져서 아쉬웠어요.
그리고 요시노 상의 한국어는 괜찮았어요. 중간중간 조금씩 틀린
부분이 있긴 했지만 이해할 수 있었어요. 제가 틀린 부분은 고쳐
서 보내요. 한국어 공부 열심히 하세요!!

겨울이 되면 꼭 놀러갈게요. 그때 다시 고구마 아이스크림 먹고
싶네요. 그때까지 건강하시고~. 또 편지할게요. ^^

추신: 잡지 정리를 하다가 요시노 상이 좋아하시는 이병헌이랑
박신양 기사가 있어서 같이 보낼게요. ^^ 예전에 부탁하신 〈대장
금〉의 노래 '오나라' 가사도 같이 보낼게요. 그리고 한국어 공부하
시는 데 필요하신 거 있으시면 부탁하세요. 제가 구해드릴 수 있
는 거는 꼭 구해드릴게요.

2005년 9월 24일

4

내 기억에 오래도록 남아 있을 장면들

젱 페이(Zheng Fei), 핵군축 프로젝트 반핵 유스(중국) ·
상하이 복단대학 박사 과정

내게는 피스&그린보트 항해에서 기억할 만한 장면들이 아주 많다. 나는 마음속에서 튀어나온 그림이 액자 속에 들어가 있는 것처럼 아주 생생하게 그 장면들을 떠올릴 수 있다.

어느 날 오후, 배 왼편에 조용히 앉아서 보았던 화려한 일몰은 여전히 잊을 수 없다. 아주 멀리서 초록빛 육지와 섬이 황혼을 통해 어렴풋이 보였다. "아름답기 그지없는 이 땅이 수많은 용사들로 하여금 예를 갖춰 절하게 만드는구나"라는 문장이 내 마음속에서 저절로 떠올랐다.

그것 말고도 감동스러운 순간이 많이 있었디. 가장 빛나는 슈간은 오키나와에 있는 긴조 씨의 집에서였는데, 그곳에서 일본인과 한국인 반반으로 구성된 50여 명의 방문객들은 마루에 함께 앉아 긴조 씨의 평화에 관한 말씀을 듣고 있었다. 그동안 나는 현관에 앉아 산들바람을 맞으며 몸을 식히고 있었다. 나는 그분의 말씀만 들은 게 아니라 바깥에서 새들이 쩩쩩 지저귀는 소리도 들었다. 그

6. 아주 특별한 만남

것은 마치 매혹적인 컨츄리 송이나 미야자키 하야오의 애니메이션
에서 바로 떼내온 장면 같았다. 나는 긴조 씨의 말씀을 듣고 있는
사람들의 진지한 자세에 깊은 감명을 받았다. 그리고 더 나은 미래
에 대한 희망을 보았다.

　가장 슬펐던 날은 나눔의 집에서였다. 김순덕 할머니의 그림 앞
에서 나는 깊은 슬픔에 잠겼다. 심장이 마치 차가운 손에 의해 쥐
어 짜이는 것 같았다. 마치 살아 있는 생명체가 그림 속에서 빠져
나와 할머니가 겪은 일을 그대로 느끼도록 나를 괴롭히는 것 같았
다. 그것은 다른 어떤 문서나 그림, 증언보다도 더욱 효과적으로
역사를 증명했다.

　나를 가장 많이 놀라게 만든 나가사키 원폭자료관에서는 역사
를 자신에 대한 일말의 동정심이 아닌 이성으로 재조망하는 시각
을 엿볼 수 있었다. 그곳에서는 어떻게 해서 일본이 아시아 전체에
제국주의적 침략을 감행하게 되었고, 그들이 이웃 국가들에게 어
떠한 피해를 입혔는지를 소개하는 특별전시회가 열리고 있었다.
나는 난징대학살 기념관을 방문했을 때 갑자기 기념관을 뛰쳐나가
벽에 기대 울던 나가사키 고등학교의 사쿠라 사사노를 기억한다.
나는 그녀의 팔을 잡고 이렇게 말했다, "울지 마, 난 네가 자랑스
러워." 나가사키 원폭자료관에서 나는 나가사키 사람들을 더욱 존
경하게 되었다.

국경을 넘으면 아시아가 보인다

5

체험, 평화의 현장

이한결, 성균관대학교 인문과학계열

누구에게나 결코 잊지 못할 기억과 '순간'이 있다. 고등학교 졸업 앨범을 찍을 때였다. 반 전체가 밖으로 나가 함께 찍는 컷. 중간쯤 어디엔가 서서 따가운 햇살을 애써 무시하며 있는 힘껏 미소를 지어보려 했던 그날의 기억. 사진사 아저씨의 넉살 좋던, "자, 이제 찍겠습니다. 하나 둘 셋!" 하던 시원시원한 목소리와 그에 발맞추어 들리던 역시 큼지막한 카메라 소리. 그때 나를 둘러싸고 있던 그 모든 것들은 정지되었고, 흑백의 색상으로 변하였으며, 아득한 시간 속으로 우왕좌왕 떨어졌었다. 시간의 낙엽이 우수수 떨어지던 그날의 기억은 내 머릿속에 남아 시워지지 않을 문양을 남겼다. 그런 느낌을 받았던 두 번째는 후지마루호에서였다. 나츠키와 마키코, 그들을 만났던 순간과 헤어지던 순간.

후지마루호에 올라 배정된 방문을 열고 들어섰을 때, 눈앞에 놓여 있던 커다란 두 개의 트렁크를 기억한다. 새로운 인연이 맺어지

기 직전의 그 두근거림. 만나면 무슨 얘기를 해야 할까. 첫인사와
자기소개가 끝나면 무슨 말을 하지? 그 기분 좋던 아슬아슬한 긴
장감. 배에 오르기 전 일본인 룸메이트 신청 여부를 담당자 분께서
물어보셨을 때도 나는 선뜻 나서지 못했었다. 일본어도 능숙하게
구사하지 못했던 데다, 신경 쓸 일이 많을 것 같아 보였기 때문이
다. 그런데 결국 이것도 훌륭한 경험이 될 것 같은 생각이 들어 무
작정 신청하고 보자는 심산으로 신청서를 작성했었다. 그런데 여
행이 점점 가까워질 무렵에는 신청을 취소할까 하는 생각도 들었
다. 지금은 정말 다행스런 일로 여겨지지만 말이다.

　　나츠키는 늘 생글생글한 모습이었다. 그녀는 대부분의 일본 사
람들이 그러하듯 매우 신중하고 차분한 모습이었고 늘 우리를 배
려하려 애썼다. 그녀는 까무잡잡한 피부와 커다랗고 맑은 눈, 긴
팔다리를 가지고 있었다. 그녀가 무언가를 골똘히 생각하는 모습
은 똘망똘망한 송아지 한 마리를 떠올리게 하는 것이어서, 그녀의
나이가 나보다 몇 살이나 더 많음에도 불구하고 나는 그녀가 귀엽
다는 생각이 드는 것을 어찌할 수가 없었다. 나의 일본어가 짧은
탓에 우리는 어쩔 수 없이 영어로 거의 모든 대화를 해야만 했는
데, 그녀는 "스고이!"를 연발하며 그때마다 열심히 웃어주었다. 그
녀가 웃으면 나도 덩달아 기분이 좋아지곤 했다. 마키코 역시 차분
한 인상이었다. 그녀는 늘 아침마다 목욕을 다녀왔다. 그녀의 경쾌
한 아침 인사. 젖은 머리카락과 어깨에 걸쳐진 새하얀 수건.

　　우리가 만나서 초기에 자주 나누던 대화 내용은 주로 문화에 대
한 것이었다. 또래가 비슷해서 통하는 면이 많았고, 서로 각국의
문화에 대해 많은 호기심을 가지고 있었던 것이다. 특히 서로의 대

국경을 넘으면 아시아가 보인다

중문화에 대해 많은 얘기를 나누었다. 좀더 시간이 흐른 후에는 아주 살짝이나마 역사문제에 대해 이야기할 수도 있었다. 물론 구체적이진 못했지만 말이다. 아쉬움이 있다면, 바로 이 점이겠다. 서로에게 민감한 역사문제에 관해서는 늘 적정선을 넘지 않았다. 우리는 같이 있으면 늘 즐거워야 했고, 웃어야 했다. 역사문제에 관해서는 그것을 다루는 프로그램이 충분했기 때문에 방 안에 들어와서까지 굳이 심각한 분위기를 연출하는 것은 무리였다. 나는 욕심 부리지 않기로 했다. 이미 이 여행에 참가한 모든 일본 친구들은 한국과 일본의 평화를 지지하고 기원하는 마음일 것이었다. 그것이면 충분했다.

나는 이 여행의 자원활동가였고, 나츠키도 스태프였기 때문에 우리가 늘 함께 있었던 것은 아니었다. 개인적인 일정이 늘 있었고, 어쩌다 시간이 남아 방에 있을 때 얘기를 나누는 것이 대부분이었다. 16일 동안 같은 방을 쓰면서 그들은 한결같이 우리를 배려하는 모습이었다. 같이 쓰는 화장대나 화장실은 늘 깨끗했다. 서로가 서로에게 피해를 주지 않으려 노력했기 때문에 우리의 방은 정말 늘 깨끗했었다. 배려하는 마음. 우리가 일본 사람들에게 절실히 배워야 할 점이었다.

8월 15일, 광복절이 생각난다. 우리는 부산에 있는 광복기념관에 갔었다. 일제 치하, 부산의 독립운동을 소개하고 광복을 기념하는 곳이었다. 영상실에서 독립운동 모습을 담은 비디오를 시청하는데 마지막 즈음에 가선 눈물이 핑 돌았다. 함께 온 일본 사람들도 그것을 같이 보았는데 그들도 상당한 충격을 받았을 거라는 생

171

각이 들었다. 그들이 배운 역사는 그와 같은 현실을 제대로 표현하지 않았을 테니까 말이다. 광복절은 어쩌면 그들에게는 굴욕적인 날일 수도 있을 것이다. 우리의 과거, 역사의 비극이 마음을 아프게 하는 순간이었다. 우리가 앞으로 이루어나가야 할 서로 간의 진정한 공존에 대해서 많은 생각을 하게 했다.

이날 저녁 열린 8·15평화콘서트가 끝나고 하연이, 나츠키와 함께 민주공원을 내려오던 기억이 벌써부터 그립다. 그날 일기를 펴보니 이렇게 적혀 있다. "나츠키 짱과 마키코 짱, 하연과의 저녁식사는 정말 즐거웠다. 우리는 점점 친해지고 있다. 말이 완벽히 통하는 것은 아니지만 이미 우리는 그것을 잊어버린 듯하다. 즐겁다. 그들과의 만남이. 한 사회와 다른 사회와의 만남이. 오늘, 나는 정말 행복했다."

흔히들 말하는 민족 감정이라는 것, 나에게도 그것이 없을 리는 없다. 그것은 어릴 때부터 주입되어 온 교육의 효과였다. 유년기즈음 위인전기를 읽는 것에서부터 고등학교 시절 국사를 배우기까지. 어느 정도 나이가 들면서, 일본이라는 나라에 대한 무의식적인 거부 반응은 점차 줄어들었고, 새로운 시각으로 우리의 이웃 나라를 바라볼 줄 아는 눈도 생겼지만, 그래도 그 무서운 '민족 감정'이라는 것이 어느 정도 남아 있었던 듯싶다. 솔직히 말하면 지금도, 지금 이 순간에도 그것이 완전히 사라져버렸다고는 말할 수 없는 게 진실이다. 그러나 그들과의 만남을 통해, 피스&그린보트 참가를 통해 이전에는 생각조차 할 수 없었던 많은 것들을 느끼고 깨달을 수 있었고, 민족 감정이라는 것에 대해서, 한국과 일본의 관

국경을 넘으면 아시아가 보인다

계에 관해서 보다 거시적인 안목을 가질 수 있게 되었다.

　나는 나를 가로막고 있던 하나의 세계를 깨고 새로 태어나게 되었다. 더 넓은 시야로 이 우주를, 세상을, 우리의 동아시아를 바라볼 수 있게 된 것이 그렇게도 뿌듯할 수가 없다. 이런 모든 것들은 그들과 함께 한 선내 생활과 우리가 참가했던 프로그램을 통해 이루어졌다.

　이용수 할머니의 일본군 '위안부' 증언을 듣는 자리에서도 나는 엄청난 눈물을 흘렸고, 분개했다. 그러나 할머니께서 하신 "죄는 미워도 사람은 밉지 않다"는 말씀을 듣고는 다시 차분해질 수 있었다. 한·일 양국 간의 젊은이들의 자리, 보트 홀릭에서도 역시 많은 감동적인 이야기를 들었다. 그들은 우리의 아픔을 이해하려 하고 있었다. 나는 나츠키와 함께 많은 프로그램에 참여했다. 서로 직접적인 말은 하지 않았지만, 우리는 서로를 이해하려 애쓰고 있었다. 그것이면 충분했다. 우리는 어느새 서로를 보듬어 안고 있었다.

　마지막 날 저녁, 나는 그들과 헤어지는 상상을 했다. 상상만 했을 뿐인데, 코끝이 찡했다. 그리고 걱정을 하기 시작했다. 내일 울며불며 추한 꼴로 헤어지게 되는 것은 아닐런지 하고. 다음날, 나갈 시간이 되어 짐을 챙기고 있던 내게 나츠키가 직은 편지를 내밀었다. 편지를 건네는 그녀의 눈이 촉촉했다. 그녀의 눈에는 눈물이 고이고 있었다. 순간 목이 메었지만 참았다. 나갈 시간이 얼마 남지 않았고, 눈물은 이따가 헤어질 때 흘려도 된다는 생각이 들었다. 나는 애써 태연한 목소리로 감사의 인사만 연발했다. 그리고 뒤돌아서서 다시 열심히 짐을 싸기 시작했다.

173

6. 아주 특별한 만남

그러나 정말 헤어지는 순간이 왔을 때도 나는 울지 않았다. 눈물이 나오려 했지만 애써 웃으며 인사를 했다. 나는 왜 그때 울지 않았을까. 펑펑 울며 헤어지는 모습을 남들에게 보이고 싶지 않아서였을까. 괜한 부끄러움이었을까. 그렇게 간단한 헤어짐의 인사를 하고 돌아서서 나오는데 자꾸만 무언가가 아쉬웠다. 슬펐다. 어젯밤, 내가 상상했던 우리의 헤어짐은 이런 게 아니었다. 포옹도 하고, 눈물도 흘려야 했다. 그렇게 헤어졌어야 했다! 가슴이 터질 것만 같은 미안함으로 참았던 울음이 쏟아져나오기 시작했다. 눈물이 가득 고인 눈으로 편지를 내밀던 나츠키가 아른거렸다. 그녀가 울 거라고는 생각하지 못했었다. 정성이 가득 담긴 그녀의 영어로 쓴 편지를 펼쳐보며 나도 눈물을 흘렸다.

버스에 올랐는데, 갑자기 차창 밖으로 눈물을 줄줄 흘리고 있는 그녀가 나타났다. 나는 곧장 버스에서 내려 뛰어갔다. 정말 다행이었다! 우리는 포옹했고, 마음껏 울었다. '정'이라는 것은 정말 강했다. 우리 사이엔 국경도, 나이도, 민족 감정도 그 어떤 것도 필요 없었다. 헤어짐의 인사는 내가 생각했던 대로 되었다. 나는 연신 "건강하세요, 행복하세요"를 외쳤고 그들은 나의 이 말을 열심히 따라했다. 자세히 기억나진 않는다. "꼭 다시 만나요. 도쿄에 오게 되면 연락해요. 나도 서울에 가게 되면 연락할 게요. 우리 웃으면서 헤어져요"라고 나츠키가 했던 말 외에는. 우리는 그렇게 헤어졌다.

이렇게 해서 나는 또 하나의 소중한 인연을 맺게 되었다. 그네들은 지금 무엇을 하고 있을까. 나츠키의 커다란 눈망울과 마키코의 수줍은 아침 인사가 그립다. 일본에 가게 되면 당신들이 생각날 거예요. 우리, 다시 만날 수 있겠지요? 그렇겠지요?

국경을 넘으면 아시아가 보인다

6

상하이 홈스테이 체험기

사쿠라이 케이꼬(櫻井惠子), 인하대학교 일어일본학과 교수

상하이에서 우리들(나와 남편 이시재 가톨릭대 교수)은 홈스테이를 하는 기항지 프로그램에 참가했다. 상하이는 두 번째 방문이고 그 화려한 대도시의 발전상에 놀랐다. 그곳에 살고 있는 사람들이 어떤 생활을 하고 있는지 알고 싶었기 때문에 홈스테이는 좋은 기회였다.

도대체 어떤 집에 가는지 기대도 하고 불안해하기도 하면서 호스트 가족의 사람들을 만나게 해줄 지역문화센터로 갔다. 우리들은 싹싹하고 쾌활하게 보이는 중년 여성의 집으로 갈 수 있게 되어서 내심 안심했다. 김동원 감독과 아리랑 TV의 PD 두 분도 같은 방향으로 가기 때문에 그쪽 주인이 운전하는 차를 함께 타고 30분 정도 달렸다. 양쪽 집의 부인들은 자동차를 타지 않고 대중교통을 이용해 별도로 오는 것 같았다. 자동차를 운전하고 있는 남성은 외국기업에 취업하고 있어서 정시에 퇴근하고 자동차를 소유할 수 있을 정도의 경제수준을 갖추고 있었다. 그 다음날 알게 된 것이

만 그 집의 아들도 무역회사에 다니고 있고 또 다른 차를 운전하고 있었다. 날로 상승하는 소득으로 상하이 주민들의 생활수준이 급속하게 좋아지고 있음을 느낄 수 있었다.

도착한 곳은 건축한 지 꽤 된 아파트가 줄지어 서 있는 단지였다. 집에 들어가 보니 내부는 상당히 넓었다. 호화롭지는 않았지만 취향이 좋은 듯한 가구와 대형 텔레비전, 오디오, 피아노 등 필요한 것은 모두 갖추고 있었다. 무엇보다도 놀라운 것은 물건들이 잘 정돈되어 있었고, 먼지 하나 찾아 볼 수 없을 정도로 깨끗하게 청소되어 있었다는 점이다. 그도 그럴 것이 이 집의 여주인인 민민 씨는 최근까지 산부인과 의사로 일했고 55세로 정년퇴직을 한 지 1년 밖에 지나지 않았다고 했다. 남편은 개인 기업을 운영하고 있었다.

그날은 공장에 가고 집에는 없었지만 대학을 졸업하고 무역회사에 다니는 아들이나 민민 씨와 영어로 또는 남편이 말하는 서투른 중국어와 필담으로 우리는 의사소통을 할 수가 있었다. 직장에 있을 때와 퇴직했을 때를 비교하면 어느 쪽이 좋은지 물었더니 퇴직하고 난 다음이 훨씬 즐겁다고 말했다. 사회교육센터에서 취미로 수예를 배우기도 하고, 새로운 요리를 시도하기도 하며, 외국에서 손님들을 초청하여 식사를 대접하기도 한다는 것이다. 그녀는 이 집을 방문한 손님들이 남겨놓은 감상문과 사진이 붙어 있는 노트를 보여주었다. 서양인들과 일본인들이 많이 찾아온 것 같았다. 한국 사람은 처음으로 맞이한다고 하였다. 아직 민민 씨는 건강하고 발랄하기 때문에 다시 일을 하여 보람을 찾든지, 전문지식을 살리는 것이 좋을 것이라는 생각을 하고 있는 나로서는 그녀의 대답

국경을 넘으면 아시아가 보인다

이 조금 의아하게 생각되었다.

저녁 식사 때는 물만두 만드는 법을 배웠다. 만두소는 이미 모두 준비해 두었다. 냉채는 깨끗하게 접시에 담아두었다가 냉장고에서 꺼내왔고, 볶음요리는 부엌에 가서 금방 조리해서 가져왔다. 빠른 솜씨, 찬 것은 차게, 뜨거운 음식은 뜨겁게 준비하는 수완의 탁월함이 놀라웠다. 남편은 일부러 부엌에 들어가 요리하는 모습을 사진에 담았다. 요리는 담백하고 정말 맛있었다. 특히 상하이 특산물의 생선찜 요리와 죽순과 같은 흰 야채(이것도 상하이 특산물) 볶음은 별미였다. 그날 밤에는 이웃에 살고 있는 민민 씨의 친구도 놀러와서 여러 가지 이야기를 하며 보냈다..

다음날 아침에 일어나 단지 내 공원에 가서 태극권 운동에 함께 참가했다. 민민 씨가 태극권에서 사용하는 소도구가 들어 있는 가방을 들고 걸어가니 단지에 살고 있는 이웃 사람들이 모두 인사하면서 지나갔다. 아파트촌이면서도 서로 인사를 하고 지내는 '공동체'라는 인상을 받았다. 태극권은 움직임은 느리지만 꽤 어렵고 운동량도 상당히 많은 것 같았다. 매일 아침 이렇게 주민들이 모여 함께 운동을 하면서 대화를 하는 여유가 있다는 것이 부러웠다. 중년의 중국인들은 건강을 매우 중요시 여긴다는 인상을 받았다.

나도 경험했지만 손님을 집으로 초대하여 대접하는 것은 보통 일이 아니다. 쇼핑, 청소, 음식 준비, 손님 대접을 혼자서 한다고 생각하면 정말 대단한 일이다. 비용도 상당하다. 그래서 쉽게 외식을 하면서 손님을 모시는 경우가 많다. 친구도 아닌, 본 적도 없고, 알지도 못하는 외국인을 가정에 초대하여 대접하는 것은 진정 열린 마음과 따뜻한 가슴이 없으면 불가능하다고 생각한다. 나도 민

6. 아주 특별한 만남

민 씨에게 배워, 마음을 열고 가능한 한 가정에 손님을 부르도록
노력해야겠다고 생각했다. 이것이 상호이해를 위한 지름길이라고
생각한다. 중국, 중국인을 추상적으로만 알고 있다가 중국인 가정
에서 하룻밤을 지냄으로써 많은 것을 알게 되었고, 좋은 인상을 갖
게 되었다.

국경을 넘으면 아시아가 보인다

7

피스&그린보트로부터의 사색

1

일본 속의 재일한국인

김창행(金昌行), 엔터테이너(2000 · 2004년 '엔터테이너 오브 더 이어' 우승)

50회의 크루즈여행 경험이 있는 저는 재일교포 3세로 말썽 많은 바로 그 우토로〔ウトロ：일본 교토부(京都府) 우지(宇治) 이세탄초(伊勢田町)에 있는 조선인 강제동원 피해자 마을－역주〕 51번지에서 태어났습니다. 저는 어릴 때부터 '일본인에게만은 절대 지지 말라'든가, '일본인과는 사이좋게 지내지 말라'는 말을 귀에 못이 박히도록 들으면서 컸습니다.

저는 재일한국인으로서 제가 몰랐던 사실을 발견할지도 모른다는 기대감을 가지고 이번 한 · 일 교류의 크루즈에 참가했습니다. 그리고 막상 배에 올라탔을 때부터 제 마음속 의문은 나날이 커졌습니다. 선내에 비치된 신문들도 거의 대부분 한 · 일 문제 관련 기사로 가득 차 있었습니다. 일본인은 이쪽, 한국인은 저쪽이라고 말하는 것 같았지만, 저는 어디로 가면 좋을지 더욱더 알 수 없는 심정이었습니다. 그때 저에게 불쑥 한 가지 생각이 떠올랐습니다. 지금 이 배가 바로 한국과 일본 두 나라라고 바꾸어 생각해 보면 어

국경을 넘으면 아시아가 보인다

떨까 하는 것이었습니다.

한국과 일본 두 나라에 얽혀 있는 재일한국인문제를 생각하지 말고 먼저 사이좋게 지낸다면, 재일한국인이라는 존재를 잊어버리지 않을까. 이런 생각을 하니 제 자신이 비참하게 느껴졌습니다. 그때 증조모께서 늘 하시던 말씀이 머리에 떠올랐습니다.

"너는 재일한국인이라는 운명을 안고 태어났다. 앞으로 어른이 되어갈수록 재일한국인이라는 신분 때문에 너는 수많은 핍박을 받을 거야."

재일한국인은 일본인이 나쁘다고 늘 말하고 있지만 그렇지도 않은 것 같아요. 재일한국인은 차별을 이유로 늘 불평을 말하고 있지만 일본인은 이런 일에는 별로 관심도 없는 것 같으니까요. 서로 자기 입장만 생각해서는 언제나 결과는 뻔하게 됩니다. 중요한 것은 상대방의 입장을 이해해 주며 대화해야 진전이 이루어진다는 것입니다.

따라서 재일한국인은 지금 제가 한 말을 잘 기억해 주면 좋겠습니다. 이제 이런 분쟁이 끝을 맺을 수 있도록 우리 모두 노력하지 않으면 안 되는 시대가 되었다고 봅니다. 저는 초등학교 입학 전에 제 마음에 와 닿았던 누군가로부터의 말을 지금도 생생히 기억하고 있습니다.

"네가 세상에 나가 재일한국인이라는 이유로 차별을 당하고, 모욕적인 말을 들어도, 아니 폭력을 당해도 대꾸하거나 보복하려고 하지 말아라. 무슨 일이든 하고 싶은 일을 찾아 누구에게나 인정받을 만큼 열심히 해서 그 분야에서 1등이 되어라. 그 후에 이것저것 둘러보아라. 모두가 인정해 주는 인간으로 성장한 후에 말하고 싶

7. 피스&그린보트로부터의 사색

은 것을 말해야 한다. 지고도 이기는 사람이 되길 바란다. 비겁한 짓만 빼고는 무슨 수를 쓰더라도 반드시 이겨야 한다. 설사 경쟁에 서 질 때라도 챔피언처럼 져라.”

이 말을 어른이 된 지금 제 스스로에게 다시 들려주고 있습니다. 퍼포먼스(performance, 행위예술)계의 세계 일인자가 되었기에 이곳저곳에서 저를 불러주고 있습니다. 피스보트도 그중 한 곳입니다. 피스보트에서는 제가 기획할 공간이 있고, 제가 지금까지 경험한 것을 말할 수 있는 기회도 있어서 참 좋습니다.

저는 초등학교 때, 재일한국인이라는 이유만으로 “한국인은 자기 나라로 돌아가라”, “김치냄새가 난다”는 말을 들으며 얼굴을 얻어맞기도 하고, “한국인 주제에 일본의 길을 걸으려고 하지 말라”는 말을 듣기도 했습니다.

초등학교 졸업문집에 자기의 꿈을 적어 내라는 말을 듣고, “내 꿈은 무슨 일을 하든 1등이 되는 것입니다. 왜냐하면……”이라고 쓰다가 뒤에 ‘재일한국인’이라는 표현이 나오게 되어 결국 쓰던 종이를 찢어버린 적이 있습니다.

저는 어떤 경우라도 차별을 이유로 반항만 하거나 방황하면 스스로 지는 것이라고 생각하면서 살아왔습니다. 아마 어렸을 때부터 항상 증조할머니의 말을 들으면서 커왔기 때문에 자신의 길에서 빗나가지 않았다고 생각합니다. 초등학교 시절의 경험과 증조할머니의 말이 늘 가슴에 살아 있기에 더욱 진지하게 제가 하고 싶은 일을 찾아야겠다는 결심을 굳혔습니다.

중학교 시절, 저는 학교의 성적 평가에 의문을 품게 되었습니다. 공부를 하지 않았기 때문에 꾸중을 들었을 때는 납득이 갔지

국경을 넘으면 아시아가 보인다

만, 나름대로 열심히 노력을 했는데도 낮은 점수 때문에 꾸중을 듣
게 되자 점점 공부가 싫어지기 시작했습니다.

그러던 어느 날 우연히 샀던 저글링(juggling)의 비디오테이프
를 보고 눈물을 흘렸습니다. 종이 한 장으로 평가를 받는 세계가
있는가 하면, 저렇게 무대에서 평가를 받는 세계도 존재한다는
사실을 발견하게 되었기 때문입니다. 그 순간 저의 가치관이 완
전히 바뀌면서 '나도 저런 사람이 되자'는 생각을 굳히게 되었습
니다.

제가 말하고 싶은 것은 행복도 불행도 생각하기에 따라 달라진
다는 것입니다. 예컨대 열 번 싫은 일에 부딪칠 때마다 불평을 늘
어놓아도 무엇 하나 바뀌지 않으니까요. 그때마다 냉정히 주위를
둘러본다면 그 속에 자신을 크게 바꿔줄 힌트가 있음을 알 수 있을
것입니다. 그렇게 되면 자신과 이웃이 좋은 관계로 바뀔 수 있다고
생각했습니다. 원인을 알려고 하지 않는 것은 어떤 의미에서 죄악
입니다.

상대를 알지 못했기 때문에 그동안 다른 사람에게 상처를 입혔
을 것이라는 생각이 들었고, 상대를 이해하려고 노력하면 미움이
사랑으로 연결될 수도 있다는 것을 알았습니다. 피스보트에는 각
양각색의 사람들이 배를 타기 때문에 놀랐던 일이나 가치관, 세계
관의 차이에 대해 배울 점이 많았습니다. 피스&그린보트에서 저
의 의견을 한국인에게 말해 보았더니 모두 진지하게 듣고 생각해
주었습니다. 그러는 중에 저의 기획도 더욱 충실해질 수 있었습니
다. 많은 사람들이 서로 의견을 나누며 상대를 진지하게 생각해 보
는 것은 정말 가치 있는 일이라는 것을 알았습니다.

183

처음 일주일 동안은 별로 의미가 없는 듯이 보였던 이번 크루즈
여행이 마지막에는 아주 뜻 깊은 여행으로 바뀌어 너무 행복했습
니다.

2

우리는 모두 국적을 떼어놓고
배에 오른다

오노데라 아이(小野寺 愛), 피스보트 스태프

한국 측 참가자의 방일을 하루 앞둔 8월 11일, 마지막 스태프 미팅에서 공동대표 요시오카 타츠야가 이렇게 말했다.

"참가자는 한국과 일본에서 각각 약 300명씩이다. 언어도 문화도 다른 600명이 2주간 함께 생활하게 되므로 적지 않은 트러블이 일어날지도 모른다. 하지만 출항 전에 약속하자. 우리는 모두 국적을 떼어놓고 배에 오르므로 무슨 일이 있어도 화를 내서는 안 된다."

"의사소통이 잘 되지 않아서 사소한 일로 언쟁이 벌어질 수도 있다. 그러나 단 2주에 불과한 크루즈여행에서 싸움을 했다가는 화해를 하기도 전에 여행이 끝나버릴 것이다. 화를 내기 전에 상대의 입장을 생각해 보자. 차이를 받아들이고 상대를 이해하려고 노력하자."

이런 마음가짐을 반드시 지키겠다는 약속을 하고 우리들의 크루즈여행은 시작되었다. '국적을 떼어놓고 배에 오른다. 절대로 화내지 않는다'는 약속을 다짐하는 것은 피스보트가 연 3회, 주로 일본의 참가자를 위해 기획하는 세계일주 때와는 조금 달랐다. 사상 최초의 한 · 일 공동주최 크루즈가 드디어 막을 연다는 실감이 온몸으로 전해져왔다. 요시오카의 이야기를 듣고 있는 동료들 모두 진지한 얼굴 표정을 하고 있었다. 한국인과 함께 지내는 2주 동안은 잠자는 시간을 아껴서라도 내가 할 수 있는 일은 무엇이든 잘 해야겠다고 다짐했다.

한국인들이 일본에 와서 열린 첫 이벤트는 도쿄 메이지공원에서 촛불을 켜들고 '평화', '平和', '9'의 세 가지 단어를 함께 몸으로 쓰는 것이었다. 8월 15일을 하루 앞두고 한 · 일 공동개최의 크루즈 출항을 뉴스화하기 위해서 미디어의 관심을 끄는 것이 목적이었다. 일본 측 미디어는 몇 안 되었지만 한국에서 온 미디어는 20군데가 넘었다.

"일본은 민간외교가 평화를 구축한다는 의식이 희박한 것 같아."

"시민의 손으로 민주화를 이룬 경험이 있는 한국은 역시 우리와 달라."

우리 스태프들끼리 이런 대화를 주고받는 중에 이벤트는 성공리에 끝났다. 한국인들로부터, "일단 뭐든지 해보자. 평화는 우리 손으로 이룰 수 있어!"라고 외치는 것 같은 적극적이고 자신감 넘치는 에너지가 뿜어져나와 우리의 기분도 고양되었다. 그들과 2주 동안 함께 지내면서 매일 대화를 나누면, 한 · 일 간 역사의 한 전환점이 만들어질 듯한 예감마저 들었다.

국경을 넘으면 아시아가 보인다

　메이지공원에서 돌아오는 길에 한국 측 참가자의 직선적이고 활기찬 표정에 감화되어 흥분된 나와는 달리 동료 조미수는 다소 풀이 죽어 있었다.

“아이 쨩, 나 말이지, 벌써 약속을 깨뜨리고 말았어.”

“뭐라고?”

“한국 측 미디어가 환경재단과 피스보트의 양쪽 참가자와 동시 인터뷰를 하고 싶다는 부탁을 해왔거든. 그래서 김우리를 데리고 갔었지.”

“그런데?”

“내가 김우리에 대해 지금까지 피스보트에서 가장 열심히 활동하고 있는 자원활동가라고 소개했더니, 글쎄 뉴스에 내고 싶으니 일본인을 데리고 올 수 없느냐는 거야. 이 말에 내가 그만, ‘꼭 일본인이어야 할 이유가 무엇이지요’ 하고 벌컥 화를 내고 말았어.”

　김우리는 틀림없이 일본 측의 피스보트에서 자원활동가로서 가장 열심히 활동하고 있는 여성이다. 그녀는 일본에서 태어나 일본 문화권에서 자란 재일한국인 3세로 모어(母語)가 일본어이며 한국어는 잘 못한다. 이번에 한국어와 일본어 두 나라 말을 구사해 많은 사람들에게 도움을 주었던 동료 조미수도 재일한국인 3세로 일본에서 태어나고 자랐다. 조미수는 대학 시절 한국어를 독학으로 습득했다고 한다.

“결국, 일본명을 가진 다른 사람이 인터뷰에 나갔지만, 절대로 화를 내지 않겠다는 모두와의 약속을 벌써 깨뜨리고만 나 자신이 너무 서글퍼.”

　이렇게 울먹거리는 조미수를 위로할 말이 도무지 머리에 떠오

7. 피스&그린보트로부터의 사색

르지 않았다. '한·일 공동개최 크루즈'에 들떠 있던 나는 우리가 '한국인, 일본인'이라고 말할 때마다 사실 재일한국인을 제3자로 제외시키고 있었다는 것을 그때 비로소 깨달았다. 물론 이런 태도는 나만이 아니라 대단한 열정으로 충만해 있는 한국인들도 마찬가지였다. 무지(無知)의 폭력이었다. "한국인들은 이쪽으로, 일본인들은 저쪽으로 이동해 주세요"라는 말을 들을 때마다, 재일한국인인 김우리와 조미수는 어떻게 느꼈을까.

피스&그린보트를 기념하는 출판물의 원고청탁을 받고 8월 12일 밤의 조미수의 얼굴이 떠올랐다. "피스보트의 젊은 스태프들 중에서도 한 사람이 꼭 원고를 내달라"는 말을 듣고 바로, "조미수 씨가 아주 적임자예요"라고 대답했다. 언제나 이벤트의 중심에서 열심히 활동한 조미수가 쓰는 것이 당연하다고 생각했기 때문이었다. 집요한 나의 추천에 조미수는 조용히 "일본인 스태프가 써주길 바란대"라고 한마디 던질 뿐이었다.

배에는 김우리나 조미수 외에도 약 30명의 재일한국인이 타고 있었다. 이질 문화 커뮤니케이션, 다문화 공생의 소중함을 논의하는 배 위에서조차 재일한국인은 그들의 존재를 무시당하는 소수파였다. 하지만 조미수는 다시는 불평하며 화를 내지 않았다. 늘 온화한 그녀의 얼굴을 바라보면서 나는 출항 전에 다짐한 약속이 떠올랐다. "우리는 모두 국적을 떼어놓고 떠난다."

한국인, 재일한국인, 중국인, 일본인 등 이번 크루즈에서 많은 친구들을 사귀게 된 것은 아시아론을 다룬 책 100여 권을 읽는 것보다도 훨씬 더 의미 있는 공부가 되었다. '다르다'며 거부하기

국경을 넘으면 아시아가 보인다

전에 눈앞의 친구를 이해하려는 자세가 무엇보다 중요하다. 국적이라는 틀에 얽매이지 않고 한 사람 한 사람의 차이를 받아들이면서 이해하려는 노력은 미래를 밝게 한다. 이런 간단한 평화의 법칙을 깨닫는 데 지금까지 60년이라는 긴 세월이 걸렸다는 생각이 들었다.

피스&그린보트를 통해 우리들만이 아니라 참가한 사람 모두가 각자 나름대로 평화의 법칙을 발견했을 것이다. 그리고 그 법칙은 아직도 진행형이다. 환경재단과 피스보트의 10년 계획은 이제 항해의 첫 고동을 울렸을 뿐이다.

7. 피스&그린보트로부터의 사색

3

신쾌락주의 선언 : 피스&그린보트에서 동북아시아의 즐거운 미래를 꿈꾸다

쯔지 신이치(辻 信一), 메이지가쿠인대학 국제학부 교수 · 문화인류학자

경제의 지배하에서 평화를 구해낸다

현대 일본 사회를 보면 '평화'라는 말이 완전히 활력과 광채를 잃어버린 것 같다. '안심(安心, peace of mind)'이라는 말 역시 보험회사와 경비회사의 전매특허가 되어버렸다. 미디어에 '치안', '안전', '안정', '공안' 등의 말이 범람하는 바람에, 누군가 평화라든가 헌법 9조 등의 말을 꺼내기라도 하면, 그가 마치 특수 이데올로기나 편협한 정치사상에 물든 사람인 것처럼 치부해 버리기 일쑤다. (헌법 9조 : 전쟁을 하지 않는다. 방위를 위한 자위대 이외에는 군대 전력을 보유하지 않는다는 이른바 일본의 '평화헌법' 조항—역주)

사람들은 평화라는 말에 친근감을 느끼지 못하고 있는 것 같다. 평화란 원래 각 가정이나 공동체 혹은 지역에서 개개인이 누리는 안심이라는 씨앗에서 저절로 자라나는 것이다. 그런데도 평온한 마음에 깃드는 기본적인 쾌락이 어느새 우리 주위에서 떨어져나와

멀리 가버린 듯하다.

우리는 지금 전쟁과 폭력의 문화가 번성하고 평화의 문화가 쇠
퇴하는 시대에 살고 있다. 그래서 평화라는 말은 왕왕 평범하고,
뒤로 물러서며 소극적이고 진부한, 말하자면 비쾌락적인 이미지를
풍기고 있다. 우리는 일상적으로 '경제성장'과 '소비'가 가져오는
쾌락을 취할 것인가, 아니면 평화가 가져오는 '정체(停滯)'를 취할
것인가 하는 양자택일을 강요당하고 있다. 비록 평화가 깨끗하고
바르기는 하지만, 답답하고 가난하며 쓸쓸하다면 아무도 좋아하지
않을 것이다.

환경문제의 경우도 사정은 비슷하다. 우리 사회에는 환경에 좋
은 일은 금욕적이고, 환경에 좋지 않은 일은 쾌락적이라는 뿌리 깊
은 이미지가 있다. 문제는 쾌락은 전쟁이나 자연파괴 쪽이라고 단
정 지어버린 데 있다. 즉 쾌락의 개념에 대한 인식이 모호하다.
"전쟁도 자연파괴도 나쁜 줄은 알지만 경제성장을 위해서는 어쩔
수 없다"고 말한다면, 여기서 중시하는 경제성장이란 이름의 쾌락
은 도대체 어떤 알맹이를 가지고 있을까. 이 알맹이는 과연 얼마나
쾌락이란 말에 어울리는 것일까. 경제성장의 알맹이를 파헤쳐본다
는 것은 당연한 일이다. 그러나 이상스럽게도 우리는 이것을 별로
진지하게 따져 보지 않았다.

고(故) 이반 일리이치(Ivan Illich)가 말한 대로, 평화는 팍스 이코
노미카(Pax Economica, 경제지배하의 평화, 즉 경제만능주의의 위장된
평화)가 되고 말았다. 그렇다면 이렇듯 경제의 포로가 된 평화를
'소비', '풍요', '성장', '발전' 등과 같은 이데올로기의 굴레에서
벗겨내어 해방시키지 않으면 안 된다. 또 평화라는 쾌락과 마찬가

7. 피스&그린보트로부터의 사색

지로 자연환경이라는 쾌락, 즉 커뮤니티의 쾌락을 다시 찾아내야 한다. 우리는 이런 새로운 쾌락주의를 제창해야 한다.

소비주의라는 구(舊)쾌락주의를 뛰어넘다

우선 나는 "쾌락은 돈으로 사는 것이다"라고 아무 의심 없이 받아들이는 현상이야말로 우리 시대의 커다란 비극이라고 생각한다. 사람들은 전문가와 대기업이 제공하는 상품을 사서 소비하는 것이 쾌락이라고 느끼고 있다. 이런 쾌락관이 우리가 사는 세계에서 지금까지 주류를 이루어왔다. 이것을 나는 구쾌락주의라고 부른다.

돈으로 살 수 있는 이런 쾌락이 갖은 방법으로 포장되고 선전되면서 마치 온 세상이 쾌락으로 넘쳐흐르는 것 같은 환상을 불러일으키고 있다. 우리가 속한 가정과 이웃, 지역이 날로 메마르고 삭막해져 보잘것없는 장소로 전락해 버림으로써, 우리는 스스로 쾌락을 만들어내는 과거의 능력을 상실해 가면서 마침내 쾌락의 소비자로 밀려나고 있다.

구쾌락주의의 특징은 정말 미혹의 손길이 많다는 것이다. 일부 사람들의 쾌락은 많은 사람들의 고통의 씨앗이 되는 경우도 많다. 고통받는 것은 사람들만이 아니다. 지구에 사는 생물에게까지 고통을 야기해 생태계를 파괴하기도 한다. 그러나 자연환경을 깨뜨리면 추구해야 할 쾌락 그 자체가 존재할 수 없을 것이므로, 이것은 결코 지속적인 쾌락이 될 수 없다.

구쾌락주의는 대부분 희소가치에 바탕을 두고 있다. 많은 사람

국경을 넘으면 아시아가 보인다

들이 다이아몬드에서 쾌락을 찾고 있는 것은 그것이 희소하기 때문이다. 희소가치는 경쟁을 이끌어낸다. 경쟁에 참가한다는 쾌락과 경쟁에서 이긴다는 쾌락을 만들어낸다. 그러나 이 쾌락은 경쟁에 참가하지 못하는 자의 쓸쓸함과 경쟁에서 지는 자의 아픔을 수반하지 않고는 태어날 수가 없다. 말하자면 그것은 승자와 패자로 인간을 갈라놓는 쾌락이다. 소수를 위한 강렬한 쾌락은 한편으로 욕구불만을 부채질한다. 쾌락산업은 사람을 항상 불만스러운 상태로 끌고 가야 매출을 지속시킬 수 있으므로 겉으로는 사람들에게 쾌락을 공급하는 것처럼 보이지만, 사실은 사람들의 욕구불만을 더욱 조장하고 있다. 그러므로 구쾌락주의의 특징은 자신에 대해 또 자신의 현 소유에 대해 끊임없이 불만을 품게 하는 데 있다. 그 결과 사람들은 불만이라는 무거운 짐에 짓눌려 쓰러질 지경에 이르게 된다.

다시 살려내야 할 신(新)쾌락주의

이와 대조적으로 신쾌락주의는 납치당해 멀리 떠나가버린 옛 쾌락문화를 우리들 곁으로 다시 돌아오게 한다. 다시 말해 인간 삶의 보람이라고 할 수 있는 즐거움, 아름다움, 평온함, 좋은 맛과 같은 참가치를 스스로 만들어내고 키워가는 문화적 능력을 자신과 가정, 그리고 지역으로 다시 불러들인다.

원래 인간이 문화적 존재인 까닭은 '즐겁다', '아름답다', '평온하다', '맛있다'와 같은 감정을 순수하게 느낄 수 있기 때문이 아

193

닐까. 인간은 이런 능력을 오랜 세월 동안 키워가며 문화라는 직물에 짜 넣어 다음 세대로 넘겨주고 있다. 문화에 따라 사람에 따라 즐거워하는 내용이 달라지고, 아름다움의 대상도 달라진다. 인간이 즐거워하고 기뻐하는 능력에 따라 이런 쾌락을 날줄과 씨줄로 엮어내는 문화의 패턴 역시 끝없이 다양하다. 개개의 문화 속에서 사람들은 서로 다른 상황에 적응해 가며 그때마다 즐거움, 아름다움, 평온함, 좋은 맛을 독특하게 엮어낸다. 한 사람 한 사람이 그 문화의 구성원으로서 쾌락의 향수자임과 동시에 제공자이다. 참다운 풍요란 이런 것이 아닐까.

신쾌락주의란 지금까지 우리가 신봉해 온 '풍요'의 개념을 다시 고치는 것이다. 이미 선진국 사회가 된 미국이나 일본과 같은 나라가 경제성장을 끝없이 계속하더라도, 이제는 그것이 참다운 의미에서 사회의 풍요나 행복의 양을 늘려주지는 못한다고 많은 연구자들은 말하고 있다. 그들은 오히려 경제성장이 너무 오래 진행된 나라일수록 무관심, 우울, 절망, 폭력이 늘어나며 많은 사회문제를 안게 된다고 경고하고 있다.

한편, 히말라야 산맥에 있는 부탄(Bhutan)이라는 작은 나라의 국왕이 GNP(국민총생산) 대신, GHN(국민총행복)이라는 기준을 만들자고 제안했다. 프로덕트(Product)의 P, 즉 물건의 양이나 물건이 지닌 돈의 양이 아니라, 행복(Happiness)의 H, 즉 인간이 행복한지 어떤지를 보고 사회의 발전과 성숙도를 재자는 것이다. 돈이나 물건만으로 인간의 행복이 결정된다는 바보 같은 생각에서 우리도 이제는 벗어날 때가 되지 않았을까.

국경을 넘으면 아시아가 보인다

슬로우 라이프

나는 환경파괴나 전쟁 같은 커다란 사회문제는 현대인이 매일의 생활에서 느끼는 쓰라린 삶의 뿌리와 연결된다고 생각한다. 그 뿌리는 효율성, 생산성, 경제성장, 소비증대만을 최우선시함으로써 생태계, 평화, 가정의 행복을 희생해도 어쩔 수 없다는 빠른 사회형태에 기반하고 있다. 왜 '빨리'를 추구하는가 하면 전보다 빨리, 전보다 많이 만들어 파는 자가 승자가 되는 경쟁원리에 의해 사회가 나날이 가속도를 붙여가기 때문이다.

이런 빠른 사회를 지탱해 온 구쾌락주의를 대신할 신쾌락주의를 펼쳐가야 한다. 경쟁만을 중시하는 구쾌락주의에 대해 슬로우 라이프는 공생에 바탕을 둔 쾌락을 기본으로 한다. 나도 즐기고 너도 즐기자는 것이다. 이것은 희소성에 바탕을 두지 않는다. 내가 찾는 아름다움을 위해 상대를 제외시키는 것이 아니다. 이것은 민주적이다. 이웃의 불안을 전제로 하지 않는 평온함, 다른 사람의 불행 위에서 지어내는 것이 아닌 행복, 다른 나라의 희생 위에 만들어지지 않는 풍요이다. 그렇기 때문에 슬로우 라이프는 평화주의다. 이것은 구쾌락주의가 늘 경쟁과 공포, 군사력을 바탕으로 번성했던 것과는 대조적이다.

그리고 슬로우 라이프는 친환경적이어서 자연환경과 좋은 관계를 유지한다. 원래 인간은 생물이고 동물이며, 또 포유류이고 영장류이다. 그 쾌락은 당연히 생물로서, 동물로서 그리고 포유류로서의 쾌락이다. 그런 즐거움은 각각의 생태계 속에서 살면서, 자신을 둘러싸고 있는 물, 흙, 에너지, 공기 등의 자연환경과 좋은 조화를

7. 피스&그린보트로부터의 사색

이루어야 가능하다. 즐거움, 아름다움, 평온함, 좋은 맛 등 모두가 그렇다. 자연과의 어울림이야말로 인간의 쾌락을 보증하는 기반이라는 것을 자각하면서 자신의 삶을 영위해 가야 한다.

안타깝다!

'안타깝다'는 말이 신쾌락주의를 한마디로 표현하고 있다. 말하자면, 대량생산, 대량소비, 대량폐기사회가 표방하고 있는 지금까지의 쾌락주의에는 너무나도 안타까운 것이 많다. 돈이나 물건으로 측량되는 쾌락을 위해서 우리의 생존기반인 생태계를 파괴한다든지 지구 메커니즘을 뒤흔드는 것은 너무나도 안타까운 일이다. 그런 쾌락을 위해서 인생을 허비하고, 사람과 사람과의 어울림에서 우러나는 가장 심오한 쾌락을 희생하다니 정말 안타깝기 짝이 없다. 쾌락을 감수하며 만들어낼 만한 충분한 능력을 잠재적으로 가지고 있는 인간이 눈앞에 보이는 쾌락만을 좇아 일방적으로 상대의 쾌락을 빼앗아가는 존재로 전락하다니 정말 안타깝다. 우리는 모두 즐겁고, 아름답고, 평온하며, 멋있게 살아가기 위해서 태어난 존재다.

국경을 넘으면 아시아가 보인다

4

피스&그린보트에서 나눈
한국 현대사의 과제

안병욱, 가톨릭대학교 국사학과 교수

한국 현대 100년의 역사를 몇 장의 원고로 정리하려니 참으로 난감하다. 이는 애초 '한반도의 과거, 현재, 미래'라는 제목의 강연에서 비롯된 일이다. 돌이켜보니 이러한 강연을 요청한 측이나 또 그런 요구에 응한 본인이나 참으로 무모했다는 생각이다. 하지만 피스&그린보트의 승객들에게 어찌되었든 한국을 역사적으로 소개해야 할 필요성은 있었다. 그 때문에 부득이 야기된 일이고, 그 한 번의 꼬임은 또다시 원고로까지 정리해 달라는 새로운 수렁으로 이어지고 있는 것이다.

강연 당시와 지금은 조건과 상황이 판이하다. 그때는 배 안에서의 육성이었고 지금은 지면의 활자이다. 무엇보다 그때의 대상은 대부분 일본 사람들이었고 또 연로하신 분들이었다. 그분들이 한국에 대해서 가지고 있는 관심은 어떤 것이며, 한국의 사정을 어느 정도 알고 있는지 전혀 모르는 상태에서 강연을 해야 했다. 그러나 지금 이 글은 대개 한국인들이 읽게 될 것이다. 따라서 한국 사회의 기본적인 흐름이야 새삼 거론할 게 못 된다. 예컨대 한국의 대통령은 어떤 사람들이었고, 또 그들은 어떻게 대통령이 되었는지는 다 아는 사실이다. 하지만 내가 만일 일본의 고이즈미 수상에 대해서 알고자 할 때 수많은 질문들이 파생되는 것처럼, 일본인들에게 노무현 대통령에 대해 설명하기 위해서는 무수한 연관 사항들을 거론해야 하는 것이다. 이러한 문제점에도 불구하고 요청받은 대로 당시 강연의 한 부분을 정리할 수밖에 없는 상황이다.

한국 사회는 19세기 말 이래 현재에 이르기까지 끊임없이 변화와 개혁의 과제에 몰두해 왔다. 그 역사전환의 과정에서 매우 다양하고 심각한 논쟁들을 전개해 왔다. 한 치의 양보도 어려운 팽팽한 긴장의 연속이었다. 19세기 개혁을 두고서도 대원군이나 명성황후가 추진한 왕정 강화, 김옥균 등이 추진한 지배양반층 주도의 갑신정변, 농민혁명을 추구한 전봉준 등의 동학농민전쟁들이 전개되었다.

이는 역사적으로 그 효용성을 다한 조선왕조체제를 극복하기 위한 내부의 치열한 논쟁과 대립이었다. 당시 서세동점의 서양문명에 대해서도 위정척사파, 개화파, 동도서기적 견해 등 매우 큰 진폭의 보수와 진보 간의 차이가 있었다. 그러나 이러한 모색들이 안으로 일정한 귀결에 이르기 전에 일본의 침략을 받았다.

항일독립운동에 있어서도, 1945년 해방 이후 국가 건설의 방향에 있어서도 심각한 논쟁과 치열한 대립이 일었다. 해방 당시의 과제는 우선 신국가체제에 대한 전민족적 합의를 이끌어내는 일이었다. 그러나 의견이 대립하는 가운데 남쪽에서는 미국 영향하에 자본주의를 내세운 민족주의 계열이 주도권을 잡았다. 북쪽에서는

국경을 넘으면 아시아가 보인다

항일유격대 출신들이 소련 영향하에 공산주의체제를 추진했다. 이른바 해방공간에서 매우 치열한 사상 투쟁을 전개했지만, 외세의 왜곡을 극복하지 못함으로써 생산적 결말을 이끌어내지 못하고 말았던 것이다.

현재 한반도는 여전히 미완의 숙제들을 가득 안고 있다. 근대사회 형성기 이래 미루어온 과제들과 잘못된 선택들이 초래한 새로운 과제들을 동시에 해결해야 하는 것이다. 남한을 중심으로 살펴보더라도, 민주화의 완성을 위해 취약한 정치구조를 개혁해야 하고 노동의 배제와 사회양극화 현상을 극복해야 한다. 구조적으로도 대외의존문제 그리고 자원, 식량이나 환경 등에서 자칫 위기의 상황을 맞을 수 있다. 또 무엇보다 한반도에 평화를 정착시키는 과제가 시급하다. 현재도 남북한은 무력충돌의 위험성이 상존한 가운데 휴전선으로 대치하고 있다. 최근에 이르러 남북한 협력과 공조가 모색되고는 있으나 통일에 대한 전망은 여전히 불확실하다. 그러함에도 진보와 보수의 의견대립과 갈등 양상은 여전히 심각한 상황이다.

이렇게 한반도가 20세기의 숙제에서 헤어나지 못하고 있는 가운데, 주변 정세는 새로운 세계를 향해 성큼 큰 걸음을 내딛고 있다. 한국 사회는 또 다른 긴박한 상황과 과제들에 직면해 있는 것이다. 이러한 전환과 개혁의 과제는 지금 한반도에서 혼란스럽기까지 한 여러 논란들의 중심을 이루고 있다.

지난날의 치열한 논쟁들이 비록 올바른 선택으로 귀결되지 못했지만, 그런 고뇌에 찬 경험들이 결코 무의미한 것만은 아니었다. 오늘날 한국 사회의 특징으로 거론되는 역동성이라는 것은 곧 창

7. 피스&그린보트로부터의 사색

의적인 힘이 예상 밖으로 표출되는 에너지라고 할 수 있다. 이는 내적으로 축적되어 있는 창의적인 잠재력의 발현인 것이다. 곧 오랜 기간 전개해 왔던 논쟁과 대립, 그런 가운데서도 놓치지 않은 진로에 대한 고민들이 안으로 축적되면서 만들어낸 역량이 있었기에 가능한 일이다.

이러한 내용의 강연이 일본인들에게 어떻게 전달되었는지, 또 얼마나 쓸모가 있는 것이었는지 모른다. 하지만 이웃 나라 한국 사회의 고민이 어떤 것인지를 일본인도 알 필요가 있으며, 한편으론 한국의 역사에 일본의 책임이 전혀 없는 것도 아니라고 생각했었다. 또 이제는 과거처럼 이웃 간에 대립하고 갈등하는 시대가 아니다. 동아시아 공동체를 향한 동반자로 존재해야 하는 세상으로 변하고 있다. 이제 피스&그린보트가 그와 같은 동아시아 공동체를 향해 항해를 시작한 것이다.

5

상하이의 환경 현황과 개선 노력

장재연, 아주대학교 예방의학과 교수 · 시민환경연구소 소장

과거보다 해외여행의 기회가 많아지고 쉬워졌다고 하지만, 아직도 쉽지 않은 것이 크루즈여행인 듯하다. 그런 점에서 이번 환경재단에서 주최한 피스&그린보트 행사는 아시아의 평화와 교류라는 목적이 아니더라도 여행만으로도 좋은 기회가 아닐 수 없었다. 그러나 한국인들의 고질병인 '시간 없음'이 도져서, 아쉽게도 가장 짧은 코스인 인천에서 상하이까지만 참가했다.

짧은 일정 가운데서도 선상에서 마련된 여러 프로그램들이 의미가 있어 좋았고, 평소에 놓친 좋은 영화들도 볼 수 있었던 여유도 좋았으며, 잘 알고 있으면서도 긴 시간을 함께하기 어려웠던 많은 분들과 편안한 대화를 나누었던 것도 기억에 남는다. 압록강에서 끊어진 철교 앞에 섰을 때의 감회도 새롭게 떠오른다. 배에서 바라보았던 석양도 잊기 힘든 기억으로 남을 것이며, 칠흑 같은 밤바다에서 파도와 함께 너울거리던 달빛도 잊기 어려울 것이다.

이런 좋은 여행과 더불어 상하이에서 환경보호국을 방문해서

환경 현황을 살펴보고, 쓰레기 처리시설을 방문해서 쓰레기 처리 시스템을 볼 수 있었던 것은 흔치 않은 좋은 기회였다. 중국의 환경문제 현황을 일부나마 엿볼 수 있었다고나 할까. 이런 정보를 혼자 갖고 있기는 아까워 함께 나누기 위해 상하이의 환경 현황과 개선 노력을 간단하게 적어보고자 한다.

중국의 경제개발로 인한 지구적 환경문제를 걱정하는 목소리가 높다. 중국 대도시들은 세계에서 환경오염이 가장 심한 도시들로 꼽히고 있는 것이 현실이고, 세계경제포럼의 환경지속성지수평가에서도 중국은 세계 146개국 중 133위로 122위인 우리나라보다도 낮은 평가를 받은 바 있다.

그러나 이번 방문에서 중국이 환경문제를 그렇게 무시하고 있는 것은 아니라는 느낌이 들었다. 급격한 경제발전 단계에서 값싼 에너지원에 대한 의존, 기초시설의 미비 등으로 미처 환경오염문제를 피하지 못했으나, 이러한 문제를 개선하기 위한 막대한 투자가 이미 시작되었음을 알 수 있었다. 물론 아직 그 효과가 충분히 나타나지 않고 있어 환경의 질이 그다지 좋은 것은 아니지만, 개선 의지만은 분명히 엿볼 수 있었다

상하이 인구는 공식적으로는 1,600만 명, 그 외 장기 여행자, 임시 거주자 또는 미등록 거주자 등을 합하면 2,000만 명 정도로 추산되고 있다. 상하이의 GDP는 해마다 연 10퍼센트 이상씩 상승해, 현재 1인당 GDP는 6,000달러 수준이다. 상하이의 인구 수를 감안하면, 그 경제 규모는 이미 세계 도시 중에서도 상위 수준에 도달해 있다고 볼 수 있다.

이처럼 급속도로 도시가 팽창하고 경제발전이 가속화되면서 필

국경을 넘으면 아시아가 보인다

연적으로 환경오염이 심화되어 왔고, 그 결과 상하이는 전 세계에서 가장 환경오염이 심각한 도시가 되었다. 상하이는 이러한 문제를 해결하기 위한 나름대로 노력을 시작했으며, 일부 성과를 거두기 시작하고 있다고 자평하고 있다.

특히 1999년부터 환경보호 3개년 행동계획을 수립해 2000년부터 2002년까지 실행했으며, 지금은 2차 환경보호 3개년 행동계획을 진행하고 있다. 그 예산규모는 2004년에 GDP의 3퍼센트로써 우리 돈으로 환산하면 약 2조 6,000억 원이다. 계획된 프로그램은 수질오염 방지, 대기오염 방지, 도시쓰레기 관리, 식목산업, 공업오염 방지 등에 걸쳐 총 289개에 달한다.

이런 투자 덕분에 악화일로에 있던 수질오염이 다소 둔화되었으며, 대기오염은 과거에 비해 많이 호전되었고, 악취문제도 많이 해결되었다. 또한 도시 녹지율이 30퍼센트, 1인당 공원녹지 면적이 WHO 권고기준을 넘어선 10제곱미터 수준에 도달했다. 1982년 당시에 상하이의 1인당 공원녹지 면적이 0.4제곱미터로 세계 최하위였던 것과 비교해 보면 20여 년 사이에 25배가 증가한 것인데, 상하이는 이 점을 가장 자랑스럽게 생각하고 있었다.

새벽에 상하이에 입항할 때에는 날씨가 좋지 않아서인지 악취가 심하고 공기가 무척 좋지 않았으나, 그 다음날 낮에 상하이 시내를 다닐 때는 그런 대로 상황이 나쁘지 않았다.

상하이 대기오염의 주된 오염원은 석탄연소라고 할 수 있다. 현재 에너지원의 약 70퍼센트를 석탄에 의존하고 있고, 이 중 50퍼센트가 발전소용으로 사용되고 있다. 상하이는 2004년에 287개의 석탄연소시설을 보다 청정한 연료로 바꾸었고, 시내 일부에는 158제

7. 피스&그린보트로부터의 사색

곱킬로미터의 석탄 사용 금지구역을 지정했다. 발전소의 탈황시설 구축을 촉진시키는 노력을 병행하였으며, 또한 강화된 자동차 배기가스 기준에 맞추어 택시와 버스 9,000여 대도 개조했다. 그리고 1997년부터 무연휘발유가 도입되었다. 이러한 노력으로 시 전체 지역의 강하분진량이 전년도 대비 25퍼센트가 감소하는 성과를 가져왔다. 부유분진도 과거 10년 전에 비해 절반 수준으로 낮아졌다.

그러나 이러한 노력에도 불구하고 대기오염물질의 발생량이 너무 많기 때문에 상하이의 대기오염은 아직도 만족할 만한 수준이 못된다. 아황산가스는 약 20ppb 수준으로 많이 좋아졌으나 아직도 다른 대도시에 비해 높은 수준이며 서울에 비해서도 약 3배 정도 높다. 더구나 최근의 탈황시설 확장, 연료 전환 등에도 불구하고 2002년 이후 지속적으로 높아지고 있다.

호흡성부유분진이라 할 수 있는 PM(프로메튬)10의 경우, 현재 입방미터당 약 100마이크로그램으로, OECD 국가 중에서 가장 높다고 하는 서울에 비해서도 약 1.5배 정도 높은 값을 보이고 있다. 자동차배기가스와 밀접한 관계에 있는 이산화질소의 농도는 약 32ppb로, 서울보다 약간 낮은 수준을 보이고 있다.

상하이의 자동차는 오토바이를 포함해서 약 150만 대로 추정되며, 아직은 도시인구 수에 비해 많지 않음에도 불구하고 이산화질소 농도가 상대적으로 높은 것은, 자동차 배기가스 기준이 1998년에 Euro I(유럽은 1992년에 적용), 2003년에 비로소 Euro II(유럽에서는 1996년에 적용) 수준으로 강화되는 등 상당히 느슨하기 때문인 것으로 보인다. 현재 유럽의 기준은 2005년부터 유로 IV를 적

국경을 넘으면 아시아가 보인다

용하고 있다.

자동차 수가 아직은 그렇게 많지 않은 편이기 때문인지, 상하이의 도시 소음은 대부분 측정소의 측정치가 55~60데시벨이고, 70데시벨을 넘는 곳은 단 한 곳이어서 비교적 낮은 것으로 나타났다. 2004년 11월부터 야간에 실시가 가능하도록 허가를 받은 건설 목록을 인터넷에 공개해 일반인들도 감시와 소음관리에 참여할 수 있도록 하는 제도를 실시하고 있다.

수질오염은 상하이의 가장 어려운 환경문제로 인식되고 있다. 상하이의 수돗물은 공식적으로도 그대로 마시기에는 부적합한 상태다. 상하이에는 크고 작은 하천과 지류가 3,000여 개나 있어 그 면적은 상하이의 약 8퍼센트에 해당하고 있고, 1만 여 개가 넘는 공장에서 폐수가 배출되고 있기 때문에, 이미 1980년대에 수질오염이 극심한 수준에 달했다. 그 이후 상하이에는 수질오염과 관련된 많은 투자와 수천 개의 프로그램이 실행되었으나, 인구 급증과 경제규모 확대로 좀처럼 수질오염문제가 해결되지 못하고 있다.

현재 대형 공장의 경우 대부분의 하수가 처리를 거치고 있고, 소규모 공장의 경우 약 70~80퍼센트가 처리를 하고 있지만, 일반 하수의 경우는 불과 28퍼센트 정도만이 처리되고 있다. 하수처리장은 약 50여 개가 있고, 현재 하수 처리율은 종합적으로 약 50퍼센트이며, 2007년에 70퍼센트, 2008년에 80퍼센트를 목표로 하고 있다. 수질오염물질은 주로 COD(화학적 산소요구량)로 표현되는 유기물질, 암모니아, 총인 등이다.

현재 상하이는 오염되지 않은 원수가 매우 부족한 상황이며, 따라서 도시용수의 80퍼센트를 황푸강 상류에서 공급받고 있는데,

이나마도 오염이 심해 고도처리를 해야 하는 것도 모자라 끓여서
마셔야만 하는 실정이다. 지하수 개발 역시 과거의 과도한 개발로
인해 도심부가 크게 가라앉은 경험이 있기 때문에 제한되고 있다.
이러한 물 부족 상황이 중국으로 하여금 삼협댐의 건설을 강행하
게 한 원인이 되었다. 그나마 최근 들어 하천 수질 악화 경향이 둔
화되고 있으며, 일부에서는 전년도에 비해 수질이 양호해진 경우
도 있는 것을 좋은 신호로 받아들이고 있다.

수년 전 자료에 의하면 상하이의 생활쓰레기는 하루 약 9,500톤
에서 1만 3,000톤 정도 배출되며, 이 중 제대로 수거되어 처리되는
것은 약 7,500톤이기 때문에 하루에 약 2,000톤 이상의 쓰레기가
제대로 처리되지 못한 것으로 되어 있다. 그러나 상하이 환경보호
국의 최근 자료에 의하면 2003년에 약 600만 톤, 따라서 하루에는
약 1만 6,000톤 정도의 쓰레기가 발생하였고, 이들 쓰레기는 전량
차량에 의해 수거된다고 한다.

2003년에만도 전년도에 비해 소각이나 비료화 시설이 두 배 이
상 증가한 것을 보면, 쓰레기 처리에 대한 투자가 급속히 증가하고
있음을 알 수 있다. 그러나 분리수거, 쓰레기 분류, 재활용, 쓰레기
압축 등 다양한 시설과 노력에도 불구하고 아직도 도시 곳곳, 특히
변두리에는 거주지 부근에 쓰레기가 방치되어 있는 것을 흔히 볼
수 있다. 산업쓰레기는 생활쓰레기보다도 3배의 양이 배출되고 있
고, 이 중 대부분인 97퍼센트가 재활용되고 있다.

심한 악취가 진동하는 가운데, 일반 생활쓰레기를 재분류하는
시설을 방문한 것은 인상적이었다. 중국 자체 기술로 개발한 시
스템으로, 특별히 보여주는 것이므로 사진촬영은 절대 금지한다

국경을 넘으면 아시아가 보인다

는 설명과 함께 일부 시설을 견학할 수 있었다. 이곳에서 처리하
는 쓰레기는 제대로 분리수거가 되지 않은, 상태가 매우 조악한
쓰레기를 회전, 통풍, 비중을 이용한 분리, 미생물 발효 등의 방
법으로 자동분리 처리하는 시스템이었다. 비닐, 고철, 직물, 돌
이나 모래 등이 분류되고 있었는데 그중에서도 재미있는 광경은
1회용 라이터만 따로 분리되는 장면이었다. 분류의 정확도는
80퍼센트에 달한다고 하는데, 재활용이 가능한 쓰레기가 분리되
고 나면, 나머지는 발효를 거쳐 여러 종류의 유기질 비료로 만들
고 있었다. 과거 우리나라에서 수백억을 들여 외국으로부터 쓰레
기 분리장치를 수입했으나, 쓰레기 성상이 달라서 거의 한 번도
제대로 쓰지 못하고 고철이 되었다는 기사를 본 기억이 떠올랐
다. 기술이 좋다고 안내자에게 칭찬을 하니, 미생물종의 선택과
분리기술이 핵심기술이라며 상당히 기분 좋게 추가 설명을 했다.

중국의 환경오염이 심각한 것이 현실이며, 경제 확장 속도는 여
전히 무서운 기세이다. 그러나 기술개발과 환경관리를 위한 노력
또한 우리보다 덜한 것으로 보이지 않았다. 환경오염의 수준이 우
리나라의 1970~80년대 상황보다 더 나쁜 것은 아닌 것으로 보였
다. 그런 점에서 미래 중국의 환경을 예측하기는 쉽지 않다. 이 글
에서는 단지 중국 환경 현실의 한 단면을 살짝 엿본 것을 짧게 적
어본 것이다.
　중국의 환경문제가 지구환경, 우리의 환경에 밀접한 영향을 미
칠 것은 누구나 쉽게 예측할 수 있는 사실이다. 이미 직접적으로
우리 식탁에 영향을 주고 있지 않은가. 이번 피스&그린보트의 중

7. 피스&그린보트로부터의 사색

국 방문은 이제는 우리도 환경문제에 대한 시선을 국내에만 둘 것
이 아니라, 아시아로 세계로 넓혀나가야만 한다는 점을 다시 한 번
확인할 수 있는 좋은 기회였다.

8

한 배에서 함께 꾸는 꿈

아름다운 동행, 특별한 대항해

문국현, 유한킴벌리 대표이사 사장

평화와 환경을 위한 피스&그린보트 항해는 애초부터 내게 일생 일대의 모험이었다. '친구 따라 강남 간다'는 말이 있기는 하지만 망망대해를 수영도 전혀 못하는 내가 배를 타고 장기간 여행을 한다는 것은 내 사전에나, 최소한 은퇴 이전의 내 인생계획에는 없던 것이었다. 더구나 십여 개 기업이나 단체와 재단에서 아직도 실질 책임자로서 일선에 있는 사람이 15일씩이나 연락이 잘 되질 않을 공해상에 떠다닌다는 것은 아주 비현실적인 일이었다. 특히 나는 '공수병' 정도는 아니지만 출렁이는 큰 물이나 깊은 물을 아주 두려워해 왔고 뱃멀미가 유난히 심해서, 그동안은 '귀미테' 같은 처방을 하고 그저 반나절 정도 소요되는 선상 연회에 참석해 온 것이 고작이었다.

많은 고민과 절충을 통해 8월 18일부터 8월 23일까지 6일간 — 인천에서 승선하여 단둥, 상하이까지 가서 서울로 되돌아오는 — 의 단축 일정을 개발한 후에야 '2005대항해'에 합류할 수 있었다.

특히 광복 60주년 기념행사를 하필이면 일본으로부터 빌린 배에서 일본인들과 함께한다는 것이 솔직해 내게는 마음에 부담이었지만, 동북아시아에서 한·중·일의 환경 협력을 주로 논의하고 특히 사막화 방지 협력 방안에 대해서 내가 발제를 해야 한다고 하여, 개인적 두려움이나 꺼림칙하던 것은 그리 어렵지 않게 극복할 수 있었다.

배에는 평상시 자주 뵙지 못하던 어르신들과 지인들도 많이 타고 계셨다. 십수 년 이상을 함께 운동하며 살아왔지만 그토록 장시간 함께 지내본다는 것은 행운이었다. 특히 아침저녁으로 400여 미터가 넘는 선상 트랙에서 눈을 마주치거나 가벼운 인사를 주고받는 것은 특별한 감흥이었다. 남의 눈을 완전히 의식하지 않기로 하고 내 손을 꼭 쥐고 함께 걷던 아내 박수애는 상쾌한 바다 공기와 아름다운 노을을 만끽하고 있었다.

5박 6일 동안 여행하면서 수많은 일본인들을 매일 만나며, 그들의 예의 바름과 친절함에 고개가 숙여졌고, 한국을 알려 하고 친해지려 하고 과거를 반성하는 듯한 수많은 언급과 태도에서 내가 해묵은 앙금을 상당히 덜어낼 수 있었던 것은 뜻하지 않은 수확이었다.

배를 떠나오기 전 마지막 날 밤, 그동안 시민사회운동을 해오던 수십 명의 학자, 전문가, 운동가 등 지인들이 함께 모여 양극화 문제와 우리 사회에 아직도 상존하는 부패와 비리문제를 밤이 깊도록 논의하던 그 진지함을 나는 오래오래 잊지 못할 것이다.

이토록 바다에 대한 평생의 공포를 극복하게 해주고, 내게 수많은 행운을 가져다준 우리 시대의 영원한 선각자요, 프런티어인 최

8. 한 배에서 함께 꾸는 꿈

열 대표에게 피스&그린보트 2005대항해를 성공적으로 창안하고
완수한 것에 대해 다시 한 번 축하하고 감사드린다. 또한, 이번 대
항해가 가능하도록 뒷바라지한 양국의 수많은 시민사회단체 간사와
대학생 자원활동가 여러분께도 깊은 감사의 인사를 전하고 싶다.

국경을 넘으면 아시아가 보인다

2

"내 배는 살같이 바다를 지난다~"

장사익, 소리꾼

이탈리아 민요를 부르며 큰 배를 타고 신비와 낭만을 느끼며 망망대해를 여행하는 꿈을 꾼 적이 있었다. 한여름 피스&그린보트를 타고 한·중·일을 도는 꿈의 크루즈여행으로 어릴 적 꿈을 이루었으니 얼마나 큰 행운인가?

흔히 '한 배를 탄다'고 하면 평생을 같이한다는 의미인데 정말 16일간 같이 배에 동승한 우리들은 평생 친구와 동반자가 된 듯싶다. 그것 또한 살면서 만나는 좋은 인연 덕이 아닌가 생각된다.

술 안 먹어도 배 울렁거림에 나는 늘상 취해 있는 터에, 온종일 취중이신 우리의 위대한 소설가 이윤기 교장 선생님의 노래교실 강연은 밤바다의 갈매기들조차 넋을 놓은 듯 유쾌함과 흥겨움에 시간 가는 줄 몰랐고, 성실한 학생들(?) 덕분에 3~4곡의 일본 노래를 익히게 되는 수확도 얻었다. 이런 열정적인 노래교실에 감동한 한 일본인은 매일 밤 주류를 후원했으니 그 열기는 말할 나위 없는 듯.

아무리 헷갈리고 부산스러워도 폭넓은 이선종 교무님과 영롱하신 꼬마(?) 교무님들 덕분에 유쾌하였고 서로가 아름답게 망가지는 마냥 즐겁고 아름다웠던 시간들이었다.

휘영청 밤바다에 동행하던 달님, 우리 배가 만든 은하수 같은 바닷길을 처음으로 봤고, 불 켜지는 석양의 노을도 한 손으로 움켜잡을 수 있었으며, 아름다운 샛별들의 뱃길 안내도 받았다. 압록강 저편의 북녘 땅을 보면서 안타까운 조국애를 느꼈고 거센 물결의 압록강 다리에서는 한 일본인 장애우가 휠체어를 벗어던지고 목발로 그 힘든 다리를 오르내리는 모습에 모두들 숙연해지기도 했다. 또 다른 전신마비의 일본인 장애우는 검푸른 밤바다 갑판 위에서 "우어우어" 소리를 내지르며 온몸을 엄지 하나에 의지한 채 전후좌우로 흔들었다. 바닷길이 덩달아 출렁거리고 별님도 반짝거리며 합일하는, 진정 이 세상에 둘도 없는 감동의 몸짓을 나는 그 순간 보았다.

만나는 사람들 모두가 새롭고 정겨웠으며 여행 내내 어느 하나 아름답지 않은 것이 없었다. 하루하루 바뀌는 바다의 모습, 이국정취, 맛난 음식, 새로운 문화와 일들……. 뱃길 따라 흘러간 꿈의 크루즈여행은 내 인생 한 자락에 수놓인 아름다운 조각보였다.

국경을 넘으면 아시아가 보인다

3

선상의 동아시아 공동체

이종원(李鍾元), 일본 릿쿄대학(立敎大學) 국제정치학과 교수

지난 8월 피스보트의 동아시아 크루즈에 처음으로 참가했다. 일본의 대표적인 NGO인 피스보트가 22년 전부터 시행해 온 프로그램으로 50회라는 기념적 의미를 지닌 행사였다. 더욱이 올해부터 동아시아 크루즈는 한국의 환경재단과 공동주최로 열리게 되어 한 층 풍성한 내용을 담고 있었다. 한·일 양국에서 600여 명이 같은 배를 타고 도쿄에서 부산, 중국의 단둥과 상하이를 거쳐 오키나와와 나가사키까지 가는 2주일간의 긴 항해다. 이 기간 동안은 한국인와 일본인이 같은 배를 탄 운명공동체가 된 것이다. 한·일 양국이 절반 정도씩 섞인 참가자는 대학생에서 은퇴한 노부부까지 다양한 구성이었다. 처음에는 서먹서먹하던 참가자들이 한 배에서 생활하고 서서히 친숙해져 가는 과정은 그야말로 '동아시아 공동체'의 축소판이자 실험을 보는 느낌이 들었다.

공동대표로서 피스보트를 주관하는 요시오카 씨나 쿠시부치 씨는 모두 오랜 친구들이다. 일본의 새로운 세대의 시민운동을 이끄

는 주역들이기도 하다. 피스보트는 일본 사회에서 가장 어려운 문제의 하나인 동아시아, 동북아시아의 평화문제에 접근하기 위한 참신한 발상으로 시민운동의 새로운 영역을 개척했다는 평가를 받고 있다. 이번에 처음으로 직접 참가하고 경험함으로써 피스보트 활동의 저력과 의미를 새삼 확인하는 계기가 됐다. 필자의 사정상 인천에서 단둥과 상하이 구간밖에 참가하지 못했던 것이 못내 아쉽다. 그만큼 황해와 동중국해를 항해하면서 배 위에서 가진 토론과 교류의 시간들은 밀도 깊고 기억에 남았다.

무엇보다 인상 깊었던 것은 피스보트와 환경재단 스태프들의 헌신적 자세와 정열 그리고 높은 전문성이었다. 특히 피스보트의 경우 20여 년 동안 전개해 온 경험이 조직적으로 축적되어 있었다. 600여 명 규모의 프로그램은 지상에서 한번 하려 해도 간단한 일이 아니다. 문화 배경이 다른 한 · 일 양국 참가자들의 다양한 일정에 따라, 선내에서는 새벽부터 밤늦게까지 각종 프로그램이 전개되고, 각 기항지에 상륙한 다음에는 삼삼오오 그룹별로 나뉘어 현지 투어로 흩어진다. 국내에서 하는 것이 아니라 국경을 몇 번이고 넘나드는 작업이다 보니 그때마다 출입국 절차도 필요하다. 2주일에 걸친 이 거대한 작업이 별다른 차질 없이 진행되는 모습은 그 자체만으로도 충분히 감동적이었다.

양 단체의 많은 젊은 세대 스태프들이 국경을 넘나들면서 성장한 다문화, 다언어 능력의 인재들이라는 사실이 한국과 일본, 동아시아의 변화가 낳은 산물이자 동시에 상징이라는 생각도 들었다. 미국에서 나서 자란 한국인과 일본인 귀국 자녀, 두 언어를 자유자재로 구사하는 재일한국인, 일본어까지 구사하는 중국의 조선족

국경을 넘으면 아시아가 보인다

청년 등, 동북아시아의 역사를 반영하면서도 국제화, 글로벌화를 실존적으로 경험해 온 세대가 프로그램을 떠받치면서 같이 일하는 모습은 보기에도 좋았다.

또 하나의 인상 깊은 '발견'은 피스&그린보트의 프로그램이 '예상 외로' 풍부하고 유연했다는 사실이다. 참가하기 전에는 시민운동의 일환이라는 선입관이 무의식적으로 작용해서, 솔직히 필자도 이전 1970년대 한국에서 경험했던 '운동권의 합숙이나 수양회'를 상상한 것이 사실이다. 실제로 경험한 선상 또는 기항지의 각종 프로그램은 문제의식을 확실히 가지고 있으면서도, '여행' 그 자체로서도 충분히 즐길 수 있는 상품 가치가 있는 것이었다. 생각보다 훨씬 고급스러운 여객선에 우선 놀라고, 호텔과 같은 선실이나 각종시설에서 쾌적한 바다 여행을 만끽하면서, 다양하게 전개되는 강연, 토론, 오락, 영화 등 프로그램을 즐기고 있노라면 하루가 순식간에 지나간다. 문제를 당위론적으로 강요하는 것이 아니라, 현실을 보면서 사람들과 만나서 이야기를 듣고 나누는 과정에서 자연스럽게 생각해 보는 계기를 제공한다는 취지가 쉽게 수긍이 갔다.

아침 식사 시간에 몇 번 같은 테이블에서 이야기를 나눈 일본인 노신사의 모습이 가끔 생각난다. 회사를 정년퇴직한 후 부인과 함께 가끔 해외여행하는 것을 낙으로 삼고 있다고 했다. 피스보트 항해는 몇 년 전에 세계 크루즈를 탄 것을 계기로 '단골'이 돼가고 있다고 웃었다. 예의 바른 일본인답게 직접적인 표현은 하지 않았지만, 피스보트의 리버럴한 입장에 그렇게 찬성하는 입장은 아닌 듯했다. 필자가 동아시아 공동체나 북한문제에 관한 강사로 배에

217

타고 있는 것을 알면서도 그 문제를 직접 화제로 올리려 하지는 않
았다.

홍미로웠던 것은 그러면서도 피스보트의 크루즈를 즐기고 있었
다는 점이었다. 세계 크루즈의 일환으로 방문했던 쿠바, 케냐, 레
바논에서의 경험을 자랑스럽게 설명하곤 했다. 피스보트의 설명으
로는 일본 측 승객들 중에는 단순히 세계여행 상품의 하나로 알고
응모하는 사람들이 더러 있다는 것이었다. 그들 중에는 문제의식
을 전제로 한 피스보트 프로그램에 거부감을 느끼고 떠나가는 사
람도 있지만, 반대로 단골이 되는 사람도 적지 않다고 한다. 일반
적인 여행사에서는 경험할 수 없는 독특한 내용에 홍미와 관심을
기울이게 되는 것 같다고 했다. 예컨대 이들은 피스보트가 힘을
기울이는 한·일 간 역사문제, 일본군 '위안부' 문제에는 거부감
을 느끼고, 토론 프로그램에서 비판을 전개하기도 한다. 그러나
그런 토론 자체가 문제를 발견하고 생각하게 하는 계기인 것도 사
실이다. 상황 속에서 직접 보고 이야기하면서 문제를 느끼게 하는
프로그램은 시민운동의 저변을 확대하는 중요한 기반이라는 생각
이 들었다.

대학에서 가르치는 입장에서도 이런 프로그램은 여러 가지를
생각하게 했다. 교실 안에서만 수업을 진행하는 시대는 이미 지났
다. 대학과도 연계한 현장 체험과 국제적 토론을 통한 교육 프로그
램으로서도 충분히 검토할 필요가 있다고 본다.

지금 동아시아는 커다란 전환점에 있다. 역사적인 분기점이 될
수도 있다. 오랫동안 분열되어 온 역사의 부채를 청산하고, 새로운
지역을 만들어낼 수 있을 것인지, 아니면 각국이 세력경쟁을 펼치

국경을 넘으면 아시아가 보인다

는 신냉전의 대립구도가 나타나서, 또다시 갈기갈기 찢어질 것인지의 기로에 서 있다. 대립을 하나의 속성으로 하는 국가의 논리, 이윤추구로 격차를 조장하는 시장의 논리를 억제하고, 지역을 만들어내는 시민사회의 탈국경적 네트워크 형성이 어느 때보다도 요청된다. 한·일 양국의 대표적인 시민사회조직이 협력해서, 동아시아가 하나 되는 새로운 기반을 만들기를 기대한다.

8. 한 배에서 함께 꾸는 꿈

4

그냥, 내 마음이 끌려서

카야마 리카(香山リカ), 정신과 전문의

"어떻게 피스&그린보트에 타게 되었나요? 이유는 무엇인가요?"

항해 전에는 물론이고, 항해 도중에도 많은 사람들이 이런 질문을 던져왔다. 그때마다 나는 "특별한 이유는 없었어요. 전부터 약간 흥미가 있었던 데다 이번 한·일 공동 크루즈인 '피스&그린보트'가 특히 재미있을 것 같은 생각이 들었어요. 마침 인천에서 상하이까지의 일정도 내 형편에 맞았던 것이 이유라면 이유지요"라고 답했다. 모두가 시간이 허락하고 흥미가 있었으니까 탔을 것이다. 나는 '어떻게'라고 묻는 질문 자체에 자주 고개를 갸웃거렸다.

배에서는 '정신과 의사가 본 애국심이라는 병'이라는 제목으로 강연도 했다. 강연 내용을 요약해 보면 이렇다.

"사람은 누구나 자기 나라를 사랑하며 자기 나라를 전보다 더욱 좋게 하고 싶고, 현재보다 더욱 행복하게 사는 지역으로 발전시키고 싶다는 생각을 가지고 있다. 그러나 그 이면에 '다른 나라보다' 자기 나라가 더 훌륭하다고 생각함으로써 자기 마음속에 깃들어

국경을 넘으면 아시아가 보인다

있는 불안을 없애고 싶다는 개인적인 동기가 숨어 있다면, '애국심'도 역시 '마음의 병'이 될 위험성이 있다."

한국 사람들도 많이 들어주었는데, 다행히 우수한 통역진이 도와주어 의사소통에는 전혀 문제가 없었다. 내게 깊은 인상을 심어준 것은 한국인들이 이 테마를 일본에서 일어나고 있는 남의 일로서가 아니라, '한국은 어떠한가'라는 관점에서 생각하고 발언하는 자세였다. 나는 한국 사람들이 이 강연을 듣고, '그것 봐, 일본 사회는 역시 병들어 있지 않는가'라고 일방적으로 공격할 줄 알고 은근히 긴장하고 있었는데……. 내 자신의 좁은 마음이 읽혀진 것 같아 속으로 부끄러웠다.

'애국심'이라는 테마 외에 '젊은이의 취직'이라는 테마로 행한 작은 강연까지가 이번 여행 중 내가 해야 할 의무였다. 그 이후부터는 완전히 자유시간이어서 나도 한 사람의 승선자로서 공부하고, 사람들을 사귀며 관광하는 즐거움을 누렸다.

배에서 내린 지금, "어떻게 피스&그린보트에?"라는 질문을 받을 때마다 "응, 조금 마음이 끌려서"라고 답했던 내 생각이 틀리지 않았음을 확신하고 있다. 누구나 배를 한번 타는 데 일생일대의 결심까지 할 리는 없을 것이다. '어쩐지', '시간이 맞아서'라는 이유로 불쑥 배에 올라타 부딪치는 상황대로 선상에서나 기항지의 생활을 즐기면 좋지 않을까. 그런 마음으로 배를 타도 좋다고 생각한다. 그러더라도 내릴 때는 무엇인가 소중한 것을 얻었다는 느낌이 들 것이다. 마치 내가 그랬던 것처럼.

내년에도 내후년에도 '어떻게 또 오게 되었다'고 말하면서 가벼운 기분으로 한·일 공동 크루즈에 참여할 수 있기를 기원하고 있다.

221

5

내가 또다시
배에 오를 수밖에 없는 이유

한근태, 한스컨설팅 대표

올해는 가정에 유난히 일이 많았다. 올 초에 이사를 했고, 큰딸이 대학에 들어갔고 막내딸을 미국으로 유학 보냈다. 애들이 크면 편할 줄 알았는데 오히려 신경 쓸 일은 늘어난다. 미국에 보낸 딸도 늘 마음에 걸린다. 보내놓으면 한시름 놓을 줄 알았는데 챙길 일도 많고 신경도 많이 쓰인다. 차라리 옆에 있으면서 잔소리를 하고 투정을 듣는 것이 나을 듯싶다.

큰아버지가 세상을 떠난 데 이어 사랑하는 아버지께서 세상을 떠났다. 이 때문에 허전해하는 어머님을 돌보는 것도 내 몫이다. 장모님 무릎 수술을 받게 해드렸는데 이후 몸조리를 하는 것도 우리의 몫이었다. 여길 보나 저길 보나 우리 집이 가장 만만했기 때문이다. 미국에 간 딸이 방학을 맞아 귀국했는데 완전 비만이 되어 나타난 것은 이 모든 일들의 결정타였다. 무려 15킬로그램이 증가해 공항에서 알아보지 못할 정도였다. 이국에서의 스트레스와 패스트푸드의 영향 때문에 그렇게 된 것이었다.

이 사건으로 우리 집은 초비상 사태에 돌입했다. 다이어트에는 가족의 협조가 절대적이다. 모든 기름진 음식, 술, 콜라 등을 완전히 없애고 저녁 식사는 가능한 일찌감치 했다. 그리고 온 집안 식구가 매일 헬스를 다녔다. 그 결과 거의 정상으로 되었다.

위와 같은 정황으로 보트를 타기 전 우리 집 감정 상태는 '피곤하다, 좀 쉬고 싶다, 아무것도 하고 싶지 않다' 였다. 너무 많은 가정 일과 방학이지만 제대로 쉬지 못한 것이 원인이었다. 같이 보트를 탄 큰딸도 힘들긴 마찬가지였다. 영어마을에서 3주간 아르바이트를 하느라 집을 떠나 있었기 때문이었다.

예상대로 피스&그린보트는 여러 가지 기쁨과 배움을 내게 주었다. 다음에도 또 탈 수밖에 없게끔 나를 만들었다.

첫째, 나는 큰딸 화영과 영원히 잊지 못할 추억을 만들었다. 남들은 우리 집을 바퀴벌레 가족이라 부른다. 꼭꼭 붙어 다니기 때문이다. 그리고 다른 무엇보다 집에서 노는 것을 좋아한다. 그렇긴 하지만 화영이가 대학을 들어가니까 아무래도 예전만은 못하다는 생각이 들었다. 그러던 차에 이번 여행은 부녀 간의 정을 돈독히 하는 기회를 만들어주었다.

소심하고 내성적인 성격의 화영은 일주일 내내 내 곁을 떠나지 않았다. 밥도 같이 먹고, 산책도 같이 하고, 여행도 같이 하고, 사진도 찍었다. 다 큰 딸과 일주일간 같이 여행을 하는 행운을 누리는 것은 쉽지 않은 일일 것이다.

둘째, 보고 싶은 바다를 실컷 보았다. 일상에 지친다는 말이 있다. 늘 비슷비슷한 일을 하고, 그렇고 그런 사람들을 보는 일은 지겹다. 가끔은 새로운 사람을 만나고 낯선 곳에 가서 고생을 해야

223

에너지도 생기고 활력이 생긴다. 보트를 타기 전 나는 늘 일상 탈출을 꿈꿨다. 특히 바다가 보고 싶었다. 탁 트인 바다를 보면서 그간의 지겨움을 잊고 싶었는데 보트는 무한정 이를 제공했다. 갑판에서 탁 트인 바다를 한껏 볼 수 있었다.

셋째, 많은 사람들을 만나 그들로부터 많은 것을 배울 수 있었다. 소심한 딸 덕분에 활발한 활동을 할 수 없었던 것은 아쉬웠다. 그래도 평소에는 도저히 볼 수 없던 사람들을 만난 것은 행운이었다. 늘 어디서나 최선을 다 하는 이윤기 선생님이 부러웠다. 소탈한 사투리로 사람을 편하게 하는 장사익 선생님을 가까이서 볼 수 있었던 것도 영광이었다. 판소리의 대가 임진택 선생님으로부터 판소리의 즐거움도 맛볼 수 있었다.

넷째, 배라는 공간이 주는 독특한 느낌을 경험했다. 인터넷이 되지 않고, 텔레비전도 나오지 않고 무엇보다 핸드폰이 되지 않는다는 것이 기쁨을 주었다. 모두 필요하지만 사람을 번거롭게 하는 것들이다. 그렇기 때문에 집중력이 높아졌다. 나도 '성공의 조건'이라는 제목으로 강연을 했는데 늦은 시간이지만 사람들의 호응이 높다는 것을 느낄 수 있었다.

무엇보다 가장 감명받는 것은 스태프들의 헌신과 봉사였다. 매일 아침마다 신문을 만들고, 수많은 기항지 프로그램을 주관하고, 행사가 돌아가게 하고……. 도대체 그들은 잠이나 자는 건가? 하루 이틀도 아니고 보름 넘게 이런 일을 하면 체력은 어떻게 되는 것인가? 늘 감사하고 미안한 마음이었다. 이런 자리를 빌어 다시 한 번 고마운 마음을 전하고 싶다.

내년에도 꼭 다시 배를 탈 거다. 이번에는 가족들을 다 끌고 탈 거다. 행사에도 좀더 적극적으로 참여할 거다. 좀더 기여를 할 거다. 더 잘 할 수 있을 것 같다. 일회성 행사, 플러스 연속성 행사를 몇 개 만들어 진행도 할 거다……. 이번 여행을 마치며 내가 스스로에게 한 결심이다.

8. 한 배에서 함께 꾸는 꿈

6

아직 나는 흔들리고 있다

마에다 데츠오(前田哲男), 도쿄국제대학 국제정치학과 교수·군사 저널리스트

누구나 배에서 육지로 내려서면 한참 동안 발이 닿아 있는 땅이 계속 흔들리고 있는 듯한 부유감각(浮遊感覺)을 경험한다. 내 마음 속에는 이와 비슷한 '한·일 미래 크루즈, 피스&그린보트'의 여운이 흔들리고 있다. 선내의 계단에서 스치는 사람들에게 "안녕하세요"라고 아침 인사를 건네던 습관, 최열 대표, 이윤기 선생을 비롯해 새로 친구가 된 많은 분들과 나눴던 대화, 강연을 통해서 습득한 지식, 8월 15일의 부산을 뒤덮었던 태극기의 인상, 이날 밤의 '8·15평화콘서트'에서 장사익 선생의 감동적인 '아리랑' 열창……. 눈을 감으면 이런 장면들이 되살아나고 있다. 이것들은 일시적인 신체의 착각과 달리, 뚜렷한 기억으로 내 마음속에 오래도록 남아 있을 것이다.

일본에서 가장 오래된 가요집인 『만요슈(萬葉集)』에 "큰 배가 흔들리는 바다 위에 닻을 내리듯, 내 사랑 결코 식지 않으리"라는 누군가의 노래가 실려 있듯이, 이번 크루즈여행은 내게 '내 사랑'이

라고 부를 만한 '추억의 닻'을 많이 내려주었다. 나는 이것을 소중히 간직하지 않으면 안 된다고 생각한다.

'만요슈' 시대는 백제나 신라에서 온 사람들이 갖가지 문물을 일본에 전해준 '고대 한반도와의 대교류기(大交流期)'였다. 어쩌면 내가 느끼고 있는 이 '어지럼증'은 같은 바다를 생활무대로 활동했던 먼 옛날의 역사와 이어지고 있는지도 모른다.

'피스보트'에 참가한 지 어언 20년 가까이 되지만, 배에 탈 때마다 언제나 '크루즈여행은 하나의 공동체이자 공동생활의 장'임을 느끼게 된다. 점보비행기에 함께 탄 낯선 600명과는 달리, 600명의 선객(船客)은 설사 모르는 사이더라도 출항 고동이 울리는 그 순간부터 '한솥밥을 먹는' 친구가 된다. 뜨거운 토론과 땀투성이 운동회를 통해, 또 뱃멀미와 숙취까지도 함께하는 시간을 거치면서 서로의 허물이 없어져간다. 크루즈여행은 만남과 인연을 만드는 기회다. 후지마루에서 '피스'와 '그린'의 NGO가 만나 한국인과 일본인의 짧지만 마음이 깃든 공동생활이 실현되었다.

크루즈여행이 주는 또 하나의 묘미가 있으니, 그것은 갑판 위에서 온몸에 부드러운 바람을 맞으면서 사방으로 탁 트인 시야를 만끽하는 해방감과 항구를 향해 한곳을 바라보며 천천히 접근해 가는 이동감이다. 이 느낌은 비행기의 작은 창문을 통해 별안간 클로즈업되는 눈 아래의 풍경과는 다른, 미지의 땅에 대한 신선한 인상을 불러일으킨다. 크루즈여행이 아니면 맛볼 수 없는 즐거움이라 할 수 있다.

도쿄에서 부산으로 가는 항로에서 갑판에 섰던 사람들은 모두 '일의대수(一衣帶水)'란 말이 주는 좁은 거리의 의미를 실감했으리

8. 한 배에서 함께 꾸는 꿈

라. 거기에서 '바다는 우리를 연결해 주는 것이지, 결코 갈라놓는 것이 아니다'는 시민사상이 태어난 것은 아닐까. 이번의 '환경재단'과 '피스보트'의 공동행사의 목적도 결국은 이와 같은 두 나라 시민의 미래관계를 만들기 위한 시도라고 할 수 있을 것이다.

그렇더라도, 이런 '일의대수'의 거리가 '국가윤리'에 이용돼 '거리의 포학(暴虐)'이 되고, 분할과 지배를 용이하게 하는 장(場)으로 전락한 근대사를 우리 일본인은 잊을 수 없다. 그 길은 착취와 민족말살의 발판, 그리고 젊은이의 징병과 부녀자의 강제연행을 실시하는 통로였다. 이런 '부채유산'이 청산되었는가? 과거는 극복되었는가? 그렇다고 생각하지 않는다. '씻기지 못한 과거'가 여전히 우리들 사이에 뒤엉킨 채 놓여 있다. 야스쿠니신사 참배문제, 일본군 '위안부' 문제, 북한과의 국교정상화 문제⋯⋯. 선내 공동기획이나 피스보트 기획을 통해 일본인 참가자들은 다시금 이런 사실과 부딪치며 생각하지 않을 수 없었다.

"과거를 기억하지 못하는 자는 잘못을 되풀이하는 벌을 받는다"는 말이 있다. '일의대수'를 정말 '우리를 연결시켜 주는 바다'의 관계로 돌리기 위해 나는 이 말을 마음속에 새겨두고 싶다.

종전 60주년이 된 해 8월 15일, 나는 홀로 부산 거리를 거닐었다. 일본에서는 '종전기념일'이라고 부르는 이날, 해마다 정오에 기념식이 거행된다. 1945년 8월 15일 정오에 나온 일본 천황의 육성방송으로 일본 국민은 종전을 알게 되었다. '광복절'로 경축하는 해방의 날에 한국에서는 어떤 행사가 거행되는지 보고 싶었다. "정오", "정오" 하면서 혼자 중얼거리며 택시를 타고 시내를 돌아

국경을 넘으면 아시아가 보인다

보았지만 아무리 찾아보아도 기념식이 열리는 곳은 눈에 띄지 않았다. 호텔에 돌아와 물어보니 식은 9시에 시작돼 10시 30분에 끝났다고 한다. 전국 어디서나 9시에 시작한다는 것도 알게 되었다. 생각해 보면 정오 개시는 일본의 사정에 지나지 않는다. 나는 다시 '일본의 상식'에 사로잡히고만 나 자신을 발견했다.

그 시간대에 나는 태종대공원에서 무심코 바다를 내려다보고 있었으니, ……후회가 되었다. '광복절과 종전기념일', '오전 9시와 정오의 시간차' 속에서 내 안에 있는 착각과 경솔함을 깨달았다. 내년에 다시 올 기회가 있다면, '내 자신의 과거'를 극복하고 싶다.

8. 한 배에서 함께 꾸는 꿈

7

동지나해에 떨어지는
별똥별을 바라보다

송성수, 시민사회발전위원회 전문위원

#1. 새벽 6시

덜 마른 하품을 입에 물고 버스에 올랐다. 칼칼한 청회색 새벽 공기를 가르고 향한 인천공항. 2005년 8월 12일 7시 30분, 이 시간을 맞추기 위해 일주일간 꼬박 야근해야 했고 일요일도 편히 쉴 수 없었다. 지난밤의 늦은 귀가로 여행 짐조차 꾸리지 못했고 잠을 자기보다는 눈을 감지 않기 위해 안간힘을 쓴 새벽, 도쿄행 KE703 63F, '지구촌의 평화와 환경을 향한 항해'는 이렇게 첫발을 내딛고 있었다.

#2. 피로가 목까지

게슴츠레한 피곤이 나지막이 내려앉은 회색빛 나리타공항. 늦여름의 눅눅한 무더위가 공항 주변을 휘감고 있었다. 서울에서 인천, 나리타공항에서 다시 메이지공원까지 숨가쁘게 달려갔다. 계속되는 교통정체로 여러 일정이 취소되고 나머지 시간은 '캔들 라이트(촛불의식, Candle Light)' 행사를 중심으로 조정되었다. 지구촌 평화를 위해, 인류의 안녕을 기원하며 진행된 이번 항해의 전야제인 '캔들 라이트'. 습윤한 기운을 가득 품은 메이지공원의 어지러운 바람이 가랑비를 몰고 와 촛불의식행사 참가자들을 순간 긴장시켰으나 가슴속에 붉게 새긴 '평화', '平和'를 지우지는 못했다.

#3. 편서풍에 젖은 두 눈을 닦다

이국에서의 잠자리가 편할 리 없다. 밤새 퍼부은 장맛비와 천둥번개의 흔적이라고는 찾아볼 수 없는 갓 세수를 마친 갓난이 얼굴같이 말간 도쿄의 새벽 거리에 나섰다. 드디어 항해의 날이 밝았다는 설렘과 흥분을 꼬깃꼬깃 주머니에 밀어넣고 여객터미널로 향했다.

생각했던 것보다 크고 멋진 '후지마루호'. 안내책자에 소개되어 있던 각종 시설들이 저벅저벅 걸어와 눈앞에 섰다. "아! 여기가 라운지구나.", "와, 수영장이다." 향기로운 샴페인과 흥겨운 음악을 앞세워 긴 여정의 푸른 깃발이 올랐다. 오색 리본 건너편 손 흔드는 이들의 모습이 점점 작아진다. 어디에서 오는 것일까? 이 이름 모를 애틋함은?

#4. 긴 호흡으로 일체의 나를 멈춰 세운다

가도가도 바다고 봐도봐도 파도다. 꽉 막힌 도시 숲에서 바쁘게 뛰어다니며 하루에도 열두 번 시계를 체크해야 했던 일상에서 벗어나 태평양 그 깊은 물속에 모든 것을 던져버렸다. 조용한 선내 구석에 처박혀 책을 읽다 잠이 들어도, 부스스한 눈으로 일어나 한

8. 한 배에서 함께 꾸는 꿈

참을 은빛 바다를 바라보아도, 가끔은 선상에 나가 깊은 생각에 빠져 있어도 무엇 하나 내 앞을 가로막는 것이 없다. 긴 호흡으로 청옥색 속살을 드러내는 파도를 바라보기도 하고, 아무런 잡념 없이 영화에만 집중할 수 있는 기회도 갖게 되었다. 선내에서 발행되는 신문에 나온 참가하고 싶은 세미나와 자주기획 프로그램에 동그라미도 쳐보고, 반바지와 티셔츠를 벗어버리고 한껏 멋을 낸 파티에도 참석했다. 이렇게 일체의 나를 내가 움직이고 싶을 때 움직이고 멈추고 싶을 때 멈춰 세우는 훈련을 시작해 본다.

#5. 푸름을 잃은 강, 압록강

물빛이 오리머리 빛과 같다 하여 이름 지어진 강 압록강(鴨綠江). 총길이 803킬로미터로 중국의 단둥 지방과 맞닿아 있어 국경을 이루고 있으며 한국에서 가장 긴 강으로 알려진 압록강 저편에 섰다. 가질 수 없는 것에 대한 욕망이 때로는 사람에게 더 큰 오르가즘을 느끼게 하듯, 닿을 수 없는 땅을 지근의 거리에서 바라본다는 것은 또 다른 설렘을 불러일으키기에 충분했다. 그러나 립스틱 짙게 바르고 등 뒤에 화려하게 서 있는 단둥의 거리와 눈앞에 맥없이 드러누운 동포의 땅을 보며 어지러운 마음을 감출 수 없다. 압록강 단교에서 한 발 한 발 동포의 땅에 가까워질수록 커지는 흥분과 서글픔……. 발밑에는 심난한 강물만 누렇게 흐르고 있었다.

"십여 일간의 장맛비로 강물이 불어 압록강이 푸른빛을 잃고, 수많은 농경지가 침수됐다. 하늘도 그래서 더욱 맑았던 것"이라는 설명을 듣고 보니 차창 밖 농경지와 도로가 침수되어 있는 것이 눈에 들어왔다. 순간 농번기에 논 한가운데서 자가용 타고 골프 치러

국경을 넘으면 아시아가 보인다

다니는 사람들을 망연히 바라보는 농군의 모습이 떠올랐던 것은
왜일까? 후지마루로 귀선하는 동안 단둥의 맑고 투명한 하늘을 보
며 마냥 즐거워하고, 압록강 물이 불어 쇼트 쿠르즈를 타지 못하게
됐다는 소식에 아쉬움을 토로했던 것이 머쓱해졌다.

#6. 그가 본 천지개벽은 무엇일까?

그림엽서에서 뛰어나온 듯한 상하이 야경, 후지마루호가 누워
있는 항구 맞은편으로 상하이 외탄지역이 한눈에 들어온다. 오색
창연한 빛으로 아시아 최고를 자부하는 동방명주의 '화려한 쇼'를
보고 있노라니, 상하이를 방문해 "천지가 개벽했다"고 말한 김정
일 위원장의 심정을 이해할 만도 하다. 아시아를 넘어 세계 제일을
향해 변화와 혁신을 제일의 가치로 삼고 있는 상하이는 더 이상
'죽의 장막'이 아니었으며, 지하철 빈 의자를 향해 무서운 기세로
달려드는 시민들은 더 이상 중국이 '만만디'의 나라가 아님을 입
증하고 있었다.

매혹적인 빌딩 조명 아래 맥없이 널브러져 있는 도시빈민, 13억
인구 중 8,500만 명 이상(약 6.7퍼센트)이 글을 모르는 문맹, 자국
내에서도 서로 의미가 통하지 않는 다른 말을 사용하는 언어문제,
세계 최고 수준의 도농 계층간의 빈부격차, 대안론과 대국론 사이
에서 소외되어 개발되지 않은 국토의 균형발전문제 등 이번 상하
이 방문은 중국이 갖고 있는 문제 또한 작지 않음을 직접 확인할
수 있는 기회가 되었다.

8. 한 배에서 함께 꾸는 꿈

#7. 에메랄드 빛 눈물을 담은 도시

　아름다운 산호초와 에메랄드 빛 바다, 강렬한 태양으로 사람을
매혹시키는 일본 최남단의 대표적인 휴양관광지. 오키나와의 첫
이미지는 대충 이러했다. 물론 미군기지와 심심치 않게 언론에 소
개된 미군에 의한 성추행 사건도 빼놓을 수 없는 이미지지만, 명색
이 여행이지 않은가? 이곳에서만큼은 해변에서 마지막 여름을 보
내고 싶은 욕구가 샘솟았다. 아침 일찍 기항지 프로그램을 자유여
행으로 전환, 3명의 일행과 함께 택시를 대절해 오키나와의 이모
저모를 둘러보기로 했다.

　작고 낮게 자리하고 있는 도시의 풍경이 제주도와 많이 닮아 있
다고 생각하며 도착한 '히메유리 평화기념자료관'. 이곳은 태평양
전쟁 말기 미군에 쫓기다 어두운 동굴에 갇혀 스스로 목숨을 끊은
204명의 종군 간호부대원을 기리기 위해 만들어진 기념자료관으
로 당시 처참했던 모습을 생생히 담아놓고 있다.

　이렇게 아름다운 섬에서 태평양전쟁 당시 일본 내에서 유일하
게 지상전이 전개된 최후의 격전지로서 일본군 10만여 명과 민간
인 15만여 명이 목숨을 잃었다 한다. 이 섬의 슬픔 또한 제주도의
그것과 크게 다르지 않겠다는 생각에 다다르니 이 섬에 대한 마음
이 더욱 짙어진다. 하지만 머지않은 곳의 해안절벽에 특급호텔들
로 가득한 제주 중문단지와 달리 '오키나와 평화공원'을 세워 놓
고, 이렇게 아름다운 곳에서 이렇게 아픈 상처를 기억하며 이곳을
찾는 외국의 방문객들에게 '우리도 피해자임'을 '우리도 평화를 갈
구함'을 외치는 일본의 모습에 다시 한 번 놀라움을 금치 못했다.

　키만큼 자란 사탕수수밭 사이를 내달리고, 에메랄드 빛 바닷물

에서 일상의 시름을 풀어헤치며, 바다가 보이는 키 작은 창가에 앉아 늦은 점심을 해결하고, 슈리성에서 붉게 물든 오키나와 시내를 내려보던 '오키나와와의 짧은 데이트'. 이보다 더 좋은 여행이 있을 수 있을까?

#8. 이렇게 또 여름이 흘러가고 있었다

어느덧 아침에 일어나면 빨래거리들을 모아 세탁실로 가는 것이 버릇이 되어버렸고, 기항지에 내리면 이내 선내 침실과 식당이 그리워졌다. 이른바 피스&그린보트 시민이 되어 피스&그린보트 생활에 익숙해진 것이다.

후지마루에는 다양한 '피스&그린보트 시민'이 함께하고 있었다. 원만한 프로그램 진행을 위해 밤낮을 잊고 뛰는 스태프를 비롯해, 무언가를 들고 선내를 열심히 찾아다니는 학생 자원활동가, 한·일 간의 원만한 의사소통을 위해 귀를 세우고 있던 통역가, 아들의 국제적 시야를 넓히기 위해 함께 승선한 어머니, 피스&그린보트를 타기 위해 몇 달간 아르바이트했다는 일본 청년, 국가와 민족에 대한 뜨거운 가슴을 갖고 있는 '조선인 학교' 출신의 재일교포, 가족과 함께 승선한 대한민국 최고의 노래꾼과 마지막 부부동반 여행이 될지 모르는 70대 노부부까지. 세대와 국경, 계층과 분야를 막론하고 다양한 사람들이 피스&그린보트의 시민이 되어 2005년의 마지막 여름을 함께 보내고 있었다.

하얗게 뱃전에 부서지는 파도와 붉게 석양을 물들인 노을에 익숙해진 만큼 그렇게 시간은 8월 말을 향해, 이별의 순간을 향해 달리고 있었다.

235

#9. 동지나해 키 작은 하늘에 들꽃처럼 별들이 흐드러져 있다

우리는 처음 이 배를 타면서 한국과 일본, 나아가 아시아가 하나 되는 꿈을 꾸었다. 그리고 평화를 만드는 것은 곧 친구를 만드는 것임을 확인하며, 이 항해를 통해 나아가 생애를 통해 얼마나 많은 친구를 만들 것인가에 대한 실천적 물음을 갖고 출발했다. 이제 긴 여정을 정리하는 시점에서 처음의 목표와 물음에 대해 자문해 본다. "그렇다면 나는 얼마나 많은 친구를 사귀었고, 얼마나 상대를 향해 마음의 문을 열어놓았는가?"

깊은 고요의 한가운데에서 60여 년 전 동지나해 이 바닷길을 항해한 한 척의 배를 떠올린다. 한국인과 일본인을 싣고 태평양 전선을 향해 이 무수한 여름 별자리를 찾아 나선 그들의 마음속에는 무엇이 있었을까? 그들에게도 나름의 '하나'라는 단어, '평화'라는 의미가 있었을 것이다. 단, '친구'라는 존재는 잊은 채. 60여 년 전 그들이 떠났던 항해가 친구를 만들기 위한, 친구를 찾아 나선 항해였다면 어떠했을까? 그들이 보았음 직한 들꽃처럼 흐드러져 있는 별들을 보며 그 슬픔을 느껴본다. 그리고 숨죽여 떨어지는 별똥별에 그들을 위한 소원을 빌어본다.

#10. 이제 다시 시작이다

좀처럼 잠을 이루기 힘든 밤이었다. 이제 후지마루호를 떠나야 할 시간이 턱밑에 다가왔으며 휴가 모드에서 생활 모드로 전환할 시간이 다가왔다. "처음엔 이 지루한 시간이 언제 끝나나 싶었는데, 벌써 내려야 한다니 믿어지지 않아.", "이제 서울로 돌아가면 피스&그린보트에서의 시간이 마치 꿈을 꾼 것 같을 거야." 누군가

236

의 이 말이 내 생각이고, 그 생각에 우리 모두 공감할 것이다.

이제 서울에 돌아와 하루 열두 번 시계를 보는 생활에 익숙해졌고, 미국 출장에서 돌아와 다시 시차에도 적응했다. 대한민국, 서울, 광화문 빌딩숲 모드로 재조정된 것이다. 하지만 아직도 가끔씩 은빛 바다 위를 출렁이는 꿈을 꾸고, 눈감으면 손에 잡힐 듯 피어나는 동지나해 잔별들을 막을 수 없다. 한동안은 이 마음의 출렁임 때문에 행복한 멀미를 해야 하지 않을까?

멋진 항해가 될 수 있도록 좋은 파트너가 되어준 600여 명의 모든 '후지마루' 식구들에게 감사의 인사를 드린다. 비록 16일간 서로 한 번도 만난 적이 없었을지라도 우리 모두가 씨실과 날실로서 서로의 역할에 충실함으로써 사고 없는 훌륭한 항해를 할 수 있었다. 이제 각자의 자리에서 또 다른 항해를 준비할 때가 되었다. 그래, 이제 다시 시작인 것이다.

8. 한 배에서 함께 꾸는 꿈

일본 헌법 9조와 동아시아 공동체

사소우 츠토무(佐相 勉), 자영업

정치적으로 일본이 유일하게 세계에 자랑할 수 있는 것은 아마 '일본 헌법 9조'일 것이다. 이 헌법 조항에서 일본은 전쟁을 하지 않으며, 군 장비를 갖지 않는다고 규정짓고 있다.

그러나 오늘날의 세계 현실은 이 헌법 9조와는 달리 끊임없이 전쟁이 일어나고 있으며, 군대가 없는 나라도 찾기 힘들다. 일본에서도 헌법 9조는 현실적이지 못하다는 소리가 높아지고 있다. 그러나 나는 거꾸로 일본 헌법 9조의 이념이 현실화될 수 있는 가능성이 최근 더욱 뚜렷해졌다고 생각한다.

내가 그렇게 생각한 것은 유럽연합 덕택이다. 유럽연합은 수많은 문제를 안고 있으면서도 적어도 유럽연합 내부에서는 전쟁이 일어날 수 없는 시스템을 구축해 가고 있다. 독일과 영국이 전쟁을 한다든지, 이탈리아와 프랑스가 전쟁을 한다는 것을 누가 상상이나 할 수 있겠는가? 세계의 최첨단을 달리는 유럽연합의 이러한 시스템은 미래 지향적인 실천으로서 내게 희망을 안겨주고 있다.

왜냐하면 이런 유럽연합의 현실을 그대로 세계 곳곳으로 확대해 나가면, 전쟁 없는 세계가 실현될 수 있겠다는 희망이 부풀어 오르기 때문이다. 전쟁이 없어지면, 군대 역시 불필요하게 된다. 말하자면, 일본 헌법 9조의 이념이 세계적인 규모로 현실화된다는 뜻이다.

물론, 이와 같은 세계의 유럽연합화, 예컨대 세계 공동체라든가 세계연합과 같은 기구를 현실화하는 데는 상당한 어려움과 시간이 수반되겠지만, 적어도 그 가능성만은 확인해 주고 있다고 할 수 있다. 헌법 9조의 이념은 단순한 공상이나 낭만주의자의 꿈 이야기가 아니다. 미래를 확고히 응시하고 있는 사람에게 세계의 장래를 위해 지향해야 할 현실적인 방향으로, 말하자면 나침반으로서 부각되고 있다.

최근 아시아에서도 유럽연합을 본받아 그들과 같은 공동체를 만들려는 기운이 무르익고 있다. 그 일환으로 좋든 싫든 긴밀한 역사적 관계를 맺어온 한국, 일본, 중국 등의 동아시아 국가들 간에도 공동체를 만들자는 이야기가 대두되고 있다. 동아시아에는 유럽연합과 달리 아직 분단국이 있고, 자본주의와 공산주의라는 이질적인 두 체제가 얽혀 있으며, 과거의 불행한 역사가 청산되지 않은 상태이므로 공동체를 만든다는 것은 극히 어려운 일일 수 있다.

그러나 역사의 수레바퀴는 이미 공동체를 만드는 방향으로 굴러가기 시작했다. 한ㆍ일 양국 국민이 참여한 이번 피스&그린보트의 출항은 더디기만 한 국가나 정부 간의 움직임과는 별도로 민간 차원에서 동아시아 공동체 실현을 위한 준비에 먼저 착수한 것이라고 생각한다. 이번에는 한ㆍ일 두 나라 사람들만 배에 탔지만,

8. 한 배에서 함께 꾸는 꿈

머지않아 한국, 중국, 일본의 세 나라 사람들이 승선할 테고, 그렇게 되면 그야말로 민간 차원의 동아시아 공동체 실험 보트가 될 것이다.

이 실험 기간 동안 해야 할 일과 하고 싶은 일이 무수히 많겠지만, 내년의 크루즈를 위해 나도 한 가지 구체적인 제안을 하고 싶다. 그것은 공교롭게도 이번 출항 직전에 한국, 중국, 일본 3개국에서 일제히 발행되었던 책, 『미래를 여는 역사』와 관계되는 일이다.

이 책의 출판 역시 피스&그린보트와 마찬가지로 민간 차원에서 시작한 공동체의 한 가지 실험이었다고 의미를 부여할 수 있을 것이다. 그래서 이 책을 활용하지 않으면 안 된다고 생각한다. 우선 이 책의 집필자들이 동시에 참여하는 심포지엄을 개최해 책을 제작할 때까지 겪었던 쟁점, 어려웠던 점, 앞으로의 과제, 뒷이야기 등을 발표하고, 아울러 소수인원으로 구성된 연구회 등을 추진해보면 어떨까. 나는 이런 모임을 통해 '일본의 가해와 피해'를 크루즈 참여자들이 공통으로 인식하는 것이 무엇보다 중요하다고 생각한다.

적어도 현재 일본인의 절반 이상은 동남아에 끼쳤던 일본의 가해와 책임에 둔감하다고 본다. 사실 이런 현상 때문에 중국과 한국 두 나라 사람들의 분노가 누그러지지 않고 있는 것이다. 한편, 중국과 한국에서는 일본에 대한 원폭과 대공습피해가 사실 무고한 민간인에 대한 무차별학살에 지나지 않았는데도 불구하고, 그 실상을 잘 모르고 있다. 나는 이런 기회를 통해 중국과 한국인들도 꼭 일본의 원폭피해를 제대로 알아주기 바란다. 그래서 원폭투하 때문에 중국과 한국이 해방되었다는 그릇된 역사관이 아직 존재하

국경을 넘으면 아시아가 보인다

고 있다면, 이번 기회에 바로잡아주길 기대한다. 물론 그러기 위해서는 먼저 일본(인)이 가해의 책임을 더욱 분명히 하지 않으면 안 된다. 그러지 않고 어떻게 중국과 한국인들에게 일본의 피해를 마음속으로 이해하고 납득하며 공감해 주기를 기대할 수 있겠는가.

나는 이번 크루즈에서 한국 사람들과 함께 나가사키 원폭자료관 등을 돌면서 원폭피해에 대한 이런 인식의 차이를 통감했다. 그곳 자료관의 전시물, 자원활동가의 안내와 설명, 체험자의 증언은 원폭피해의 비참함과 핵무기 폐기의 당위성에 대한 이해를 높여주었다.

그러나 어딘지 석연치 않은 감정의 응어리 같은 것이 마음속에 남아 있음을 느끼지 않을 수 없었다. 왜 이런 감정의 응어리가 생길까. 그 이유는 나가사키 원폭피해 공간에는 일본인의 피해자 의식만 곳곳에 넘쳐흘렀지, 가해자 의식은 희박했기 때문이다. 많은 한국 사람들도 이런 감정의 응어리를 갖고 있지 않을까. 이 '응어리'를 풀어내지 않으면 안 된다. 그러기 위해서는 어떻게 해야 할까.

나가사키에서 내가 가장 마음에 걸렸던 것은 우라카미(浦上) 교도소에 대한 안내인의 설명이었다. 원폭으로 말미암아 당시 교도소에 수감돼 있던 80명 정도의 죄수들이 전부 죽었지만, 그들 가운데 절반 이상이 중국인과 한국인이었다고 한다. 왜 그들이 나가사키에 있었으며, 왜 교도소에 붙잡혀왔을까.

원폭을 단순히 일본의 피해라는 각도에서만 부각시켜서는 안 된다. 이런 구체적인 실정을 파헤쳐나가면, 일본의 가해와 피해에 동시에 천착하여 원폭피해문제를 다룰 수 있다고 기대한다. 그런 문맥 속에서 일본의 원폭피해자와 중국 및 한국의 원폭피해자가

8. 한 배에서 함께 꾸는 꿈

연대를 할 수 있다면, 그때 비로소 참다운 의미에서의 역사 공유도 가능하다고 생각한다.

『미래를 여는 역사』의 제3장 5절에는 '일본 민중의 가해와 피해'라는 제목이 붙어 있다. 이 관점을 좀더 심화시키고 보충해 한국, 중국, 일본 세 나라 사람들이 인식을 공유할 수 있다면, 동아시아 공동체 지향을 방해하는 하나의 장애물을 뛰어넘을 수 있을 것이다. 그러기 위한 한 걸음을 내년의 크루즈에서 내딛고 싶은 마음 간절하다.

국경을 넘으면 아시아가 보인다

9

함께 꾸는 꿈은 현실이 된다
– 항해 스케치

1

그 첫 번째 길

김현석, 서울대학교 언론정보학과

아시아를 만나기 전

'아시아'는 낯선 화두였다. 고등학교 때까지 수업시간에 접한 아시아는 지금 돌이켜보면 너무나 애처로웠다. '한국사'를 다루는 '국사'라는 과목이 있었고, 서양사 중심의 '세계사'라는 과목이 있었다. 그 속에서 아시아가 차지하는 자리는 어정쩡했다. 아프리카, 남미 등과 함께 아시아는 그다지 중요하게 다루어지지 않았다. 시험에 잘 나오지도 않기에 더욱 그러했다. 그나마 나오는 아시아는 아시아라는 이름보다는 아시아를 구성하는 국가를 중심으로, 그것도 한국과의 관련 속에서만 부각되었다. 그리고 그 관련이란 대부분 분쟁의 역사였다. 중국과 일본이 한반도를 침략하고 지배한 역사와 그에 맞선 저항이라는 맥락에서 아시아는 잠깐, 빈약하게 존재하고 있었다. 아시아는 '우리'라기보다는 '외부'였고 '타자'였으며, '우리'가 아닌 '그들'로서 대개 부정적으로 묘사되었다.

　1998년, 대학생이 된 이후 아시아를 고민할 기회는 많았겠지만, 나의 관심은 다른 곳에 있었다. 군대 가기 전 3년 동안, 이른바 학생운동이 끝장났다던 시절 그곳에, 그것도 어설프게 발을 담갔다. 마르크스를 읽고, 한국 현대사를 읽으며 세미나를 하고 집회에 나갔다. 노동과 자본과 생존권을, 그리고 미국과 제국을 이야기하고 또 이야기했다. 다른 한편으로는 수없이 많은 영화를 보았고, 때로는 직접 영상물을 찍고 편집하며 그 3년을 보냈다.

　그래서 돌이켜보면, 이 시절에도 아시아는 내게 온전한 모습이 아니었다. 나는 아시아에 대해 별다른 생각이 없었다. 미디어 속에서 중국은 우리의 기업들이 하루빨리 진출해야 할 거대한 시장이자 위협적인 경쟁자였다. 일본은 우경화와 군국주의화가 진행되고 있는, 그리고 역사 교과서를 왜곡하려 하는 '나쁜 타자'였다. 다만 한 가지 달라진 게 있다면 1960~70년대의 베트남전쟁과 한국의 관계를 알게 된 정도였다.

　끌려간다는 군대를 나는 자발적으로 지원했다. 대학에서 보낸 3년의 시간을 배반이라도 하듯, 지원한 곳은 카투사였다. 부끄럽고 쓸쓸하고 괴로운 26개월을 그곳에서 보냈다. 음악과 영화와 책으로 밀려오는 자괴감을 간신히 견뎌내던 시절이었다. 아시아는, 당연히도 그때 내겐 없었다.

　잠시나마 아시아를 생각하게 된 건 제대 직후 떠난 유럽 배낭여행에서였다. 중국은 어느 나라에나 있는 차이나타운으로, 일본은 한국과 함께 이른바 명품의 나라에서 명품을 사려고 줄을 선 일군의 무리로, 먼 유럽 대륙에 존재하고 있었다. 그리고 돌이켜보면 그때 나는, 일본 사람이냐 중국 사람이냐, 그것도 아니면 한국 사

9. 함께 꾸는 꿈은 현실이 된다 - 항해 스케치

람이냐의 순서로 묻는 유럽인들의 태도에 적잖이 불쾌해하고 있었다. 왠지 모르게 지구의 변방에서 중심으로 온 것 같은, 열등감도 느꼈던 것 같다.

대학에 복학해서 1~2년간은 대체로 방황을 했다. 하고 싶지 않지만 해야 할 것만 같은 취직과 하고 싶지만 힘들 것만 같은 대학원 진학 사이에서 갈팡질팡했다. 한 차례 심하게 아파 그 병을 치유하며 2004년을 보냈다. 한의사는 병은 마음에서 온다는 사실을 늘 기억하라고 일러주었다. 그 즈음 중국은 동북공정으로 한반도를 놀라게 했고, 일본은 계속되는 고이즈미 수상의 신사참배로 한국과 중국을 불편하게 했다. 미디어는 마치 곧 전쟁이라도 일어날 것처럼 갈등을 증폭시키고 있었다. 여전히 아시아는 내게 낯설었다.

나의 2005년은 그렇게 시작되었다. 2001년에 밥벌이를 중단해야 했던 아버지는 2002년부터 그전의 30여 년간 밥벌이를 해온 곳과는 사뭇 다른 곳에서 새로운 밥벌이를 시작했지만 그 밥벌이는 신통치 않았다. 그럼에도 어떤 면에서는 참으로 뻔뻔스럽게도 나는 원하는 공부를 계속하겠다고 결정했고, 내 몫의 밥벌이라도 하고자 정신없이 아르바이트를 하러 다녔다. 몸의 병이자 마음의 병이라는 그 병의 치료는 2005년에도 계속되었다.

강의실에서 처음으로 아시아를 생각하다

2005년의 봄이 되었고 어김없이 1학기가 시작되었다. 그리고 나는 평생 잊지 못할 교양 강의를 만나게 된다. 그 강의를 잊을 수 없는 중요한 이유 중 하나는 바로 아시아를 생각하는 법을 배웠기 때문이다. 사실 그 강의를 듣게 된 계기는 시시했다. 졸업을 앞둔 시점에 부족한 학점을 메우기 위해 재수강을 한 것이었다. 하지만 한 학기 내내 수업을 듣는 매주 금요일 오후의 3시간 동안 나는 무척 놀랍고도 행복했다. 특히 학생들의 수업 참여가 부족한 원인에 대한 교수님의 분석과 처방이 인상적이었다.

분석의 핵심은 수업이 일방적인 강의 형태로 진행되는 원인이 강의실의 고유한 권력구조에 있다는 것이었다. 교수님의 설명을 빌면, 강의실의 권력구조는 정보의 비대칭적인 분포 내지는 비대칭적인 인정을 특징으로 한다. 학생들은 모두 교수가 누구인지는 알지만, 교수는 어떤 학생에 대해서는 좀더 잘 알고, 어떤 학생에 대해서는 잘 모른다. 학생들은 서로를 모르며, 학생들이 어떤 학생의 존재를 알게 되는 것은 교수가 그 학생을 지목함에 의해서이다.

예컨대, 교수가 "김○○, 훌륭한 질문이었어요"라고 말하면 학생들은 비로소 그 교실에 김○○이 있고, 그가 훌륭한 질문을 했음을 알게 되는 식이다. 하지만 학생들이 서로를 알게 될 때, 그리고 그들의 상호인정이 더는 교수의 인정에 의존하지 않을 때, 강의실은 공동체로 변화하고 학생들의 활발한 참여가 이루어질 것이라고 교수님은 말했다.

이러한 맥락에서 교수님은 한 주 수업시간을 할애해 수강생들이 서로 자기소개를 하는 자리를 마련했다. 대학 시절을 통틀어 처음으로 경험하는 놀라운 시간이었다.

한편, 이와 관련하여 교수님은 자신의 프랑스 유학 경험을 들려주었다. 유학 시절 중국, 일본, 베트남 등 아시아 여러 나라에서 온

9. 함께 꾸는 꿈은 현실이 된다 - 항해 스케치

친구들을 만났는데, 모두가 프랑스에 대해서는 잘 아는 반면, 서로의 나라에 대해서 너무나 모르고 있었다는 사실을 알게 되어 무척 놀란 적이 있다는 이야기였다. 그리고 교수님은 바로 이 대목에서 세계의 '중심'과 '주변'을 설명할 수 있는 하나의 방법을 알게 되었다고 했다. 개별적으로 존재하며 서로를 잘 모르는 이들, 그러나 동시에 다른 어떤 한 존재를 공히 잘 아는 이들, 그들이 바로 주변이라는 것이다.

비로소 아시아라는 틀이 머릿속에서 형성되기 시작했다. 학생들이 서로를 알게 될 때 강의실 공동체가 형성되듯, 아시아 국가들이 서로를 알게 될 때 진정한 아시아 공동체가 형성될 수 있을 것이라 생각했다. 분쟁의 역사를 넘어설 수 있는 아시아라는 화두는 처음으로 내게 그렇게 다가왔다.

피스&그린보트 2005, 아시아를 만난다는 설렘

피스&그린보트를 알게 된 건 2005년 1학기가 끝날 즈음이었다. 피스&그린보트에 대해 알게 되고, 거기에 참여하기로 결심하는 데까지는 하루가 채 걸리지 않았다. 아르바이트로 내 몫의 밥벌이를 하겠다며 모아둔 돈에 부모님의 도움을 더해 참가비용을 마련했다.

아버지께서 직장에 다니는 동안에는 바쁘시다는 이유로, 그 직장을 그만두시게 된 뒤에는 다시 또 다른 밥벌이를 하느라 바쁘시다는 이유로, 여태 외국에 나가본 경험이 한 번도 없는 부모님을

국경을 넘으면 아시아가 보인다

생각하면 마음이 아팠다. 또래 친구들이 직장생활을 하며 번 돈으로 부모님을 외국에 효도관광 보내드린다는 소식을 떠올리면 아찔하기도 했다. 그래도 나는 타기로 했다. 스물일곱 해를 살았으면서도, 부모님 앞에서 여전히 나는 어린아이 같다고 생각했다.

말하자면 나는 배를 타고 움직인다는 것 자체가 주는 그 새로움을 경험하고 싶었다. 헝클어진 대학생활을 정리하고 싶었다. 아시아라는 틀에서 사고하는 법을 배우고 실천하고 싶었다. 그 아시아 사람들을 만나고, 아시아를 좀더 제대로 알고 싶었다. 한때는 교류의 통로였고, 또 다른 한때는 침략과 전쟁의 통로였을 그 바다를 배로 온전히 건너고 싶었다.

안타깝게도 배를 타기 직전까지 한·일 관계는 위태로운 길을 걷고 있었다. 독도문제와 일본의 역사 교과서 왜곡문제로 한국과 일본은 다시 한 번 술렁이고 있었다. 1983년 일본의 피스보트가 첫 항해를 시작한 계기 중 하나가 바로 역사 교과서 왜곡 파동이었다는데, 공교롭게도 2005년 피스&그린보트의 항해 직전에도 같은 문제가 일어난 것이다. 그렇게 되풀이되지 말아야 할 일이 되풀이될 때, 앞으로도 계속해서 되풀이되어야 할 피스&그린보트가 그 첫 항해를 준비하고 있었다.

나는 대학생 자원활동가 자격으로 배에서 선상 신문 편집장 일을 맡게 되었다. 승선하기 한 달여 전부터 신문제작팀이 꾸려져 준비를 시작했다. 편집방향과 발행면수, 전체적인 레이아웃이 결정되었다. 그러나 제호만은 정하지 못했다. 고민 끝에 8월 14일 발행될 첫 신문을 편집하면서야 제호를 정할 수 있었다. '꿈의 항해'. 존 레논의 부인으로도 유명한 설치 미술가 오노 요코를 떠올리며

9. 함께 꾸는 꿈은 현실이 된다 – 항해 스케치

생각한 제호였다. 그녀는 언젠가 이런 글을 남겼다. "혼자 꾸는 꿈은 꿈일 뿐이다. 하지만 함께라면 현실이 된다(A dream you dream alone is only a dream. A dream you dream together is reality)." 피스&그린보트가 이루고자 하는 것, 즉 아시아의 평화롭고 친환경적인 미래가 비록 지금은 꿈같은 일이지만 그 꿈을 함께 꾸는 사람들이 있는 한 언젠가 현실이 되어 다가올 것이라는 믿음으로 제호를 정했다.

피스&그린보트 시민, 닻을 올리다

2005년 8월 13일, 후지마루호는 역사적인 뱃길에 올랐다. 출항식 때 요시오카 타츠야 피스보트 공동대표는 '피스&그린보트 시민'이라는 표현을 제안했다. 나는 이 표현이 좋았다. 후지마루라는 배 위에서, 아니 어쩌면 그 배를 타기로 결심한 그 순간부터 사람들은 피스&그린보트 시민이었다. 한국인, 일본인, 중국인 등과 같은 호명보다는 그 경계를 넘어선 무엇인가를 원하고 기대하는 마음이었을 것이다. 그 이름 그대로 아시아의 평화와 환경을 생각하는, 그 꿈을 함께 꾸는 사람들이 한데 모인 것이다.

도쿄의 하루미항을 출발한 배는 부산을 향했다. 한국은 광복 60주년, 일본은 종전 60주년으로 기억하는 2005년의 8월 15일 아침, 후지마루호는 부산항에 입항할 계획이었다. 이와 관련, 선상에서는 일본 헌법 9조(이른바 평화헌법 9조)에 대한 심포지엄이 열렸다. 한때 전쟁의 길이기도 했던 바로 그 바닷길을 건너며, 2005년의

국경을 넘으면 아시아가 보인다

피스&그린보트에서는 아시아 평화의 약속이자 상징인 일본 헌법 9조의 개정을 반대한다는 목소리가 많이 나왔다.

이날 심포지엄 관련 기사를 편집하며 문득 이순신을 생각했다. 내게 이순신은 한국인들의 대일감정을 표상하는 아이콘 같았다. 이순신이 싸우고 죽은 임진왜란의 바다는 베어야 할 적들로 가득한 전쟁의 바다였을 것이다. 그리고 지금 그 이순신의 거대한 동상이 불편한 듯 서 있는 광화문 근처는 반일감정으로 가득한 사람들이 한데 모여 분노를 표하고, 한·일 축구 경기가 열릴 때면 무슨 일이 있어도 일본만은 이겨야 한다는 듯한 분위기가 팽배해지는 공간이기도 하다. 그러나 2005년 여름의 그 바다는 달랐다. 통역기의 이어폰을 귀에 꽂고 열심히 듣고 있는 사람들은 껴안고 싶은 친구들의 모습이었다. 한국과 일본을 넘어 아시아를 생각하고, 분노와 대립을 넘어 평화로운 공존을 모색하는 피스&그린보트 시민의 모습이었다. 그때 바다는 맑고 깨끗했다. 사람들은 눈부시게 아름다웠다.

선상 신문을 만드는 일은 쉽지 않았다. 특히 초기에는 일이 서툴러 크게 애를 먹었다. 급기야 두 번째 신문이 나오는 8월 15일 아침에는 인쇄문제까지 겹쳐 예정시간보다 1시간이나 더 늦게 신문이 나왔다. 죄스럽고 부끄러운 마음에 어딘가 숨고 싶었지만, 숨을 곳도 없었고 숨어서도 안 되었다. 배는 첫 기항지 부산항에 도착해 있었다.

피스&그린보트 참가자들이 부산의 광복절 경축식에 참석하기로 한 계획이 취소되었다는 이야기를 들은 것은 8월 14일 밤이었다. 주최 측이 일본인이 광복절 경축식에 참석한 전례가 없다며 반

9. 함께 꾸는 꿈은 현실이 된다 - 항해 스케치

대 의사를 표했다는 것이었다. 인정할 수밖에 없는 현실이었다. 그리고 그것은 동시에 극복해야 할 현실이기도 했다. 민주공원에서 열린 8·15평화콘서트는 그래서 더욱 뜻 깊었다. 바로 그 현실을 넘어서기 위한 항해의 일본 측 참가자들이 '8월 15일'에 부산 시민들과 함께할 수 있었기 때문이다. 그건 하나의 시작이라고 나는 생각했다. 8월 15일은 그렇게 지나갔다. 8월 15일 밤, 후지마루호는 부산을 떠나 인천을 향했다.

할머니들

8월 17일 아침, 인천항에서 나는 버스를 탔다. 서울의 일본 대사관 앞에서 열리는 '수요 집회'에 참석하기 위해서였다. 집회는 일본 정부의 책임 있는 사과와 배상을 요구하는 목소리로 가득했다. 제2차 세계대전 당시 일본군 성노예를 강요당했던 할머니들은 일본 대사관을 향해 수없이 되풀이했을 가슴에 맺힌 그 말을, 확성기를 통해 외치고 계셨다. 할머니들이 그렇게 살아계시고, 매주 수요일이면 일본 대사관 앞에서 집회를 연다는 사실을 알고 있었지만, 나는 단 한 번도 참석한 적이 없었다. 그렇다고 다른 어떤 방법으로 동참한 것도 아니었다. 부끄러웠다. 나는 할머니들께 쉬이 다가가지 못했다.

집회를 마친 후 경기도 광주의 '나눔의 집'을 방문했다. 나눔의 집은 일본군 성노예를 강요당했던 할머니들이 거주하시는 곳이자, 관련 자료관이 있는 곳이다. 자료관을 둘러보고, 이옥순 할머니의 증언을 들었다. 증언하시는 할머니도 듣는 사람들도 함께 울었다. 나눔의 집을 떠나는 길에 용기를 내어 할머니께 다가갔다. 손을 꼭 잡고 건네드린 말은 "할머니, 건강하세요"라는 한마디였다. 달리 무슨 말을 해야 할지 몰랐다. 돌아오는 길에 나는 죄송하다는 말씀을 덧붙이지 않은 것을 후회했다. 할머니의 증언을 들으며 나는 진실로 죄송했다.

이용수 할머니께서 버스에 타셨다. 인천에서부터 피스&그린보트의 항해에 함께하기 위해서였다. 언젠가 할머니는 일본 정부가 사과하는 그날을 위해 200살까지라도 살아내겠다고 하셨다. 할머니들의 역사는 한국과 일본을 넘어 평화로운 아시아를 상상하기 위해 반드시 선결해야 할 과제다. 지금까지 쌓인 시간만큼 할머니들의 현실은 무겁다. 그리고 할머니들의 현실은 결코 한가하지 않다. 해결책은 간단하다. 답은 이미 나와 있다. 할머니들은 용서할 준비가 되어 있다고 하셨다.

나눔의 집에서 할머니의 증언을 열심히 기록하는 일본인 학생이 있었다. 후지마루호로 돌아오는 길에 그에게 신문에 실을 원고를 부탁했다. 보내온 글에서 그는 자신이 당장 할 수 있는 일부터 실천하겠다고 약속했다. 여전히 진실을 모르는 일본인들에게 먼저 가까운 사람들부터 자신이 직접 보고 들은 진실을 전하겠다는 것이다. 고마운 글이었다.

9. 함께 꾸는 꿈은 현실이 된다 – 항해 스케치

신문을 만든다는 것

배는 한반도를 떠나 중국으로 향하고 있었다. 신문을 만드는 일은 여전히 힘들었다. 일이 손에 잡히긴 했지만, 매일 신문을 발행한다는 것은 그 자체만으로도 쉬운 일이 아니었다. 게다가 편집장이라는, 가진 역량에 비해 너무 중요한 그 자리는 한편으로 무척 외로웠다. 기자들에게 정확한 마감시간과 분량을 강조하는 일은 달리 말하면, 싫은 소리를 계속해서 해야 한다는 것을 뜻했다. 열심히 써온 기사를 싣지 못하는 경우도 있었으며, 뱃멀미로 고생하는 이에게 원고를 독촉해야만 하는 상황도 있었다. 10명 가까운 기자들의 마음과 상황을 하나하나 헤아리기에는 내 마음이 너무 급했고, 넓지 못했다. 그리고 나는 잘하고 싶은 욕심이 많았다. 스스로도 감당하지 못할 만큼 많은 욕심 때문에 나 자신과 기자들을 힘들게 하기도 했었다. 비난하는 이도 있었고, 격려와 용기를 주는 이도 있었다. 나는 그 모든 이들의 힘으로 매일 밤 신문을 만들 수 있었다. "짐은 그것을 질 수 있는 사람에게만 온다." 힘들 때면 언젠가 들은 이 말을 되새기며 나는 다시 컴퓨터 앞에 앉곤 했다.

동시에 신문을 만드는 일은 매혹적이었다. 선상 신문 《꿈의 항해》는 참가자들의 기억과 감정을 공유할 수 있는 매개체이자 역사적인 16일간의 항해에 대한 하나의 기록물이었다. 매일 아침 신문을 찾아 읽는 사람들의 모습은 내게 감동적인 선물과도 같았다. 언젠가 일본 친구들이 자신들의 사진 내지는 글이 신문에 실려 많은 한국 친구를 사귈 수 있었다며 고맙다는 말을 전해왔을 때, 나는 바로 그 순간 내가 정말이지 무엇인가 하고 있는 것 같아 가슴이

국경을 넘으면 아시아가 보인다

벅차오르기도 했다.

　좋은 사람들을 많이 만날 수 있었던 것도 큰 기쁨이었다. 만화가 정구미 씨는 그야말로 재미있고 감동적인 만화를 그려주었다. 시민단체에서 활동하시는 분들은 기항지 프로그램에 대한 충실하고 멋진 감상문을 써주셨다. 기록 스태프 멤버들은 좋은 사진들을 많이 제공해 주었고, 늦은 밤 까다로운 주문에도 언제나 깔끔하게 사진 보정 작업을 도와주었다. 또한, 매일 이른 아침 신문 인쇄 작업을 도와주는 자원활동가 친구들이 있었다. 편집국 사무실을 함께 사용하며, 신문기사와 더불어 우정을 교류한 일본 측 신문 《KOREJAN》 제작팀 친구들도 있었다. 멋진 시를 써 편집국으로 보내주신 분들도 있었다. 배 안에서 마주칠 때 때로는 격려를, 또 때로는 문제점을 지적해 주신 분들도 있었다. 그리고 무엇보다도, 함께 웃고 떠들고, 때로는 다투며, 그렇게 함께 일한 기자들이 있었다. 이 모두와 함께 나는 외롭지만 외롭지 않았다. 힘들지만 힘들지 않았다.

다시, 생각하다

　8월 19일, 단둥에 내렸다. 단둥은 서글펐다. 압록강 너머 북한을 바라보는 일은 슬펐다. 한국전쟁 때 끊어진 철교 끝이 내가 다가갈 수 있는 최대한이었다. 철교 옆 다리 위로 화물차량들이 계속해서 북한 쪽으로 들어가고 있었다. 밤이 되자 압록강을 사이에 두고 한쪽은 밝았고, 또 다른 한쪽은 어두웠다. 압록강 너머는 가깝지만

9. 함께 꾸는 꿈은 현실이 된다 - 항해 스케치

멀어 보였다. 그때서야 나는 '나의 아시아'에 북한이 빠져 있었음을 깨달았다. 당혹스러웠고 부끄러웠다. 나는 더 슬퍼졌다.

생각해 보면, 빠진 것은 북한만이 아니었다. 후지마루호의 하급 선원과 식당에서 서빙을 하는 사람들, 그리고 방을 청소하는 사람들은 대부분 동남아시아인이었다. 대부분이 동북아시아인인 피스&그린보트 시민과 그들은 안타깝게도 구분되어 있었다. 그러나 그들도 아시아의 시민들이었다. 함께해야 할 더 많은 아시아가 바로 곁에 있었음에도 나는 미처 몰랐던 것이다. 나는 나의 둔감함을 원망했다. '나의 아시아'는 더 넓고 더 깊어져야 했다.

후지마루호는 다시 육지를 떠났다. 다음 기항지는 상하이였다. 상하이로 가는 길은 환경에 관련된 두 개의 강연과 더불어 더 아름다웠다. 문국현 유한킴벌리 대표이사의 '중국 사막화 방지를 위하여'와 양길승 녹색병원 원장의 '원진 레이온 노동자 피해'는 환경과 평화라는 주제가 서로 어떻게 관련되는지 생각할 수 있게 해준 소중한 강연이었다. 이들 강연을 통해 내 머릿속에서 환경과 평화라는 두 주제는 단순한 물리적 결합을 넘어 화학적으로 결합되는 듯했다. 항해의 막바지에 이르러 그렇게, '피스&그린'은 내게 새로운 의미로 다가왔다.

상하이에서 나는 피스&그린보트의 스태프들을 생각했다. 상하이에 머무는 이틀 동안 항해 전체를 통틀어 스태프들과 가장 많은 이야기를 나누었던 게 계기가 되었다. 한국과 일본 시민들의 꿈이 피스&그린보트를 띄울 수 있게 했고, 후지마루호와 그 선원들이 배를 물리적으로 움직일 수 있게 했다면, 피스&그린보트의 스태프들은 이 둘을 포함한 다른 모든 것들을 가능케 한 기반이 되었다

국경을 넘으면 아시아가 보인다

고 할 수 있다. 항해 이전의 준비 과정에서부터 실제 항해 과정, 그리고 항해 이후까지, 스태프들의 헌신적인 노력이 없었다면 피스&그린보트의 항해는 불가능했을 것이다.

배에서 그들은 하루 종일 선상 프로그램을 진행했고, 늦은 밤부터는 다음날의 프로그램을 준비했으며, 기항지에서는 참가자들을 인솔했다. 그래서 배에서 마주치는 스태프들은 잠을 거의 못 잔 듯 피곤하고 지친 모습일 때가 많았다. 그럼에도 그들은 꿋꿋이 그 모든 일들을 다 소화해 내며 배를 움직이고 있었다. 상하이에서 나는 스태프들의 특별 인터뷰를 구상했다. 그러나 그들의 바쁜 일정은 인터뷰 자체를 불가능하게 할 정도였다. 그런 스태프들을 보며 나는 마음을 다잡고 새로운 힘을 얻을 수 있었다. 후지마루호는 상하이를 떠나 오키나와로 향하고 있었다.

이용수 할머니, 그리고 김창행 씨

오키나와는 아름다웠다. 배에서 내려다본 바다는 맑았고, 산속 공기는 상쾌했다. 그리고 무엇보다도 기항지 프로그램을 함께 하며 이용수 할머니와 이야기할 시간을 가질 수 있어 오키나와에서의 하루는 무척 소중했다. 할머니는 내게 일본 젊은이들과 앞으로도 꾸준히 사이좋게 지내라고 당부하셨다. 할머니 자신과 같은 경우가 다시 생기지 않기 위해서는 일본 정부의 사과와 배상을 받는 것과 함께 평화로운 관계를 유지하는 것이 중요하다는 말씀이셨다. 나는 하루빨리 일본 정부가 공식적으로 사과하고 배상하길, 그

9. 함께 꾸는 꿈은 현실이 된다 - 항해 스케치

리고 견딜 수 없는 것을 견뎌내며 살아오셨을 할머니께서 그 모습을 꼭 보시길, 마음속으로 기도했다.

사실 오키나와에서 나의 애초의 계획은 헤노코의 주민들과 함께 1박 2일의 시간을 보내는 것이었다. 평화와 환경을 지키기 위해 헤노코의 미군기지 신설을 반대하는 해상시위를 벌이고 있는 주민들을 만나고 싶었다. '미국' 그리고 '미군기지', 그것은 아마도 한국과 일본이 공감할 수 있는 중요한 주제일 것이라 생각했다.

그러나 나는 그 일정을 취소했다. 신문을 좀더 내실 있게 만들어야 했다. 김창행 씨 때문이었다. 고백컨대 꽤 오랫동안 나는 그가 김창행 씨인지 모르고 김창행 씨를 자주 봤었다. 저글링 세계 챔피언인 김창행이라는 사람이 배에 탔고, 한 차례 선상 공연을 했다는 소식도 들었지만, 나는 내 앞의 그 남자가 김창행 씨인 줄은 모르고 있었던 것이다. 신문 편집국에 일본 친구들을 자주 만나러 온 그는 가슴에 태극기가 새겨진 트레이닝복을 즐겨 입었다. 나는 태극기의 연유가 궁금했지만, 미처 물어보지는 못했다. 편집국에서 본 그는 장난기 넘치는, 유머러스한 남자였다. 그는 작지만 단단해 보였다. 머리가 짧아 더욱 단단해 보였다.

상하이에서 나는 김창행 씨의 개인사를 듣게 되었다. 다른 사람을 통해서였다. 그는 이른바 '자이니치(在日)'라고도 불리는 재일한국인이며, 강제철거문제로 국내에서도 큰 이슈가 되었던 우토로 출신이라고 했다. 그런 김창행 씨에 관련된 이야기가 조금씩 알려지면서, 그의 아픔과 고통에 공감하는 피스&그린보트 시민들이 늘어났다. 그리고 마침내 한국의 대학생들을 중심으로 이 문제를 특별 프로그램으로 다루어보자는 움직임이 생겨났다. 확정된 날짜

국경을 넘으면 아시아가 보인다

는 8월 26일. 오키나와에서 나가사키로 향하는 뱃길, 선상에서 보내는 마지막 날이었다.

그리고 8월 25일, 오키나와에서 후지마루호가 머무르던 바로 그날, 한국의 대학생들은 자이니치와 우토로문제를 다루는 프로그램을 준비했다. 그리고 나는 이 프로그램을 소개하는 형식의 기사를 준비했다. 프로그램이 열리는 26일자 신문에 이를 기사화해 가능한 많은 피스&그린보트 시민들이 참석하기를 바라는 마음이었다.

26일 저녁, 프로그램이 시작되었다. 나는 드디어 김창행 씨의 이야기를 직접 듣게 되었다. 그의 증조할머니는 일제시대 때 강제징용되셨다고 한다. 그리고 많은 경우 그러했듯이, 해방은 되었지만 이내 한국전쟁 때문에 귀국하지 못하고 일본에 대한 증오심을 간직한 채 일본 내 어딘가에 머무르셔야만 했다. 그런 사연을 가진 사람들이 모인 곳, 그곳이 바로 교토의 우토로라고 한다. 그는 "자이니치로 살아남기 위해서는 무엇을 하든 최고가 되어야 한다"는 증조할머니의 말씀을 들으며 자랐다. 일본 친구들에게 얻어맞고 들어오면 일본 놈한테 맞고 다닌다며 더 크게 혼났다. 초등학교 졸업문집에 자신의 가족사를 이야기하며 자이니치라서 너무 좋다고 썼다가 선생님께 야단을 맞고, 문집에도 실리지 않은 적도 있었다. 중학교 때 저글링을 처음 접한 후 할머니 말씀대로 '최고'가 되기 위해 열심히 연습했다. 그리고 마침내 2000년, 그의 나이 16세 때 '엔터테이너 오브 더 이어(Entertainer of the Year)' 라는 대회에서 우승해 저글링 세계 챔피언이 되었다. 많은 일본 언론이 취재를 해 갔지만, 자이니치라는 것을 밝히자 기사화하지 않은 곳이 많았다고 한다. 2004년, 같은 대회에서 한 번 더 우승하며 예전과는 다른

9. 함께 꾸는 꿈은 현실이 된다 – 항해 스케치

대우를 느낄 수 있었지만, 차별과 불이익은 여전히 존재했다. 이유는 간단했다. 일본인이 아니기 때문이었다.

그는 수없이 자문했다고 한다. "나는 한국인인가, 일본인인가?" 한국인은 그를 한국인으로 보지 않았고, 일본인은 그를 일본인으로 보지 않았다고 한다. 그래서 그는 차라리 자신은 '자이니치'라는 또 다른 국가의 시민인 것 같다고 했다. 피스&그린보트에서도 마찬가지였다고 했다. 또한 그는 세계대회에서 우승해 태극기가 게양될 때 애국가가 나와도 한국말을 몰라 어색했다고 덧붙였다. 나는 일전에 보았던, 그가 늘 입고 있던 트레이닝복의 태극기를 생각했다. 그의 가슴에 달린 태극기는 자랑스럽고도 슬픈 태극기였을 것이다.

물론 김창행 씨보다 더 나은 재일교포도, 더 힘든 재일교포도 있을 것이다. 그러나 적어도 내게 김창행 씨는 곧 재일교포의 현실이었다. 그리고 그것을 안 이상 피할 수 없는 현실이기도 했다. 김창행 씨는 우토로를 걱정했다. 그러나 그는 피해자의 이야기만 해서는 한·일 관계가 더 나아질 수 없다고 했다. 이 말에서 나는 이용수 할머니를 느꼈다. 커다란 아픔과 고통을 겪은 이들의 말에서 나온 진심은 결국 미래에 초점을 맞추고 있었다. 그것은 체념이라기보다는 승화일 것이다. 견딜 수 없는 것을 견뎌야 했을 그들의 삶 앞에서, 그리고 피해자로서의 자신을 넘어 보다 많은 사람들을 헤아리고 보다 긴 시간을 바라보는 그들의 마음 앞에서 나는 숙연해졌다. 내게 김창행 씨와 이용수 할머니는 아시아의 평화와 미래를 위한 전제였다. 이들을 건너뛰고서 아시아 공동체를 이야기하는 것은 공허한 일이라고 나는 생각했다.

국경을 넘으면 아시아가 보인다

김창행 씨의 말을 전하며 통역가는 울었다. 나는 그이의 심정을 이해할 수 있을 것 같았다. 그의 이야기를 듣는 것도, 또 그것을 다른 누군가에게 전하는 것도 슬픈 일이기 때문이다. 그의 아픈 삶을 듣고 받아들이는 일, 그리고 그것을 다시 '말'이라는 그릇에 담아 내는 일은 힘들고 고통스럽기 때문이다. 온전히 전한다는 것이 불가능함을 알지만 어떻게든 전해야 한다는 것. 전하고 싶고 전해야 하지만 그 어쩔 수 없는 불완전함이 힘들다는 것. 그것 때문에 나는 26일의 그 프로그램에 대해 다음날 신문에 다시 상세히 보도하기로 한 자신과의 약속을 지키지 못했다. 뒤늦게 용기를 내어 이렇게 그의 이야기를 쓰고 있는 지금도 나는 무척 아프고 힘들다. 그리고 무엇보다도, 조심스럽다.

마지막 밤

잠시 뒤 김창행 씨를 무대에서 만날 수 있었다. 선상에서 보내는 마지막 밤, '페어웰 라이브(Farewell Live)'에서였다. 슬프고 아프게 자란 그는 남들을 즐겁게 해주는 일을 하고 있었다. 그는 현란하고 눈부셨다. 그가 보여주는 퍼포먼스는 순간순간 놀랍고 대단하지 않은 게 없었다. 그 짧은 순간을 위해 그는 수많은 시간 동안 연습했을 것이다. 그는 자기관리를 위해 술, 담배, 심지어 커피도 마시지 않는다고 했다. 한국인도, 일본인도 아닌 '자이니치'로서의 삶이 주는 무게를 견뎌내며, 또 때로는 그것이 절박한 동기가 되어, 마침내 그는 최고가 되었을 것이다. 공연 내내 피스&그린보

9. 함께 꾸는 꿈은 현실이 된다 - 항해 스케치

트 시민들은 김창행 씨에게 뜨거운 박수를 보냈다. 나는 김창행 씨가 이들을 생각하며 더는 외로워하지 않기를 기도했다.

같은 프로그램에는 장사익 선생의 공연도 있었다. 나는 선생을 『노동의 새벽』 헌정음반을 통해 처음 알게 되었다. 박노해의 시집 『노동의 새벽』 출간 20주년을 맞아 기획된 이 헌정음반에서 장사익 선생은 동명의 시 '노동의 새벽'을 불렀다. 대학 1학년 때 '읽은' 박노해의 시를 선생을 통해 음악으로 '들으며' 나는 전율했다. 그것은 가슴으로 부르는 듯한 노래였고, 그래서 듣는 이의 가슴을 두드리는 노래였다. 이날도 선생은 가슴으로 노래하고 계셨다. 이날 선생이 부른 '허허바다', '찔레꽃' 등의 노래는 일본 시민들의 마음도 움직이고 있는 듯했다. 가사가 한국어인 것은 아무런 문제가 되지 않았다. 가슴으로 부르는 노래를 듣는 데 가장 중요한 것은 넓고 따뜻한 열린 가슴이기 때문일 것이다.

그렇게 16일간의 피스&그린보트 2005는 항해의 끝을 향해 가고 있었다. 후지마루호에서의 마지막 밤이었다. 마지막 프로그램은 'No Border'였다. 많은 참가자들이 무대에서 노래를 부르고 춤을 추었다. 매일 저녁 '이윤기·장사익의 노래교실'을 진행한 두 선생은 참가자들과 함께 노래교실에서 연습한 곡을 선보였다. 한국 학생과 일본 학생이 듀엣을 이뤄 노래를 부르기도 했다. 그리고 프로그램의 말미에는 항해 기간 동안 김성민 씨가 작곡한 곡 'No Border in the Ocean'을 양국의 젊은이들이 함께 불렀다. 피스&그린보트 시민들은 이 곡에 열광했다. 결국 메인 홀에 있던 참가자 모두가 함께 이 노래를 부르게 되었다. 노래와 함께 피스&그린보트 시민들은 다시 한 번 하나가 되는 듯했다. 16일 간의 항해 동안 함께 키워왔던 꿈이 그리 멀지 않아 보였다. 감동적이었다.

항해가 끝나가는 데 대한 아쉬움, 그리고 함께한 시간과 꿈에 대한 감동은 쉬이 가라앉지 않았다. 많은 사람들이 다음날 해가 떠오를 때까지 이야기꽃을 피웠다. 나는 편집국에서 마지막 신문을 준비했다. 일본 친구들도 함께였다. 일본 측 신문 편집장이 내게 한글로 '감사합니다'를 써달라고 부탁했다. 마지막 신문에 싣기 위해서라고 했다. 조심스럽게, 또박또박 한 글자씩 써나갔다. 아름다운 말이었다. 나는 '감사합니다'라는 말의 아름다움을 그 순간 새로이 느꼈다. 피스&그린보트가 전쟁과 대립의 닻을 올리고 바다에 띄워진 것, 16일간의 항해가 성공적으로 계속된 것, 함께 꿈을 꾼 피스&그린보트 시민들이 있었다는 것 등 그 모든 것이 나는 그저 감사했다.

항해의 마지막이라 생각하니 잠이 오지 않았다. 갑판으로 올라가 바다를 바라보았다. 아침이 되었다. 항해는 정말 끝나가고 있었다. 나가사키에서 후지마루호는 멈추었다. 이제 피스&그린보트 시민들은 헤어져야 했다. 그 이별은 쉽지 않았지만 거스를 수도 없었다. 부둥켜안고 눈물을 흘리며, 또 떠나는 버스 안과 밖에서 서로를 향해 끝없이 손을 흔들며, 사람들은 헤어짐을 받아들였다.

나가사키의 원폭자료관과 평화공원은 씁쓸했다. 그곳은 전쟁의 종결 방식과 피해 양상을 통해 평화를 이야기하는 곳으로 보였다. 그곳은 원폭의 피해만을 기억하려 하는 듯했다. 공허했다. 전쟁의 원인에 대한 이야기도, 가해자로서의 일본에 대한 이야기도 그곳에는 없었다. 원폭자료관과 평화공원이 기억하려는 것과 망각하려는 것 사이의 간극 앞에서 나는 아시아의 평화로운 미래를 위한 또

9. 함께 꾸는 꿈은 현실이 된다 - 항해 스케치

하나의 전제를 발견할 수 있었다. 평화는 두 가지 차원을 동시에
기억할 때 비로소 온전해질 것이다.

새로운 시작

항해 마지막 날, 최열 환경재단 대표는 피스&그린보트의 항해
는 이제 막 시작되었다고 말했다. 요시오카 타츠야 피스보트 공동
대표는 환경재단과 앞으로 10년간 항해를 함께할 것이라며, 만약
그래도 세상이 바뀌지 않으면 20년, 30년, 100년이라도 계속할 것
이라고 말했다. 그래서 그 역시 이번 항해의 끝은 새로운 시작의
날이라고 했다.

나는 이 말을 배에서 내린 후가 중요하다는 의미로 받아들였다.
나는 낯설기만 했던 '아시아'라는 틀을 피스&그린보트 2005를 통
해 비로소 본격적으로 상상할 수 있었다. 그것은 하나의 꿈과 같은
것이었다. 그리고 함께 꿈을 꾸는 사람들이 있기에 그것은 언젠가
현실이 될 꿈이었다. 하지만 동시에 거기에는 해결하고 극복해야
할 많은 현실들이 있었다. 그렇게 피스&그린보트 2005는 꿈의 내
용과 그 꿈을 함께 꾸는 사람들이 있음을 확인해 주었고, 또 그 꿈
을 이루기 위한 전제가 무엇인지도 일러주었다.

배에서 내린 후 다시 만난 일상은 만만치 않았다. 일상은 그대
로였다. 나는 졸업을 앞둔 대학생이었고, 대학원 입학을 준비해야
했다. 새 학기가 시작되었고, 잠시 쉬었던 아르바이트도 계속해야
했다. 일상은 무거웠다.

국경을 넘으면 아시아가 보인다

하지만 나는 망각을 경계해야만 할 것이다. 꿈꾸는 일을 멈추지 말아야 할 것이다. 그 꿈을 현실로 만들기 위한 전제들을 기억해야 할 것이다. 견딜 수 없는 것을 견뎌내며 살아온 사람들을 잊지 말아야 할 것이다. 이번 항해는 끝났지만 그것이 끝이 아닌 새로운 시작이 되기 위해 당장 실천할 수 있는 것부터 해나가야 할 것이다.

그리고 무엇보다도, 세상을 바꿀 수 있음을 믿어야 할 것이다. 2005년 여름, 그 첫 길을 함께 꿈꾸며 걸어간 이들이 있기에……

"희망이란 본래 있다고도 할 수 없고 없다고도 할 수 없다.
그것은 마치 땅 위의 길과 같은 것이다.
본래 땅 위에는 길이 없었다.
걸어가는 사람이 많아지면 그것이 곧 길이 되는 것이다."

ー루쉰(魯迅),「고향」중

9. 함께 꾸는 꿈은 현실이 된다ー항해 스케치

2

핵 없는 세상을 위한 멸사봉공, 피스&그린보트

손호철, 서강대학교 정치외교학과 교수 · 민주화를 위한 전국교수협의회 공동의장

피스보트. 사회운동에 관심이 많은 만큼 평소 자주 들어본 프로그램이지만 한국에서도 피스보트를 한다고 해서 개인적으로 반신반의했다. 우리의 경우, 평화운동이 아직 열악한 데다가 크루즈문화가 거의 자리잡고 있지 않기 때문이다. 그러나 그 주체가 시민운동의 마당발인 최열 선배라고 해서 그렇다면 그럴 수 있을 것이라고 생각했다. 그리고 평소 크루즈를 타볼 기회가 없었던 차에 다른 것도 아니고 피스보트라니 꼭 참가하고 싶었지만, 바빠서 도저히 엄두가 나지 않았다.

그러나 최열 선배의 압력, 71동지회(1971년 박정희 정권의 위수령과 함께 제적, 강제징집됐던 200여 명의 대학생들의 모임)의 또 다른 마당발로 71동지회의 막내인, 같은 70학년인데다가 의기투합하는 면이 많아 노후를 함께 즐기며 지내자고 다짐하고 있는 화장품업계의 기린아 전용호 사장 그리고 참가자들 모두에게 선크림을 선사한 김종문 사장의 합동 공갈협박(?)에 결국 항복을 하고 피스&

보트에 올랐다. 그리고 그 결과는 대만족이었다.

정계의 마당발 김상현 전 의원, 유인태 의원, 이윤기 선생, 임진택 선배, 장사익 선생 등 평소 얼굴을 마주치지만 바삐 지내느라고 차분하게 이야기를 나눌 수 없었던 사람들과 이런저런 이야기를 나눌 수 있었던 것이 특히 좋았다. 게다가 박카스의 신과 디오니소스가 보여주듯이 진정한 술꾼 쳐놓고 평화주의자가 아닌 사람이 없기에 저녁마다 함께 술잔을 기울이며 세계평화와 환경을 논할 수 있었다.

다양한 선상프로그램도 좋았다. 특히 개인적으로 운동 겸 스트레칭반에 자주 들어갔는데 70세가 넘은 일본 할머니 선생의 유연한 몸과 스트레칭에 감탄했다. 스트레칭을 우습게 알았다가 얼마나 중요한 것인가를 느꼈고 앞으로 노후를 생각해 평소에 스트레칭을 생활화해야겠다고 생각했다. ('작심삼일'이라고 피스&그린보트 끝나고 나서는 실천하지 못하고 있지만) 그리고 일본 할머니들(왜 스트레칭반에는 할머니들만 있는 거야?)과 함께 스트레칭을 서로 도와주며 스킨십을 나눈 것은 말은 통하지 않지만 양국의 평화증진에도 도움이 되는 좋은 추억이었다.

이번 프로그램 참가 후 느낀 것은, 개인적으로 잘못 본 것인지 모르지만, 일본 측은 참가자들이 노인층이 많고 젊은 참가자들의 경우 여성들이 많았다는 점이다. 이는 그만큼 과거사에 대한 반성과 평화운동적 의식이 전쟁을 겪은 노인세대에 강하고 젊은 층에서도 여성이 강하고 남성들은 그렇지 않다는 이야기로 시사되어 걱정되는 바가 컸다. 그리고 우리 사회 역시 젊은 세대의 보수화 조짐이 없지는 않다는 점에서 일본식이 되지 않기 위해 노력해야

9. 함께 꾸는 꿈은 현실이 된다 - 항해 스케치

겠다는 생각이 들었다.

기행지 프로그램도 좋았다. 단둥은 처음이라 압록강을 통해 북한 땅을 바라볼 수 있었던 것도 좋은 추억이었지만, 특히 난징대학살 현장을 찾은 프로그램이 인상적이었다. 난징대학살의 역사성과 관련해 일본 참가자들이 90퍼센트 이상을 차지하고 한국 참가자들은 몇몇 되지 않았지만 가해자인 자신들의 역사를 진지하게 직접 관찰하고 반성하려는 일본 참가자들의 태도에 머리가 저절로 숙여졌다.

마지막으로, 선상에서 넘실거리는 바다를 보며 목욕탕에서 반신욕을 하던 독특한 체험은 영원히 잊을 수 없을 것 같다. 특히 함께 동북아의 바다를 바라보며 일본과 한국, 중국의 참가자들이 벌거벗고 몸을 담그고 있는 모습이라니. 그것이 바로 우리가 바라는 동북아 평화의 모습은 아닐까?

"손 교수, 앞으로 피스&그린보트 매번 함께 오는 거야." 피스&그린보트에서 내리며 전용호 사장이 또다시 내게 압력을 넣었다. 마음이야 나도 같은 마음이지만 한국의 정치 상황, 개인적 주머니 사정 등 여러 여건이 내년에도, 그리고 그 다음 해에도 피스&그린보트를 다시 타게 허용해 줄 것인지 알 수 없다. 그러나 당분간 여름이면 피스&그린보트를 함께 타자는 전용호의 물귀신 같은 압력 전화에 시달려야 할 것 같다는 사실만큼은 분명해 보인다.

국경을 넘으면 아시아가 보인다

3

세상에는 선이 존재한다는
사실을 발견하다

조라 오마(Zohra Omar), 핵군축 프로젝트 반핵 유스(파키스탄), 펜실베이니아대학

피스&그린보트 항해를 시작하면서 나는 여기서 무엇을 추구해야 할지 알지 못했다. 항해가 끝난 지금 나는 다시 일상으로 돌아와 대학생활을 하고 있다. 지난 3주는 마치 꿈속에서의 삶처럼 느껴진다.

배를 타고 둘째 날, 한국인은 일본인을 어떻게 보고 일본인은 한국인을 어떻게 보는지를 다룬 강연이 열렸다. 그중 가장 인상 깊었던 강연은 '일본 헌법 9조'에 관한 것이었다. 남녀의 시각차를 다룬 강연도 있었다. 혜안을 가진 행사 주최자들은 상대의 생각을 이해하고 자신과 다른 견해에도 마음을 열 수 있도록 하는 강연들을 행사 초반에 배정해 놓고 있었다.

3일째 되는 날부터는 한 사람도 빠짐없이 생산적인 활동에 참여하게 되었고, 핵 위기에 대한 격의 없는 토론을 나누기도 했다. 연로한 한국인과 일본인들은 함께 노래를 부르며 열정적으로 공감을 나누었다. 사교 이벤트는 모든 사람이 편안하고 소외감을 느끼지

9. 함께 꾸는 꿈은 현실이 된다 - 항해 스케치

않도록 잘 짜여져 운영되었다.

여행은 시간이 어떻게 가는지, 육지에서의 활동이 어떻게 지나 갔는지조차 알 수 없을 정도로 멋지게 구성되었다. 다양한 도시에서 우리가 가졌던 시간은 평범한 여행 일정으로는 불가능했을 최고의 순간을 만들어주었다. 나는 사람들 앞에서 처음으로 발표를 하게 되었으며, 원폭피해자를 위해 노래를 부르고, 한 번도 이야기해 본 적이 없는 사람들과 포옹하고 그들을 위로하였으며, 먹을 수 있을 거라고 생각해 보지 못했던 해산물을 먹어보는 등 셀 수 없이 많은 경험을 했다.

이 경험은 나에게 힘과 감동을 가득 채워주었고, 자신을 믿는 법과 이 세상에 선(善)이 존재한다는 사실을 가르쳐주었다. 나는 절대 포기하지 않는 힘을 지닌 사람들을 만났다. 그 가운데 가장 중요한 것은 세상을 살아가면서 생길지도 모를 위험을 감수하고, 도전을 반길 줄 아는 법을 배우게 되었다는 사실이다.

국경을 넘으면 아시아가 보인다

4

특별한 공부, 특별한 체험

나카무라 가즈토(中村和人), 나가사키 종합과학대학 부속고등학교

저는 약 2주일 동안 피스&그린보트 여행을 하는 중에 많은 사람들을 만나고, 많은 장소에 가서 여러 가지를 공부했습니다. 배 안에서는 많은 사람들과 친구가 될 수 있었습니다. 배를 타기 전에는 아는 사람이 아무도 없어서 불안했지만, 배에 탄 사람들 모두 친절해서 저에게 가볍게 말을 걸어주었고, 그분들이 사는 곳과 흥미로운 이야기들을 제게 해주었습니다.

자주기획 프로그램에서는 '핵'에 관해 젊은 사람들이 토론을 하면서 나가사키나 히로시마에서 살고 있지 않은 사람들도 진지하게 핵무기에 관한 의견교환에 참여해 주었습니다. 그리고 핵무기의 위험성과 핵무기를 없애기 위해 우리들이 해야 할 일에 대해서도 의견을 발표했습니다.

또 기항지 프로그램에서는 '나눔의 집'과 '난징대학살 기념관' 등을 찾아가 과거 일본군이 한국과 중국의 무고한 사람들에게 자행한 폭행과 학살들을 알게 되었습니다. 제가 배운 학교 교과서에

9. 함께 꾸는 꿈은 현실이 된다 - 항해 스케치

는 이런 일들이 자세히 적혀 있지 않았기 때문에 아무것도 모르고 있다가, 과거에 그토록 잔인한 역사가 있었다는 사실을 알고 큰 충격을 받았습니다. 제가 이번 크루즈여행에 참여하지 않았다면 이런 사실을 언제까지고 모른 채 지나갔을 것입니다. 저는 이번 여행을 통해 배운 것을 제 친구와 가족, 나가사키의 '고교생 1만 명 서명운동'의 멤버들에게 이야기해, 과거 일본이 행했던 비극을 모두가 잊지 않도록 하려고 합니다.

배에는 일본인만이 아니고, 한국인들도 있어서 그들로부터 '안녕하세요', '잘 먹었습니다', '오늘은 무엇을 했어요?' 등의 인사말을 비롯해 친구들과 자주 쓰는 한국어를 배우기도 했습니다. 일상대화는 영어로 했는데, 제가 생각하고 있는 영어 단어를 열심히 동원하고 때로는 제스처를 써서 하는 이야기가 아주 즐거웠습니다. 말이 달라도 의사가 잘 전달될 수 있다는 것도 실감하는 기회가 되었습니다. 저는 크루즈여행을 통해 많은 한국인과 친구가 될 수 있었는데, 이것은 제가 일상생활에서는 체험할 수 없는 귀중한 추억이 될 것입니다.

국경을 넘으면 아시아가 보인다

5

동북아시아와 한·중·일의 발견

첼시 콜롱(Chelsea Collonge), 핵군축 프로젝트 반핵 유스(미국),
캘리포니아 버클리주립대학

항해를 시작하면서 나는 핵무기에 반대하는 민간대사들이 서로 정보를 교류하는 과정에서 많은 것을 배우게 될 것이라 생각했다. 그리고 그 대부분을 함께 승선한 일본인과 한국인들로부터 배울 수 있다는 사실을 깨닫고 매우 기뻤다.

나는 현재 북한에 일고 있는 핵 확산 위기와 핵무기 포기 거부라는 두 상황을 연결해 보고자 하는 강한 열망을 갖고 항해를 시작했다. 특히 나의 조국 미국의 경우, 우리의 정책이나 북한의 정책과 분명한 연관성이 있다. 미국의 위선은 북한이 자신의 의무를 파기하고 핵 확산 금지 조항을 취소할 방법을 찾을 수 있는 여지를 제공하고 있으며, 북한을 향한 미국의 적대적이고 공격적인 정책은 북한으로 하여금 핵무기를 자신들의 방어수단화하는 동기를 제공하는 것으로 보인다. 나는 이 연결고리를 설명하기 위해 연구해 오면서 동북아시아 비핵화 지대를 위한 선명한 깨달음을 얻게 되었다.

9. 함께 꾸는 꿈은 현실이 된다 – 항해 스케치

핵무기와 관련된 주제 말고도 많은 것들을 배웠는데, 그중에는 동북아시아 지역에서 제2차 세계대전이 남긴 유산에 대한 것도 있었다. 나는 배에 탄 일본인들과 한국인들이 나누는 진실과 화해의 몸짓을 보며 온몸이 전율하는 것을 느꼈다. 더 깊고 넓은 이해를 위해 다루기 힘든 문제를 듣고 이야기하고 사과하는 그들의 용기와 동정심, 열정을 존경한다.

2주 동안의 항해를 통해 나는 일본과 한국, 중국에 큰 애정을 갖게 되었다. 이들 국가 사이의 변치 않고 정의로우며, 애정 어린 평화를 위해 애쓰는 멋진 사람들이 많이 있다는 사실을 발견하고 기뻤다. 내게 이런 기회를 접할 수 있도록 도와준 환경재단과 피스보트에 감사를 전한다.

국경을 넘으면 아시아가 보인다

6

균형과 조화의 시간

안드레이 리스코비치(Andrei Liskovich), 핵군축 프로젝트 반핵 유스(우크라이나),
모스크바 물리기술연구소 학생, 환경 에너지 연구부문 · E군축센터 소속

만약 누군가 내게 피스&그린보트에 대한 인상을 한 단어로 표현해 달라고 한다면, 나는 '균형'이라고 말하겠다. 거기에는 많은 이유가 있다.

이번 항해는 일본과 한국 측이 함께 조직했는데, 이는 서로에게 여전히 적대감을 갖고 있는 두 나라가 시도했다는 점에서 매우 특별한 의의를 갖는다. 이런 훌륭한 시도는 상호 간 이해와 신뢰의 부족을 진정으로 극복하게 만들었다. 러시아에 살고 있는 우크라이나인인 나는 조국에서도 비슷한 일이 언젠가 일어나기를 희망한다. 피스&그린보트에서의 경험은 시민사회가 얼마나 필요하고 강력한 것인지를 보여주었다.

여정은 한국과 일본 참가자들이 자국에서는 주인이 되고 타국에서는 손님이 되는 방식으로 정해져 조화를 이루었다. 그리고 중국에서는 모두가 관광객이었고 배 안에서 그들은 중립 영토에 있다는 느낌을 받았다. 신뢰를 쌓는 데 이보다 더 좋은 환경이 어디

9. 함께 꾸는 꿈은 현실이 된다 – 항해 스케치

있겠는가?

특히 나는 다양한 연령대의 사람들이 함께 모인 것을 보고 무척 반가웠다. 이는 모두가 서로에게 배울 수 있는 기회를 제공함은 물론, 세대 간에 불러일으킬 수 있는 오해를 조절하는 놀라운 기회를 창조했다.

불행히도 인간은 같은 실수를 종종 반복한다. 과거의 일과 다시는 일어나지 말아야 할 일을 쉽게 잊는다는 점에서 우리가 역사를 어떻게 가르치고 배워야 할지를 다시 한 번 진지하게 성찰해 볼 필요가 있다고 생각한다. 피스&그린보트는 이런 문제를 설명했고, 젊은 세대들이 제대로 알고 있지 못한 문제들의 균형을 잡아주었다. 평화의 가치를 일깨워주기 위해 원폭피해자와 일본군 ‘위안부’ 할머니들과의 만남의 자리를 주선한 점은 그런 면에서 큰 가치가 있었다고 생각한다.

육지에서의 여행은 교과서, 신문, TV가 다루는 내용과 진실 사이의 격차를 균형 있게 하는 데 목표를 둔 것으로 보였다. 민간희생자들의 시체들로 가득한 난징대학살 기념관의 일부라도 보게 된다면 이 사건에 대해 이전에 배웠던 내용에 무언가 잘못이 있다는 것을 알게 될 것이다.

균형의 또 다른 예로 핵무기를 보유한 7개국의 젊은 대사들을 들 수 있다. 내가 그 일원이 될 수 있었던 것은 대단한 영광이었다. 특정 문제에 대해 처음부터 매우 다른 견해를 갖고 있었던 우리들은 2주 동안 생겨난 우정과 신뢰에 근거하여 미래를 위한 공통의 비전에 도달할 수 있었다.

전반적으로 항해는 참고 용서하고 화해할 수 있는 인간의 특별

국경을 넘으면 아시아가 보인다

한 능력을 증명해 보였다. 이곳의 분위기는 놀라울 만큼 화기애애
했다. 내 인생에서 이번 항해 동안 웃었던 만큼 웃어본 적은 없었
던 것 같다. 그때의 나의 웃음이야말로 단 하나, 내가 균형 잡지 못
했던 유일한 것이었다.

9. 함께 꾸는 꿈은 현실이 된다 - 항해 스케치

| 옮긴이 |

일본어 번역 • 김은하

한양대학교 일어일문학과를 졸업한 후 현재 일본어 번역가로 활동 중이다. 책을 매개로 희망과 기쁨을 전해주는 것이 꿈이다. 옮긴 책으로는 『10년 후, 일본』, 『직장인의 논리적 대화 습관』, 『직장인의 6가지 독서 습관』, 『소설 도쿄 언더그라운드 1권~4권』, 『얼굴을 작게 만드는 스트레칭 20분』, 『아, 그거』 등 다수가 있다.

영어 번역 • 송정은

1975년 서울생, 국민대학교 교육학과를 졸업했으며, 전문 번역가로 활동하고 있다. 『세계의 원시신화』, 『미디어 독점』, 『나쁜 자세』 등의 번역서가 있다.

사진제공 • 강민석, 노희은, 류효진, 박재필
안선형, 이윤지, 최현정, 홍원범